W0270696

NUITS ASSASSINES à Paimpol

Aux Éditions Alain Bargain

Dans la collection
ENQUÊTES ET SUSPENSE :

Marie-Françoise Marchal
- Frissons en Morbihan *(épuisé)*

Anne-Soizic Loirat
- Lorient l'interdite

Bernard David-Cavaz
- Traboules
- La Fille de Sein

Christophe Gontard
- Dernière danse en Trièves

Jean-Pierre Le Marc
- Matin rouge au Guilvinec
- Soirées noires à Penmarc'h
- Double vie à Loctudy *(épuisé)*
- Signes de sang à Lesconil
- L'Héritier des Trépassés

Cédric Labb
- Les Démons du Midi
- Les Muses de Savoie

Jean-Jacques Gourvenec
- Chasse au congre à Lannilis
- Scénario macabre à Saint-Pabu
- Sortilèges au Conquet

Jacques Caouder
- L'Occise des Landes *(épuisé)*
- L'Évadée de Brennilis
- Le Mort de Brest-Les Abers *(épuisé)*
- La Troménie noire
- Rumeurs mortelles à St-Renan *(épuisé)*

Bruno Ségalotti
- Filouteries en Côtes-d'Armor *(épuisé)*
- La Phalange de l'Argoat *(épuisé)*
- Breizh Connection *(épuisé)*

Yves Horeau
- Une retraite pas très spirituelle *(épuisé)*

Jérôme Lucereau
- Anévrisme *(épuisé)*
- Chef-d'œuvre meurtrier à Lorient *(épuisé)*
- L'affaire Callac *(épuisé)*

Jean-Luc Le Pache
- Bréhat-culpa *(épuisé)*

René Le Clech
- Baston chez les voileux *(épuisé)*

Sylvain Pettinotti
- Manzini ou "L'art des choix"
- Réactions en chaîne en Isère

Michel Renouard
- La Java des voyous *(épuisé)*
- Les castrats de Bombay *(épuisé)*
- Requiem sur le campus *(épuisé)*
- Le bouillon de minuit *(épuisé)*
- La farine du Diable *(épuisé)*
- La Vénus de Malifeu *(épuisé)*

Alex Nicol
- Mystères en Finistère
- Ça bombarde chez les Bigoudens
- Mise en Bière à Sainte-Marine
- Le Tsar de Bénodet *(épuisé)*

Bernard Morin
- Trahison à Guerlédan *(épuisé)*

Luc Calvez
- Le fils du Tigre *(épuisé)*
- Les Graffeurs du Ponant *(épuisé)*

Philippe Lepeuple
- Samba ni loi en pays nantais *(épuisé)*
- Poulets de Brest *La mauvaise farce* *(épuisé)*

Jean-Christophe Pinpin
- Qui voit Groix voit sa croix *(épuisé)*
- Qui voit Sein voit sa fin *(épuisé)*
- Qui voit Ouessant voit son sang *(épuisé)*
- Qui voit Belle-Ile voit son île *(épuisé)*
- Qui voit Molène voit sa peine
- Toulouse au bout du siècle *(épuisé)*
- Traque à Hoëdic *(épuisé)*

Patrice Rousseau
- Le faussaire de Pont-l'Abbé *(épuisé)*

Michèle CORFDIR

NUITS ASSASSINES à Paimpol

Collection

ENQUÊTES & SUSPENSE

Quadri Signe - Editions Alain Bargain
125, Vieille Route de Rosporden - 29000 Quimper
E-mail : editions.alain.bargain@orange.fr
Site Internet : www.editionsalainbargain.fr

POL'art®

Aux Éditions Alain Bargain

Dans la collection ***POL'ART :***

Serge Le Gall

- Sombre dessein à Pont-Aven
- Meurtres du côté de chez Proust *(épuisé)*
- Eaux-fortes à Sainte-Marine
- Ciel rouge au Pouldu

Loïc Gourvennec

- Le râle du basson *(épuisé)*

Yves Horeau

- Monsieur Butterfly *(épuisé)*

Renée Bonneau

- Nature morte à Giverny *(épuisé)*
- Séquence fatale à Dinard *(épuisé)*
- Sanguine sur la Butte *(épuisé)*

Stéphane Jaffrézic

- Toiles de fond à Concarneau
- Le Rubis de Châteauneuf-du-Faou

Cet ouvrage de pure fiction n'a d'autre ambition que de distraire le lecteur. Les événements relatés ainsi que les propos, les sentiments et les comportements des divers protagonistes n'ont aucun lien, ni de près, ni de loin, avec la réalité, et ont été imaginés de toutes pièces pour les besoins de l'intrigue. Toute ressemblance avec des personnes ou des situations existant ou ayant existé serait pure coïncidence.

La loi du 11 mars 1957 n'autorisant, aux termes des alinéas 2 et 3 de l'Article 41, d'une part, que les *copies ou reproductions strictement réservées à l'usage privé du copiste et non destinées à une utilisation collective*, et, d'autre part, que les analyses et les courtes citations dans un but d'exemple et d'illustration, *toute représentation ou reproduction intégrale ou partielle, faite sans le consentement de l'auteur et de l'éditeur ou de leurs ayants droit ou ayants cause, est illicite* (alinéa 1er de l'Article 40).
Cette représentation ou reproduction, par quelque procédé que ce soit, constituerait donc une contrefaçon sanctionnée par les Articles 425 et suivants du Code Pénal.

2011 - © Quadri Signe - Editions Alain Bargain

I

Vendredi soir 5 février

Il courait. Courait. Courait.

Le capuchon rabattu sur le front. Les mains repliées dans les manches de son coupe-vent.

Les bandes fluorescentes de ses baskets et de son pantalon réfléchissaient la lumière des réverbères.

Flaques d'eau, pavés mouillés, éclaboussures scintillantes au passage des voitures.

Il courait dans la nuit, le froid, la bruine.

Traversait le rond-point du Champ de Foire. Débouchait sur le port. Croisait deux autres joggers qui lui firent un signe de la main auquel il ne répondit pas. Attentif à garder un rythme régulier, il longea les quais. Sur sa gauche, en contrebas, les bateaux de plaisance s'alignaient comme des chevaux à l'écurie. Certains avaient leurs hublots éclairés. Il savait que ceux-là servaient d'habitation. Lui n'aurait pas pu vivre dans un lieu aussi étroit. Il avait trop besoin d'air, d'espace, d'ouverture.

Parvenu au fond du port, il vira à droite selon l'itinéraire qu'il s'était fixé pour ce soir. La place du

Martray était déserte. Les gens regardaient les infos de vingt heures à la télé. Personne ne lui jeta de coups d'œil réprobateurs parce qu'il fallait être un peu fou pour courir sous la pluie, un soir de février, alors qu'il faisait si bon chez soi. Mais lui n'avait rien de commun avec ces gens-là.

Au moment où il quittait la place, son pied droit buta contre une aspérité de la chaussée. Une bouffée de rage lui monta à la gorge. Saloperie de pavés ! Mais il se reprit, respira un grand coup et retrouva sa foulée régulière. La rue de l'Église était bordée de vitrines illuminées, boutiques de fringues et de souvenirs sans intérêt. Il aurait préféré prendre la rue des Huit Patriotes où il pouvait lorgner l'intérieur des maisons par les fenêtres du rez-de-chaussée. Minuscules scènes de théâtre, tableautins vieillots dans lesquels il avait envie de s'introduire pour disparaître parmi les objets désuets qui s'y entassaient.

Mais ce soir, son circuit n'allait pas par là.

Ce soir, il monterait à Kerraoul, suivrait l'orée du bois, passerait à proximité de la piscine. Pas trop près car il n'aimait pas voir les corps presque nus derrière les baies vitrées. Et il détestait le turquoise criard des bassins qui leur bleuissait la peau, bouillie bordelaise sur des fruits trop mûrs.

Arrivé au rond-point de la rue Bécot, il aperçut l'église dont la flèche se perdait dans la brume. Il longeait la mairie lorsque carillonna huit heures. Le son de ces cloches l'accompagna jusqu'à l'avenue qui menait à Kerraoul. La pente l'obligea à se concentrer sur son rythme respiratoire. Il n'entendait plus que son souffle et ses baskets qui clapotaient sur le trottoir détrempé.

À la belle saison, les joggers étaient nombreux dans ce quartier. Ça courait partout, à toutes les allures et dans toutes les tenues. On se saluait de la main, on échangeait même quelques mots mais sans jamais s'arrêter. Garder la cadence était une règle que personne n'enfreignait. Parce qu'ici on courait pour se faire du bien, garder la forme, éliminer les toxines.

Pas comme lui.

Lui, ce qu'il voulait, c'était se vider la tête. Dépasser la fatigue physique et atteindre cette contraction de la conscience qui permet de penser à tout, sans penser à rien.

Au haut de l'avenue, il traversa le bois et déboucha sur le parking du lycée. Là, il effectua une série de sautillements et quelques exercices de gymnastique puis, retrouvant sa foulée de jogger, il quitta le parc par l'entrée principale et prit le chemin du retour.

Il ne se sentait absolument pas fatigué et aurait pu facilement doubler la longueur de la course. Il en avait envie mais ne le ferait pas. Il savait doser son effort et respecter la règle.

Aujourd'hui, c'était un jogging ordinaire, un itinéraire de semaine.

Combien de pas avait-il fait ? Combien de fois avait-il aplati, sous les semelles de ses baskets, ses pensées misérables, et noyé ses angoisses dans l'eau sale des trottoirs ?

Il n'avait pas compté. Il savait seulement que cette méthode n'était qu'un pis-aller et qu'elle ne mènerait à rien. Courir pour écraser ne durerait qu'un temps.

Un jour, il saurait déchiffrer les desseins obscurs de la fatalité. Quand ? Il l'ignorait. Tout à l'heure ou dans mille ans… En attendant, il ne pouvait que courir.

Et il courrait ainsi jusqu'au grand déclenchement.

*

Lorsqu'elles quittèrent Musica Nostra, l'école de musique privée qu'elles fréquentaient, Catherine Moreau et Violette David étaient furieuses. La répétition d'orchestre s'était une fois de plus prolongée au-delà de vingt heures, malgré la promesse faite par Régis Landry de respecter les horaires fixés.

Mais quand il se trouvait sur son estrade, la baguette à la main et la tête dans la musique, leur directeur oubliait tout. Les élèves avaient beau lever le doigt et désigner ostensiblement leur montre, il faisait celui qui ne voyait rien. Ce soir, Catherine avait carrément quitté sa chaise et déclaré que son train partait à vingt heures trente-cinq et que c'était le dernier de la journée. Elle était désolée mais elle devait s'en aller. Régis Landry avait affiché un air exaspéré mais néanmoins levé la séance. Les adolescentes ne s'attardèrent pas devant l'école car le temps pressait. Violette rabattit le capuchon de son k-way sur son front, Catherine ouvrit un parapluie et toutes deux affrontèrent la bruine glacée qui montait de la mer.

Après avoir quitté la rue du Ponant où se situait l'école de musique, elles traversèrent l'ancien champ de foire et prirent la direction de la gare.

— Mon coupe-vent est déjà transpercé, je sens l'eau sur mes épaules, gémit Violette.

— Viens sous mon parapluie, tu seras mieux abritée.

Les deux filles marchaient vite en essayant d'éviter les flaques. Elles croisèrent de rares passants en cirés jaunes ou noirs qui se hâtaient sous la pluie.

— J'espère que je ne vais pas louper la dernière micheline, fit Catherine en consultant sa montre.

— Tu viendrais dormir chez moi, ça ne serait pas la première fois, répondit Violette en s'efforçant d'accorder son pas à la longue foulée de son amie.

Elle était aussi menue que celle-ci était grande. Pourtant, elles avaient le même âge, allaient en classe ensemble et appartenaient l'une comme l'autre à l'orchestre de Musica Nostra. Catherine jouait de la flûte et Violette du hautbois.

— La répète n'a pas très bien marché ce soir, Régis n'avait pas l'air content.

— Mmm…

— Tu crois que nous serons au point pour le concert ?

— Va savoir… Avec la bande de morveux qu'on nous impose, comment veux-tu qu'on s'en sorte ?

— Oh ! Ça ira, comme les autres fois.

— Je n'en suis pas sûre. Tous les grands de l'année dernière ont quitté l'école. Maintenant, on ne peut compter que sur nous-mêmes.

— Il y a Aubin Welt. Comme violoniste, il est vraiment excellent.

— Ah oui ! L'enfant prodige… Ce qu'il peut m'agacer celui-là ! s'exclama Catherine.

— Pourquoi ? Il est gentil et il travaille beaucoup.

— Possible, mais il m'énerve quand même avec son allure de petit Mozart. Je me demande s'il portera une perruque poudrée et une jaquette en velours, au concert…

— Tu es injuste.

— Oui, peut-être…

— En plus, il n'est pas gâté. Il paraît que chez lui, on lui mène la vie dure.

— Voilà qui complète le personnage ! fit Catherine avec une mauvaise foi si évidente que Violette n'insista pas.

Elles descendirent en silence la rue de la Marne jusqu'au carrefour où leurs chemins se séparaient. Elles se souhaitèrent un bon week-end et Catherine prit la direction de la gare. Violette la regarda s'éloigner. De dos, avec ses longues jambes et son allure décidée, elle ressemblait plus à une jeune femme qu'à une collégienne d'à peine seize ans. Violette en soupira d'envie. Quand se mettrait-elle enfin à grandir et à prendre des formes, elle aussi ? En classe, elle avait toujours été la plus petite, celle à qui on ne donnait pas son âge. Personne ne devinait combien elle en avait assez d'être traitée comme une demi-portion, de porter des vêtements taille douze ans et de lever la tête quand elle parlait aux autres.

Lorsque Catherine eut disparu parmi les voitures stationnées devant la gare, Violette quitta l'abri du auvent et prit le chemin de Penvern où elle habitait avec sa mère. La tête rentrée dans les épaules, son capuchon rabattu jusqu'aux yeux, elle traversa le passage à niveau puis tourna à droite. Au bout de quelques minutes, elle coupa la route en diagonale, sans voir la voiture qui surgissait du rond-point et fonçait sur elle. Heurtée de plein fouet, elle fut brutalement projetée à plusieurs mètres et alla retomber contre le bord du trottoir.

Elle eut le temps de voir le véhicule déraper sur le bitume mouillé. L'image de deux feux rouges s'imprima sur sa rétine. Puis ce fut le néant.

*

Aubin Welt, l'étui de son violon calé entre ses épaules, pédalait sous la pluie. C'était assez inconfortable malgré le harnais qu'il avait bricolé à l'aide d'un morceau de corde, pour empêcher cette grosse boîte de bringuebaler dans les virages. Pourtant, il aimait mieux ça que d'aller à pied. Plus de six kilomètres séparaient l'école de musique de sa maison. Une bonne heure de marche ou vingt minutes à vélo… Le choix était vite fait, il préférait pédaler. Même en hiver.

Surtout en hiver.

Aubin ne l'avait avoué à personne mais il détestait le dernier tronçon du trajet, quand la petite route s'enfonçait dans les bois de Beauport. À bicyclette, il avait l'avantage de la vitesse pour échapper à un agresseur éventuel. Non pas qu'il ait été attaqué ni même véritablement menacé… pas plus qu'il n'avait entendu parler de rôdeurs, de chiens errants ou quoi que ce soit qui aurait pu le mettre en danger. Mais, à partir de son embranchement avec la départementale, le chemin devenait désert, étroit et pas du tout éclairé. D'abord, il descendait vers l'étang du Danet et côtoyait des maisons isolées. Jusque-là, ça allait. C'est ensuite que les choses se gâtaient, lorsqu'il entrait dans la forêt qui était noire et touffue, avec des troncs énormes, des branchages qui bouchaient le ciel et du vent qui sifflait en faisant craquer les arbres morts.

À en croire ses parents, le chemin qui menait à leur maison de Traou Du ne présentait aucun risque, en tout cas beaucoup moins que la grand-route où des fous du volant ne voient pas les cyclistes, leur brûlent la priorité ou les fauchent en les doublant.

Aubin ne mettait pas leur parole en doute. Pourtant,

quand il pénétrait dans le bois, il pesait de toutes ses forces sur les pédales en s'efforçant de ne pas voir les ombres qui bougeaient derrière les buissons ni entendre les bruits bizarres qui montaient des ravins.

Ce soir, il était tard et il pleuvait. La répétition d'orchestre s'était prolongée à cause du concert qui avait lieu dans une semaine et parce que personne n'était vraiment au point. Régis Landry avait dit qu'on allait droit à la catastrophe, il avait ajouté que seul Aubin, le premier violon, connaissait sa partition sur le bout du doigt et que les autres feraient bien d'en prendre de la graine.

Les mains crispées sur son guidon, le dos meurtri par les à-coups de son étui à violon, Aubin s'enfonçait dans la forêt. Les yeux braqués droit devant lui, il guettait la lumière de la lampe extérieure que sa mère laissait allumée au-dessus de l'entrée. Pour lui, elle était comme un phare dans la tempête. Lorsque son regard la captait, il ne la lâchait plus d'ici qu'il mette pied à terre, devant la porte.

Mais hélas, il n'y était pas encore. Bientôt, le chemin se resserrerait, ferait quelques virages avant de traverser la sapinière plus sombre que tout le reste et qu'il redoutait, même en été.

La pluie redoublait, le vélo tressautait sur les cailloux. Une odeur de résine se mit à flotter dans l'obscurité. La sapinière approchait. La lanterne éclaira soudain des troncs alignés et le sous-bois noir et nu.

C'est alors que la chouette ulula. Aubin qui connaissait la nature, savait qu'on l'entendait dès le début février. Sa mère disait que c'était là le premier signe de la fin de l'hiver. Il poussa sur les pédales, les sapins défilèrent, la chouette ulula à nouveau. Tout près. Puis ce fut un oiseau qui se mit à siffler. Un merle, un pinson… Aubin n'identifiait pas le chant des passereaux, seulement il était sûr qu'ils ne gazouillaient jamais durant la nuit ni pendant l'hiver. Ce n'était pas normal ! Sa respiration s'accéléra, la peur lui tordit l'estomac, mais il ne pouvait pas rouler plus vite, ses jambes donnaient leur maximum.

Ce n'était pas la première fois qu'il entendait de drôles de bruits dans la nuit. Il en avait parlé à ses parents. Comme il s'y attendait, son père l'avait traité de trouillard et sa mère lui avait dit de ne pas laisser déborder son imagination.

Il y eut un troisième ululement, suivi aussitôt par les trilles et les roulades du merle. Durant un bref instant, Aubin crut même reconnaître les notes d'un morceau qu'il jouait au violon. « Ce n'est pas possible, pas naturel », eut-il le temps de penser, affolé. Puis son guidon lui échappa des mains et tourna brutalement à angle droit. Perdant l'équilibre, il passa par-dessus son vélo et atterrit dans la boue tandis que son étui à violon lui percutait violemment l'arrière du crâne.

Ce fut alors une cacophonie de cris et de sifflements aigus, de battements d'ailes et de plaintes horribles. Une volée d'oiseaux nocturnes jaillit de l'obscurité. Des tombereaux de plumes s'éparpillèrent en neige éblouissante, puis retombèrent mollement, rémiges et duvets ensanglantés, sur le châssis tordu d'une bicyclette dont la roue tournait, tournait sans fin dans le noir de la nuit.

*

Pour Martial Legrand, l'éloignement n'était pas un problème. Il habitait sur les hauteurs de Kerraoul et il mettait à peine dix minutes à pied pour rentrer chez lui, un peu plus s'il faisait un crochet par l'ancien cimetière de Lanvignec. C'était un endroit où il aimait bien aller s'amuser avec ses petites voitures. Les dalles de marbre qui recouvraient certaines tombes étaient idéales pour y propulser ses bolides. Et personne ne venait le déranger ou lui faire remarquer qu'un cimetière n'était pas un terrain de jeu.

Mais ça, c'était avant… Avant qu'il ne rencontre le type. Depuis, plus jamais il ne franchissait le muret qui barrait l'entrée du cimetière. Et quand il passait à proximité, il pressait le pas. L'idée de croiser à nouveau cet homme lui glaçait les os. Pourtant, celui-ci ne lui avait pas fait de mal. Il ne l'avait pas menacé ni engueulé, ni fait des gestes cochons. Il avait surgi sans bruit derrière lui alors qu'il était accroupi devant une tombe, une voiture à la main, et l'avait empoigné par la nuque. « Eh bien, mon garçon, c'est à ça que tu t'amuses ? »

Martial s'était retourné, vif comme un chat, et s'était retrouvé face à un type qui portait des lunettes noires, un bonnet enfoncé jusqu'aux sourcils et une écharpe qui lui cachait le bas du visage. Il était un peu tassé sur lui-même, les bras écartés comme un piège prêt à se refermer. Martial avait eu un mouvement de recul et était tombé assis sur le bord de la dalle. Soufflant comme un phoque, l'homme s'était penché vers lui. « J'ai envie de faire une partie avec toi… »

Martial n'avait pas compris. L'homme avait alors tendu la main vers la petite Porsche rouge. « Prête-la-moi ! Tu en as bien une autre… » L'autre, une Jaguar argentée, Martial la sentait coincée sous sa fesse droite. Il l'en extirpa et la lui montra. « Parfait ! En piste ! On va voir laquelle est la plus rapide ! » Il s'était baissé et avait donné le départ.

La Porsche avait gagné mais le type n'avait pas eu l'air content. « Tu peux faire mieux. On recommence ! »

Et l'épreuve avait duré, duré… Le bras douloureux à force de catapulter sa Jaguar, Martial priait le ciel pour qu'un passant entre dans le cimetière. Mais il était tard, le jour diminuait et personne n'était venu déambuler parmi les tombes. Alors il avait pris soudain son courage à deux mains et lancé : « Il faut que je rentre, ma mère va s'inquiéter. » L'homme avait secoué la tête. « Tu n'as pas gagné une seule course ! »

Mais déjà Martial s'était relevé. « Je m'en fiche ! » Et il était parti comme une fusée. Il avait couru d'une traite jusqu'à sa maison, avec, au creux du ventre, une crampe qui lui tordait les boyaux, et dans la tête, l'impression d'avoir échappé de justesse à un horrible danger.

Depuis, il ne se sentait plus en sécurité quand il rentrait chez lui, le soir. Il était sûr que quelqu'un le suivait. Il lui arrivait d'entendre des bruits bizarres derrière les haies, une voix confuse qui gémissait ou qui murmurait son nom. « Martial... Martial... » Il y avait des ricanements, des craquements dans les feuilles mortes, des grognements, des sifflements d'oiseaux qu'il ne connaissait pas. Il avait beau jeter des coups d'œil à gauche et à droite, regarder par-dessus son épaule, il ne voyait jamais personne... sauf dans ses cauchemars. Et ceux-ci étaient si affreux qu'il se réveillait en criant et en pleurant dans son oreiller.

Mais ce soir, ce n'était pas la peur qui faisait courir Martial sous la pluie, son étui à violon à la main.

Ce soir, il y avait le match de foot France-Brésil à la télévision. Et il allait en louper une partie à cause de cette connerie de répétition d'orchestre qui s'était éternisée !

Il aimait bien Régis Landry, sauf quand celui-ci prenait des libertés avec l'horaire. Sa mère trouvait, au contraire, cela admirable. « Quelle chance d'avoir un professeur aussi désintéressé qui ne ménage ni sa patience ni son temps ! Le moins que tu puisses faire est de travailler à fond tes partitions ! » Il ne la contrariait pas mais, en fait, il laissait ça à son copain Aubin qui, lui, était vraiment doué. La musique, il adorait… Il n'aimait même que ça et ambitionnait de devenir violoniste professionnel. Martial, quant à lui, préférait de beaucoup sa collection de petites voitures et le football.

En arrivant à la maison, il découvrit avec plaisir que son couvert était dressé sur la table du séjour et qu'il pourrait manger tout en regardant le match.

— Tu n'as rien perdu, lui dit son père, assis sur le canapé, une canette de bière à la main. Zéro à zéro… et il faudrait que les Français se décarcassent un peu plus s'ils veulent espérer marquer !

Sans quitter l'écran des yeux, Martial s'assit devant un plat de spaghettis à la sauce tomate qu'il engloutit en les aspirant directement de l'assiette à la bouche, avec un bruit de succion absolument répugnant. Il terminait son repas lorsque, contre toute attente, un avant français envoya le ballon dans le but adverse. Faisant écho aux vociférations du public, son père se renversa en arrière et poussa un rugissement homérique. Martial courut s'asseoir à côté de lui. Vu la tournure que prenait la rencontre, il ne s'agissait pas d'en perdre une miette. La France menait, plus rien ne comptait, en dehors des joueurs bleus et jaunes qui galopaient d'un bout à l'autre de l'immense rectangle vert.

— Martial !

Collé contre son père, le garçon ne bougea pas.

— Martial, je te parle !

Tous deux se retournèrent, outrés qu'on osât interrompre le spectacle à un moment pareil.

— Baissez le son deux minutes ! Merci… Martial, est-ce qu'Aubin Welt était à la répétition de ce soir ?

— Oui, forcément.

— Tu l'as vu s'en aller ?

— Oui, sur son vélo. Même que, par ce temps, je n'aurais pas aimé être à sa place. Pourquoi tu me demandes ça ?

— Sa mère vient de téléphoner. Il n'est pas rentré chez lui. Elle espérait qu'il se trouvait ici.

— Qu'est-ce qu'il serait venu faire chez nous, surtout si tard ?

— C'est aussi ce que j'ai pensé mais je ne l'ai pas dit. La pauvre avait l'air si inquiète.

— Elle aurait mieux fait de venir le prendre à l'école en voiture, au lieu de le laisser rouler sous la pluie…

— Oui, évidemment. C'est ce que j'aurais fait à sa place. Mais tout le monde n'est pas comme moi. Espérons seulement que rien de grave ne lui soit arrivé.

II

Samedi 6 février

Régis Landry, le directeur de l'école de musique, n'était pas au mieux de sa forme, il le sentit dès qu'il ouvrit les yeux. Un mal de tête diffus, une vague envie de vomir et des courbatures dans les jambes… Il se retourna sous la couette. Un peu de sommeil supplémentaire le remettrait peut-être d'aplomb. Il ferma les paupières et s'efforça de ne penser à rien, ce qui s'avéra bien entendu impossible. Une foule d'images disparates allaient et venaient dans sa tête, entraînant avec elles toutes sortes d'idées auxquelles son esprit s'accrochait, ce qui rompait sa somnolence et le faisait émerger dans le clair-obscur de la chambre. Après plusieurs tentatives infructueuses, Régis décida de se lever.

En ouvrant les volets, il vit que le soleil avait chassé la pluie de la veille, ce qui ne l'étonna pas. Ici, sur la côte, le temps changeait sans cesse. Une saute de vent amenait un grain ou une embellie, un banc de brume ou un coin de ciel bleu. Comme la plupart des gens, Régis sortait rarement de chez lui sans un k-way et il écoutait la météo trois fois par jour. Graziella disait qu'il exagérait et que ce souci quasi obsessionnel du temps qu'il ferait ne lui ressemblait pas. Régis haussait les épaules et rétorquait qu'avec l'âge, on prend de nouvelles habitudes.

Il est vrai que, tout au long de sa carrière de concertiste, le ciel aurait pu lui tomber sur la tête qu'il ne s'en serait pas aperçu. Mais depuis qu'il s'était établi à Paimpol, il avait appris à observer la nature, les couleurs des nuages, l'orientation du vent, le déroulement des saisons… Et au début, il avait ressenti cela comme un véritable luxe.

Dès sa plus tendre enfance, il n'avait vécu que pour le violon et passé son adolescence à travailler chaque jour des heures durant, afin de réussir là où tant d'autres échouaient. Auditions, examens, concours… La compétition était féroce, les verdicts sans appel, les échecs définitifs. Et lorsqu'il avait enfin atteint le niveau d'excellence exigé pour intégrer une formation orchestrale, il avait fallu répéter, jouer, enregistrer, travailler encore et encore.

La bulle avait éclaté douze ans auparavant quand il avait décrété que c'en était assez et qu'il voulait vivre autrement.

Sa démission avait stupéfié ses collègues de l'orchestre et déconcerté les sponsors qui lui en demandèrent la raison. Il n'en donna aucune car il ne pouvait décemment invoquer la monotonie et la stabilité dans un milieu professionnel où la sécurité de l'emploi fait figure d'utopie.

La conscience aiguë d'avoir manqué, durant toutes ces années, quelque chose d'essentiel, lui avait ouvert les yeux. Il s'était mis à contempler ce qui l'entourait... Et, un jour, il avait vu Graziella. Graziella debout derrière son éventaire, dans une foire à la brocante, et qui le regardait venir, un grand sourire aux lèvres.

Depuis, ils ne s'étaient plus quittés.

Ils s'étaient installés à Paimpol. Graziella avait continué son métier de brocanteuse et lui, il avait ouvert une école de musique privée qu'il avait appelée Musica Nostra. Ni l'un ni l'autre n'avaient jamais regretté le brusque tournant qu'ils avaient donné à leur vie.

Assis devant son petit-déjeuner, Régis se sentait mieux. Avoir la maison pour lui tout seul était quelque chose qu'il aimait bien. Graziella était absente depuis deux jours et ne rentrerait qu'en fin d'après-midi. Là, elle en aurait encore pour une bonne heure à mettre de l'ordre dans son stock et à faire ses comptes. Cela se passerait dans le garage aménagé en atelier et local de rangement. Régis n'y mettait presque jamais les pieds, pas plus que Graziella ne montait dans les combles qu'il avait insonorisés et transformés en salle de musique. L'un et l'autre savaient qu'une vie à deux n'est supportable qu'à condition d'avoir chacun son domaine réservé, et qu'une trop grande promiscuité tue l'amour plus vite et plus sûrement que toute autre chose.

Et ce qui valait pour l'espace, l'était aussi pour le temps. En fait, ils ne vivaient que peu d'heures ensemble. La semaine, Régis passait ses journées à l'école de musique, rentrant rarement avant vingt heures, alors que Graziella travaillait dans son atelier où elle restaurait les objets abîmés, dénaturés ou simplement crasseux qu'elle avait achetés. Le week-end, elle allait dresser son stand dans les vide-greniers et les marchés aux puces de la région, tandis que lui se cantonnait à la maison.

Une fois son petit-déjeuner avalé, Régis monta à la salle de musique. La lumière y entrait par de larges Vélux situés trop haut pour qu'on voie autre chose que le ciel. Régis trouvait que la musique méritait cet isolement, cette coupure avec le monde et ses contingences. Il s'assit dans son fauteuil et décida d'écouter l'enregistrement de la *Petite Musique de Nuit* de Mozart qu'il avait effectué la veille à l'école, au cours de la répétition. La version pour orchestre baroque de l'œuvre n'était pas celle qu'il préférait, loin de là ! Mais c'était la seule à se prêter parfaitement aux capacités des jeunes musiciens dont il disposait cette année.

Les effectifs de l'école étant volontairement limités, le choix des œuvres susceptibles d'être convenablement interprétées par les élèves s'en trouvait d'autant plus réduit. Mais cela n'était pas le plus important. À ses yeux, l'essentiel résidait dans le travail et le souci de la perfection. Pas d'à-peu-près, pas de laisser-aller, mais le respect rigoureux de la partition allié à une interprétation expressive de la musique… L'ambition de Régis Landry n'était pas de donner un vernis musical à des fournées d'écoliers, mais de préparer les élèves naturellement doués à intégrer un conservatoire puis, éventuellement, à s'orienter vers une carrière de musicien professionnel. « À Musica Nostra, nous visons l'excellence, » avait-il coutume de dire aux parents au moment de l'inscription et, vu le prix que ceux-ci payaient, ils n'en attendaient pas moins. Dans cette perspective, Régis s'était adjoint quatre professeurs de haut niveau, pour les classes de flûte, hautbois, violoncelle et trompette, lui-même se chargeant de l'enseignement du violon et de la musique d'ensemble.

Dès la première année, Musica Nostra connut un succès qui dépassa toutes ses espérances. La qualité des professeurs, la formation musicale complète que recevaient les élèves, les progrès de ceux-ci et les deux concerts annuels conférèrent à l'école une réputation qui déborda largement les limites de la commune et ne se démentit jamais.

D'un geste sec, Régis Landry stoppa l'enregistrement de la *Petite Musique de Nuit*. Ce qu'il venait d'entendre l'accablait. Il savait que le niveau des élèves de cette année était assez bas. Mais pas à ce point ! En dirigeant, il n'en avait pas vraiment pris conscience, mais l'enregistrement avait cruellement remis les pendules à l'heure ! Les défauts d'exécution étaient flagrants. Pour les corriger, il aurait fallu bien davantage que les deux heures de répétition hebdomadaire et des instrumentistes un peu plus motivés, un peu plus talentueux… En dehors du petit Aubin Welt, ce n'était qu'une bande d'enfants gâtés, sans ambition, incapables de soutenir un véritable effort. Que pouvait-il espérer en tirer ?

Son malaise du réveil le reprit. Le moral soudain au plus bas, il repassa l'enregistrement. Pauvre *Petite Musique de Nuit* ! Pauvre Mozart, une nouvelle fois assassiné ! Et dire qu'il ne restait qu'une semaine jusqu'au concert ! Pas la peine de s'illusionner, ce serait un désastre.

Affalé dans son fauteuil, Régis ne voyait plus le soleil entrer par les Vélux ni l'azur où dérivaient les nuages. Il n'entendait que les gémissements des violons, les accents trop marqués, l'allure trop lente et les attaques imprécises. « Pauvre Mozart ! » se répéta-t-il, « et pauvre de moi, obligé de présenter une exécution aussi minable ! »

Ah ! S'il avait pu convoquer l'orchestre et le faire répéter, répéter d'ici que les instruments tombent des mains des élèves ! Ah ! S'il pouvait leur crier ce qu'il pensait d'eux, de leur médiocrité, de leur paresse. Des vers de terre, des scolopendres, des limaces… voilà ce qu'ils étaient ! Indignes de la musique qu'ils prétendaient jouer, indignes même d'oser y songer ! Oui, voilà ce qu'il hurlerait avant de les chasser de l'école puis d'en boucler définitivement les portes, de tout arrêter et d'en terminer avec sa misérable vie.

C'était ce qu'ils méritaient tous, ce qu'il méritait lui-même. Musicien médiocre, pédagogue incompétent. Un raté, un loser, un pitoyable mythomane…

Dix heures sonnèrent à la pendulette de la salle de musique. Puis onze heures.

Émergeant peu à peu de sa crise de dépression, Régis se sentait nauséeux et fatigué. Il se demandait comment il allait occuper le reste de la journée quand son portable se mit à sonner. Il n'avait pas envie de répondre. Pas assez d'énergie.

Au troisième rappel, il finit par décrocher et mit quelques secondes à comprendre que la voix qu'il entendait était celle d'un officier de gendarmerie l'informant qu'une de ses élèves, Catherine Moreau, n'avait pas regagné le domicile de ses parents, la veille au soir. On l'avait cherchée partout, sans résultat. Les dernières personnes à l'avoir vue étaient le conducteur de la micheline et son amie Violette David qui se trouvait présentement à l'hôpital de Paimpol, victime d'un accident de la route.

Bizarrement, la première pensée qui vint à l'esprit de Régis fut qu'il n'avait plus de soucis à se faire quant à la *Petite Musique de Nuit*. Avec deux instrumentistes manquant à l'appel, son petit orchestre ne serait pas à même d'interpréter cette œuvre.

— Les parents de Catherine Moreau ont essayé de vous appeler hier soir, vers vingt et une heures, pour savoir ce qui se passait mais ils n'ont pas pu vous joindre…

— J'étais probablement sur le chemin du retour…

— Ils ont fait une autre tentative, un peu plus tard, sans succès.

— Je ne suis pas rentré directement. Mais je ne vois pas le rapport avec ce que vous venez de m'apprendre, répondit Régis, agacé par la pointe de suspicion qui perçait dans la voix de son interlocuteur.

— Vous avez raison, excusez-moi. Seulement l'adolescente n'a toujours pas réapparu et je vous laisse imaginer l'inquiétude de ses parents. C'est pourquoi je vous saurais gré de me faire part de tout ce qui pourrait éventuellement me mettre sur sa piste.

— Vous me prenez de court. Il ne me vient rien à l'idée. Hier, la répétition s'est déroulée normalement, j'ai libéré les élèves un peu après vingt heures. Ensuite, je suis resté un moment à l'école pour mettre de l'ordre, ranger les pupitres et les partitions… Puis j'ai fait le tour des locaux afin de vérifier que les lampes étaient éteintes partout. La routine, quoi…

— Vous avez été le dernier à quitter l'établissement ?

— Oui.

— Et après ?

— Après ? J'estime que cela ne vous regarde pas.

— Votre manque de coopération me surprend. Le fait qu'une de vos élèves ait disparu ne semble vous faire ni chaud ni froid.

— Non ! Ce n'est pas ça. Je pense simplement qu'il ne faut pas dramatiser. Catherine est une ado assez précoce. Si ça se trouve, elle est avec un copain... Ou alors, elle est allée dormir chez une amie, en oubliant de prévenir ses parents.

— Ça paraît peu probable. Nos recherches dans ce sens n'ont rien donné.

— À propos d'amie... qu'est-il exactement arrivé à Violette David ? Rien de grave, j'espère...

— Fracture du péroné, blessures superficielles et ecchymoses multiples. Elle a été fauchée par une voiture et laissée inanimée au bord de la route. C'est un couple de passants qui l'a trouvée. J'ai pu l'interroger ce matin, mais elle ne se souvient de rien. Comme le chauffard s'est enfui et que l'accident n'a pas eu de témoin, ce sera coton pour retrouver le responsable.

— Ça, je l'imagine...

— Encore une fois, vous êtes sûr que vous n'avez rien à m'apprendre ?

— Pas pour l'instant. S'il me revient un détail, je ne manquerai pas d'appeler la gendarmerie. Puis-je vous demander si vous avez interrogé les élèves de l'orchestre et les autres professeurs ?

— C'est en cours. Nous avons informé notre hiérarchie de cette disparition et on nous a envoyé un officier enquêteur.

— A-t-il obtenu quelques renseignements ?

— Cher monsieur, à mon tour de vous répondre que cela ne vous regarde pas !

*

— Dépêchons-nous de charger le reste du matos ! fit Paul Vaugel à sa femme. L'écluse est ouverte depuis neuf heures et nous ne serons pas les seuls à vouloir sortir du port, ce matin.

— C'est presque terminé, répondit Joëlle en déposant un couffin plein de victuailles dans le coffre de la Citroën. Il reste un pack de bières et des bouteilles d'eau.

— Je m'en occupe. Pendant ce temps, fais le tour de la maison pour voir si nous n'avons rien oublié.

Au lever du jour, lorsqu'ils avaient constaté que le vent virait au nord, Paul et Joëlle Vaugel avaient aussitôt décidé de passer le week-end en mer ainsi qu'ils le faisaient toujours quand la météo le permettait. La majeure partie de leur matériel ne quittait pas le bateau, aussi ne leur fallait-il qu'un minimum de temps pour préparer une sortie en mer. Comme ils habitaient le quartier de Kernoa, ils ne mettaient que quelques minutes pour gagner le port où était amarré leur yacht, un voilier de vingt-deux pieds, avec lequel ils pratiquaient la navigation côtière. Ils partaient généralement le samedi matin et rentraient le dimanche, en fin de journée.

Paul affirmait que sans ces journées passées loin de tout, entre le ciel et l'eau, la vie lui aurait été insupportable. C'était une des raisons qui les avait décidés à s'installer à Paimpol, douze ans auparavant, et à accepter les postes de professeurs de flûte et de violoncelle à Musica Nostra.

Avec les diplômes qu'ils possédaient, ils auraient pu prétendre à mieux. Seulement, nulle part ailleurs, ils n'auraient pu exercer leur métier et pratiquer leur passe-temps favori dans des conditions aussi idéales. Aussi supportaient-ils sans trop se plaindre l'intransigeance, les exigences et, surtout, les tendances maniaco-dépressives de Régis Landry, leur directeur. S'ils reconnaissaient volontiers l'efficacité de son enseignement – les résultats qu'il obtenait des élèves dépassaient largement la moyenne nationale – ils avaient de sérieux doutes quant aux méthodes utilisées, son esprit tyrannique, sa manie du détail et, surtout, les violences verbales auxquelles il se laissait aller… Comment pouvait-on espérer faire aimer la musique en usant de procédés pareils ?

Mais ils n'en disaient rien. Les parents se montraient satisfaits et eux, ils tenaient à garder leur emploi.

Paul rangeait les boissons dans le coffre de la voiture lorsqu'il entendit le téléphone sonner dans le couloir et Joëlle qui décrochait. Agacé, il ferma bruyamment le hayon et alla s'asseoir au volant.

— C'était la gendarmerie, dit-elle, quelques minutes plus tard, en le rejoignant. Il paraît qu'une élève de l'école a disparu et qu'on la cherche partout depuis hier soir.

— Qui ?

— Catherine Moreau, une de tes élèves. Elle n'est pas rentrée chez elle après la répétition d'orchestre.

— Ça s'est mal passé ? Régis a encore houspillé les gamins ?

— Je l'ignore. La personne qui était au téléphone voulait savoir si nous avions remarqué quelque chose d'inhabituel hier ou les jours d'avant. Je lui ai dit que non.

— À quelle heure s'est terminée la répétition ?

— Après vingt heures, selon le flic.

— Régis devrait les garder jusqu'à minuit, tant qu'il y est ! s'exclama Paul. Il est cinglé. Je me demande souvent à quoi il marche et ce qu'il cherche vraiment.

— On en a déjà suffisamment discuté, inutile de revenir là-dessus !

— C'est vrai. Il y a eu d'autres questions ?

— Oui. À quel moment nous avons quitté l'école et ce que nous avons fait de notre soirée. J'ai répondu que nous étions rentrés vers dix-huit heures trente et qu'ensuite nous n'avions pas bougé de la maison.

— Tu ne lui as pas dit que j'étais ressorti ?

— Non !

— Tu as bien fait. À quoi bon aller au-devant des complications quand on peut faire autrement !

— J'ai surtout pensé que tu risquais d'être convoqué à la gendarmerie pour de plus amples explications, que cela prendrait du temps et que l'écluse serait refermée quand tu sortirais.

— Tu as eu raison ! De toute manière, cette histoire ne nous concerne en rien. Maintenant, dépêchons-nous d'aller à bord avant qu'un keuf ne nous tombe sur le paletot ! Et une fois passé l'écluse, pas de radio, pas de portables ! Nous serons injoignables comme d'habitude. Et tu verras, quand nous rentrerons demain, la brebis égarée aura retrouvé le bercail !

*

En milieu de matinée, Nathan Welt déclara qu'il en avait assez et qu'il allait à Paimpol faire des courses. Qu'Élise reste dorloter Aubin si ça lui chantait, mais qu'on ne lui demande pas d'en faire autant !

La poule et son poussin. Piailler, s'exciter, dramatiser… Ah ! Ils s'y entendaient ces deux-là pour monter en épingle le moindre incident ! Le gosse avait fait une chute à vélo, la belle affaire ! Les plaies et les bosses… c'est ainsi qu'on s'endurcit et qu'on devient un homme. Mais Aubin n'en tenait pas le chemin.

Nathan enrageait à voir Élise l'encourager à se replier sur lui-même sous prétexte que ses talents musicaux étaient exceptionnels. Exceptionnels peut-être… mais seulement dans le petit cercle d'amateurs qui l'entourait. Une gloire locale qui s'effondrerait lorsqu'elle aurait à affronter une véritable concurrence. Voilà ce que Nathan s'échinait à expliquer à

Élise, pour l'empêcher de commettre l'erreur de sa vie : pousser son fils dans une voie qui n'était pas la sienne et se retrouver ensuite avec un raté sur les bras.

Hier soir, quand Aubin était apparu dans la lumière du couloir, crotté, pleurant et reniflant, le visage et les mains écorchés, Élise avait failli tourner de l'œil. Il avait fallu qu'il la secoue afin qu'elle se reprenne et nettoie les blessures qui déjà ne saignaient plus. Ensuite, ils avaient retiré les vêtements du gamin pour une inspection superficielle : une plaie au genou, une bosse au front et une cheville enflée. Il avait ordonné à Élise de placer un sac en plastique plein de glaçons sur l'articulation tandis qu'Aubin geignait en bredouillant une de ses histoires sans queue ni tête dont il avait le secret. Nathan avait alors suggéré de lui donner un cachet d'aspirine et de l'envoyer se coucher. Après une bonne nuit de sommeil, l'incident se résumerait à quelques ecchymoses et des courbatures.

Mais c'était trop demander à Élise ! Elle avait tenu à s'occuper d'Aubin toute la nuit. Gémissements, pleurs, cauchemars, tisanes, compresses… La mère poule n'avait pas cessé de glousser et de caqueter. Nathan avait quand même fini par sombrer dans le sommeil… pour être réveillé, à sept heures, par Élise éplorée, qui l'avisait qu'elle emmenait Aubin au service des urgences, à l'hôpital de Paimpol. Il lui avait répondu de faire ce qu'elle voulait et s'était rendormi.

Plus tard, après avoir pris son petit-déjeuner, il était monté voir Aubin, de retour dans sa chambre.

— Alors, qu'est-ce qu'ils t'ont trouvé, à l'hôpital ?

— Une entorse à la cheville. Le genou et le reste guériront tout seuls.

— Tu as dû te prendre une jolie gamelle ! Comment tu as fait ? Tu as dérapé ?

— Je… j'ai eu peur.

— Peur de quoi ?

— J'ai entendu des drôles de bruits.

— Le vent dans les arbres.

— Non ! Des chants d'oiseaux…

— La nuit, en février… impossible !

— Justement… c'est ça qui m'a fait peur.

— D'accord, mais on ne tombe pas de vélo parce qu'on a peur.

— Je me rappelle que j'ai passé par-dessus le guidon, après je ne me souviens plus de rien.

— Tu as dû rester étourdi par terre un bon moment… Ta mère commençait de s'inquiéter. Elle a même téléphoné à ton copain Martial.

— Quand j'ai rouvert les yeux, j'étais couché dans l'herbe mouillée et je voyais la lampe allumée au-dessus de la porte. Alors je me suis relevé et je suis rentré.

— Et ton violon, tu en as fait quoi ?

Le gamin avait ouvert une bouche toute ronde et un flot de larmes s'était échappé de ses yeux.

— J'sais pas… Je l'ai oublié.

— Il doit être quelque part, près du vélo. On va le retrouver.

— Il est peut-être cassé, fit Aubin en sanglotant de plus belle.

— Pleurer comme un bébé ne te mènera à rien. Serre les dents et conduis-toi en homme, pour une fois !

Après avoir quitté la chambre, il s'était heurté à Élise, les mains chargées de compresses et de médicaments. Sa hargne avait empiré. « Continue à le dorloter si tu veux, moi, j'en ai ma claque ! Je vais jusqu'à Paimpol… »

Arrivé à l'entrée de la sapinière, Nathan aperçut le vélo couché sur le sol, les roues en l'air. Il sortit de voiture et alla le redresser. Apparemment, les dégâts étaient minimes. Il le poussa jusqu'à un châtaignier et l'appuya contre le tronc. Il le reprendrait au retour. Quelques instants plus tard, il découvrit l'étui à violon à demi caché sous un noisetier. Il était resté fermé mais la pluie avait dû pénétrer à l'intérieur et l'instrument était peut-être endommagé. Il le ramassa et le déposa dans la voiture. Puis, en inspectant le chemin, il trouva un bout de ficelle qui serpentait sous les feuilles mortes. Une des extrémités traînait par terre tandis que l'autre était attachée au tronc d'un sapin. Nathan la dénoua, l'enroula et la glissa dans sa poche.

Cela fait, il remonta en voiture et poursuivit sa route vers Paimpol.

*

Jouer de la trompette n'était pas sans inconvénient, Loïc Plesguen l'avait constaté depuis fort longtemps.

À ses débuts, plusieurs années auparavant, tout le monde trouvait amusant ce gamin de douze ans qui soufflait dans son instrument à s'en faire péter les poumons. C'était même devenu une attraction quand il y avait des visiteurs à la maison. Mais, très vite, les sons fracassants devinrent insupportables pour le voisinage. Ses parents firent isoler sa chambre et le prièrent de s'exercer porte et fenêtre fermées. Mais cela ne suffit pas. On lui demanda alors de ne travailler que lorsqu'il était seul à la maison, ce qui arrivait trop rarement pour que cette solution soit acceptable. Encouragé par son professeur, Michel Malter, et par le plaisir qu'il y prenait, Loïc tenait à jouer tous les jours. On essaya alors la cave. Mais de là aussi, le son de la trompette gagnait tout le quartier et les voisins se plaignaient.

Les premières années, Loïc n'avait pas conscience des désagréments qu'il causait mais, en grandissant, il commença à se sentir gêné chaque fois qu'il embouchait sa trompette. Son malaise s'aggrava jusqu'au jour où, à force de se creuser la tête, ses parents trouvèrent la solution miracle : le cabanon qu'ils possédaient à Beg Nod. Chalet de plage situé sur la côte, à l'ouest de l'Arcouest, il servait d'entrepôt pour un tas de matériel nautique plus ou moins hors d'usage.

L'été, la famille allait souvent y pique-niquer.

— Comment n'y avons-nous pas pensé plus tôt ? s'était exclamé son père. À mobylette, tu mettras quoi ? Un quart d'heure, vingt minutes à tout casser ! Et là-bas, tu ne dérangeras personne, sinon les mouettes !

Loïc avait acquiescé, l'idée lui plaisait tout à fait.

— Et en hiver ? avait objecté sa mère. Il y fait un froid de canard et il n'y a aucun moyen de chauffer.

— Bien sûr que si ! Il existe des petits poêles à alcool qui marchent très bien. Comme chauffage d'appoint, il paraît qu'il n'y a pas mieux.

Cela faisait deux ans que Loïc se servait du cabanon de Beg Nod comme salle de musique. Il s'y rendait plusieurs fois par semaine, souvent en fin de journée. Il allumait le poêle et quand le crépuscule tombait, il s'éclairait grâce à une lampe à gaz. Situé en retrait du chemin, sur un terrain légèrement surélevé, il jouissait d'une jolie vue sur le chenal du Ferlas, tout en étant à demi dissimulé par les arbustes qui poussaient contre la clôture. En été, à marée haute, on pouvait très bien se baigner. Cela servit d'argument à Loïc pour inviter des copines à venir le rejoindre. C'est ainsi qu'assez vite, Beg Nod devint sa garçonnière autant que sa salle de musique.

Plusieurs filles s'y succédèrent. Puis, l'automne précédent, Catherine Moreau y débarqua à l'improviste.

Loïc travaillait une suite de Bach. Comme il faisait

beau, il était assis dehors, devant la porte, face à la mer.

— Ça fait un moment que je t'écoute, dit la jeune fille en débouchant du sentier. C'est beau, mais on doit t'entendre jusqu'à Bréhat !

— Sûrement, mais je m'en fous ! Et toi, qu'est-ce que tu viens faire ici ?

— Je voulais voir l'endroit où tu travaillais.

— Comment tu as trouvé le chemin ?

— C'est une de tes copines qui me l'a indiqué.

— Et tu n'as pas pensé que tu pouvais me déranger ?

— Non.

— Je te trouve un peu gonflée !

— Pourquoi ? On se connaît depuis longtemps.

Loïc avait haussé les épaules. Cela faisait plusieurs années, en effet, qu'ils fréquentaient tous les deux Musica Nostra, mais sans pour autant être amis. Catherine avait quinze ans et demi et lui presque dix-huit, un écart à peu près infranchissable à ce stade de la vie.

— Bon, puisque tu es là, entre ! Tu veux boire quelque chose ?

— Non merci ! Joue encore un peu, ensuite on ira se baigner, j'ai apporté mon maillot.

— Tu es folle ! On est en octobre…

— Je sais mais l'eau est encore assez chaude.

— Chaude ? Glacée, tu veux dire, pas question que je me baigne !

— Pas grave, j'irai seule. Maintenant, joue-moi quelque chose, s'il te plaît !

Elle l'avait écouté puis était allée se changer dans le cabanon. Quand elle avait reparu, en bikini turquoise, il s'était dit qu'à poil, elle était plutôt bien foutue. Il l'avait accompagnée jusqu'à la grève et l'avait regardée entrer dans l'eau puis s'éloigner à la nage.

Ils étaient repartis de Beg Nod ensemble, lui sur sa mobylette, elle à vélo. En verrouillant la porte, il l'avait invitée à revenir quand elle voudrait.

Catherine l'avait pris au mot. Et très vite, Loïc ne s'était plus soucié de leur différence d'âge.

Quelques semaines plus tard, elle lui avait avoué qu'elle était amoureuse de lui depuis longtemps.

— Je n'avais pas remarqué.

— Évidemment ! Je ne le montrais pas, je n'avais pas envie que tu te fiches de moi. Quand je suis venue à Beg Nod, la première fois, j'étais morte de trouille.

— Ça ne se voyait pas.

— Pourtant c'est vrai.

— Et maintenant ?

Elle se lova contre lui.

— Maintenant, ce qui me fait peur c'est que quelqu'un nous surprenne.

— C'est vrai, je pourrais être accusé de détournement de mineure.

— Oh ! Tu crois ?

— Peut-être… En fait, je n'en sais rien.

Ils étaient allongés par terre, sur un vieux matelas

recouvert d'un duvet tout aussi usagé. Il n'était pas tard mais dehors, la nuit d'hiver était tombée. Le poêle diffusait une bonne chaleur, tout en éclairant la pièce d'une lumière bleutée. Loïc soupira :

— Je passerais bien la nuit ici avec toi… Il faudra qu'on arrange ça, un de ces jours.

— Oh oui ! Ce serait génial !

— Pour moi, ça ne causerait pas de problème, mes parents ne sont plus trop stricts, ils me laissent faire à peu près ce que je veux. Toi, par contre…

— Il faut que j'y réfléchisse, je finirai par trouver quelque chose, j'en ai trop envie.

— De toute manière, nous devons nous montrer très prudents. Personne ne doit savoir qu'on couche ensemble. Ni à l'école de musique, ni ailleurs. Tu as bien entendu ? Absolument personne !

*

Debout devant la fenêtre du cabanon, Loïc emboucha sa trompette et entama le troisième mouvement d'un concerto de Haydn.

La voiture qu'il avait vue avancer lentement sur le chemin côtier avait disparu, cachée par le talus et la broussaille qui bordaient le bas de la propriété. Quelques instants plus tard, comme il s'y attendait, un inconnu surgit sur le sentier qu'il remonta à grandes enjambées. Des coups retentirent à la porte, puis celle-ci s'entrouvrit.

— Excusez-moi ! J'ai frappé mais…

Le jeune homme se retourna, affichant un air étonné.

— Quand je joue, je n'entends rien. Vous cherchez quelqu'un ?

— Tu es Loïc Plesguen, je suppose… Je me présente, capitaine Fred Janvier, officier de gendarmerie. Est-ce qu'on peut se parler une minute ?

— Euh… oui, naturellement. Entrez, je vous en prie !

Le froid du dehors avait envahi le cabanon. Il était presque midi, mais le soleil n'avait pas encore paru au-dessus de la crête rocheuse et boisée qui s'élevait derrière la petite maison. Par la fenêtre, on voyait le vent de nordé faire frissonner l'herbe morte et trembler les saules. Plus loin, dans le Ferlas, la mer commençait à moutonner.

— Tes parents m'ont dit que je te trouverais probablement ici, fit le gendarme en retirant ses gants et en ouvrant sa parka.

— Je suis arrivé vers neuf heures.

— Voilà donc où tu viens travailler ta trompette !

— Le seul endroit où je ne dérange personne.

— Je comprends. La trompette, c'est beau mais…

— Insupportable pour ceux qui la subissent ! Heureusement que mes parents sont propriétaires de ce cabanon, autrement, je crois que j'aurais dû abandonner.

— Ce qui aurait sans doute été dommage. Qu'est-ce que tu joues en ce moment ?

— Un concerto de Haydn.

— Difficile ?

— Oui, assez.

— Bon ! J'aime bien la musique classique, mais ce n'est pas pour en parler que je suis venu jusqu'ici comme tu dois t'en douter… En fait, depuis ce matin, mes collègues et moi interrogeons les élèves de Musica Nostra ainsi que les professeurs parce qu'une de tes camarades a disparu… Catherine Moreau, tu dois la connaître…

— Oui, bien sûr.

— Quand l'as-tu vue pour la dernière fois ?

— Hier après-midi, vers dix-sept heures trente, juste après mon cours avec Michel Malter. Je l'ai croisée dans les couloirs de l'école, elle arrivait pour la répétition de l'orchestre.

— Vous avez parlé ?

— Quelques mots à propos du concert de la semaine prochaine. Ensuite, je suis rentré chez moi.

— Tu connais bien Catherine ?

— Pas plus que ça. On n'a jamais joué ensemble. Il n'existe pas beaucoup d'œuvres écrites pour flûte et trompette.

— Si tu le dis… À part ça, qu'est-ce que tu penses d'elle ?

— Pas grand-chose. Elle est encore au collège et moi au lycée, en terminale. On ne se voit qu'à l'école de musique.

— Et physiquement, tu la trouves comment ?

— Pas mal… mais trop jeune pour moi.

— Elle ne t'a jamais tapé dans l'œil ?

Loïc tressaillit légèrement.

— Pourquoi ? Qu'est-ce qui vous fait dire ça ?

— Rien, je te pose juste la question, répondit Fred Janvier surpris par le ton cassant du jeune homme. Donc, tu ne vois pas ce qui pourrait me mettre sur la piste de Catherine ?

— Non, je regrette.

— Bon, tu permets que je visite la maison ?

— Ce sera vite fait, il n'y a que la pièce où nous sommes.

— Pas de douche ni de WC ?

— Non. Nous avons des toilettes sèches dans un coin du jardin.

— Et là-haut ? fit le gendarme en désignant une trappe au plafond.

— C'est un comble où nous entreposons des vieilleries. Vous pouvez vérifier. Allez-y, grimpez sur la table !

Le bois avait dû travailler car la trappe était coincée dans son encadrement. Un demi-sourire aux lèvres, Loïc regarda le gendarme y cogner à coups de poing.

Lorsqu'elle céda et se souleva, un air glacé se déversa dans la pièce.

— Vous voulez une torche électrique ?

— Volontiers.

Le bref examen de la soupente n'apprit rien de

plus à Fred Janvier qui remit rapidement le carré de bois en place.

— Bon, eh bien, la visite est terminée, je vais te laisser travailler.

Sur le pas de la porte, il hésita un instant.

— Avant de partir, je vais faire le tour du bâtiment. Tu m'accompagnes ?

— Si vous voulez.

Derrière la maison, le gendarme désigna un appentis adossé au cabanon.

— Qu'est-ce que c'est ?

— Oh rien ! Une remise où nous stockons les boissons et le carburant.

— Je vais quand même y jeter un coup d'œil, par acquit de conscience. C'est ouvert ?

— Je n'en sais rien.

Fred Janvier appuya sur le panneau qui résista, puis s'ouvrit en grinçant. L'endroit était obscur, mais on distinguait néanmoins un amas d'objets hétéroclites et, près de l'entrée, des jerricanes, des bouteilles de gaz, des packs d'eau et de bière. Il pénétra à l'intérieur, promena les yeux autour de lui, tira la porte pour regarder derrière.

— Merde ! Il y a quelqu'un !

Loïc le rejoignit précipitamment et distingua une silhouette accroupie dans l'ombre.

— C'est Catherine, dit-il à voix basse.

— Tu as ta lampe de poche ?

— Non.

— Tant pis ! Aide-moi à la sortir d'ici !

Déjà, il avait saisi la jeune fille sous les épaules et l'entraînait à l'extérieur. Loïc la regarda, abasourdi. Elle avait le visage inexpressif, les yeux vides, la bouche entrouverte. Pâle, les bras ballants, elle ne semblait pas pouvoir tenir debout toute seule.

Tant bien que mal, ils la transportèrent à l'intérieur du cabanon où ils l'installèrent dans un vieux fauteuil de plage. Puis ils tâchèrent de la faire parler. En vain. Prostrée, elle ne paraissait pas savoir où elle se trouvait ni reconnaître Loïc qui l'observait d'un air incrédule. « Prépare du café noir et bien sucré ! » lui ordonna Fred Janvier, puis il sortit son portable de sa poche et contacta la gendarmerie.

— Catherine Moreau est retrouvée… À Beg Nod, dans un cabanon de plage… Choquée mais apparemment indemne. Prévenez ses parents et envoyez des renforts !

Puis il se tourna vers Loïc :

— Et maintenant, peux-tu me dire ce que Catherine faisait dans cet appentis ?

— Aucune idée.

— Allons, allons ! Tu ne vas pas me faire croire ça ! Tu n'as rien vu, rien entendu ?

— Rien ! Je vous le jure !

— Comment est-ce qu'elle a pu arriver ici ?

— Je ne sais pas.

— Elle connaît cet endroit ?

Loïc hésita un instant.

— Elle y est venue se baigner une fois, l'automne passé. Ça m'arrive d'inviter des copains ou des copines quand il fait beau.

— Je vois.

Lorsque le café fut chaud, ils tentèrent d'en faire avaler quelques cuillerées à Catherine. Sans résultat, la boisson coulait hors de la bouche, laissant sur le menton de longs sillons bruns.

— Tant pis, laissons-la tranquille. Les secours ne vont pas tarder à arriver.

Loïc jeta un regard désolé sur la jeune fille puis sortit. Debout devant la porte, il entendit retentir au loin la sirène d'une ambulance.

*

— Si j'étais superstitieux, je dirais qu'hier soir, le sort s'est acharné sur les élèves de cette école de musique, déclara en fin d'après-midi le capitaine Janvier à son adjoint, le lieutenant Romain Buchy.

Il venait de faire le point avec ses collègues de Paimpol et s'apprêtait à quitter la gendarmerie.

— Trois coups durs en moins d'une heure, ça fait beaucoup ! poursuivit-il. D'abord la jeune Violette David qui se fait renverser par une voiture, puis le petit Aubin Welt que sa mère a amené aux urgences ce matin, à la suite d'une chute à vélo. Et pour finir, Catherine Moreau qui disparaît dans la nature… Qu'est-ce que vous en pensez, Lieutenant ?

— Le hasard, je ne vois pas d'autre explication.

— D'après les employés de la gare, la jeune fille a embarqué dans la micheline de vingt heures trente-cinq et en est redescendue dix minutes plus tard, à l'arrêt de Frinaudour. La maison de ses parents se situe au-dessus du Leff, à moins d'un kilomètre de la petite station. Selon toute vraisemblance, c'est le long de ce tronçon qu'elle a été agressée et enlevée. Il faut dire que la route est peu fréquentée et qu'il faisait nuit. Pour le reste, on n'en sait pas plus… Ce qui m'ennuie, c'est que l'enquête risque de tourner court puisqu'aucun des parents ne veut porter plainte.

— Curieux, en effet. Notez que l'état de santé des trois jeunes n'inspire pas d'inquiétude. Blessures sans gravité pour Violette et Aubin. Quant à Catherine Moreau, l'examen médical indique qu'elle n'a pas subi de sévices.

— Ce qui reste à prouver ! Elle est en état de choc et n'a pas prononcé un mot depuis que je l'ai retrouvée ce matin, à Beg Nod.

— Traumatisme psychologique, elle finira bien par se remettre à parler.

— Je l'espère, mais dans combien de temps ?

— C'est tout le problème. Et encore faudra-t-il qu'elle n'ait pas tout oublié… comme les deux autres !

Fred Janvier hocha la tête.

— Le moins que l'on puisse dire est que je n'en ai pas tiré grand-chose. La jeune Violette ne se souvient que de deux feux rouges qui s'éloignaient dans la nuit. Quant au gamin, il a dû prendre un coup sur la tête parce que je n'ai rien compris à ce qu'il m'a raconté ! D'après ses parents, c'est un gosse sensible et très imaginatif dont le témoignage ne peut qu'être sujet à caution.

— Alors qu'est-ce qu'on fait, patron ?

— On garde cette affaire sous le coude et on retourne à Saint-Brieuc s'occuper des dossiers en cours. Je vous laisse la voiture, moi je rentrerai par le dernier train. Comme vous le savez, mon père habite Paimpol. Je vais en profiter pour aller lui faire une petite visite.

*

En dehors du plaisir qu'il avait toujours à rencontrer son père, Fred Janvier voulait lui soumettre une idée qui lui était venue, en cours d'après-midi. Il quitta donc la gendarmerie à pied, traversa le centre-ville et gagna le quartier de Kerraoul où résidait Jules Janvier.

Ancien instituteur, en retraite depuis quatorze ans, celui-ci s'était établi en Côtes-d'Armor afin de se rapprocher de son fils en poste à Saint-Brieuc, où il vivait avec sa femme et leurs fillettes.

Assis l'un en face de l'autre, les deux hommes dégustaient un vieux cognac tout en discutant de l'affaire qui avait amené Fred à Paimpol.

— Ton idée me semble bonne, dit Jules après avoir écouté la proposition de son fils. J'accepte bien entendu de t'aider, si tu penses que cela peut te rendre service, seulement, je ne te garantis rien.

— Cela va de soi ! Les résultats seront ce qu'ils seront. Ne t'inquiète pas pour ça.

— Je ferai mon possible. Mais, à mon âge, mes capacités ne sont plus ce qu'elles étaient…

Fred détourna la tête et réprima un sourire. Le vieux assurait ses arrières, c'était de bonne guerre mais, en son for intérieur, il devait se sentir heureux et flatté qu'on ait recours à lui. Ses cheveux blancs, ses rides et le bleu délavé de ses yeux le faisaient paraître plus fragile et plus désarmé qu'il ne l'était. En réalité, l'homme était solide, en excellente santé et en pleine possession de ses moyens. Fred n'avait aucun doute à ce sujet.

— À mon âge, je ne pourrai pas faire de miracles.

— Je ne t'en demande pas tant ! Je voudrais juste que tu te renseignes sur cette école de musique. Je t'assure que c'est un boulot tout à fait dans tes cordes !

— Peux-tu me dire ce qui te tracasse dans cet établissement ?

— Ah, si je le savais ! Comme je te l'ai expliqué, les faits sont simples, mais trois accidents coup sur coup, c'est trop. Il y a là quelque chose qui titille mon intuition. C'est pourquoi je voudrais que tu cherches à savoir si, ces derniers temps, d'autres élèves de

Musica Nostra ont été en butte à des actes de malveillance, des agressions, des accidents, des brimades.

— Je vois.

— J'ai consulté la main courante de la gendarmerie. À part une plainte déposée l'automne passé pour vol et destruction d'instrument de musique, je n'ai rien trouvé. Seulement, comme la plupart des gens renoncent à cette démarche si les faits n'ont pas de conséquences graves, cela ne veut pas dire que rien ne s'est produit.

Jules Janvier acquiesça d'un signe de tête.

— Bon ! Je vais voir ce que je peux faire. Pour le moment, je n'ai aucune idée sur la façon dont je vais m'y prendre pour interroger les élèves.

— Évite de te montrer à l'école, je ne veux pas éveiller les soupçons du corps enseignant, tant que je ne sais pas dans quelles eaux je navigue.

— Je comprends. Dans l'immédiat, il me faut la liste des élèves.

— J'y ai pensé, la voici avec leurs heures de cours et le nom de leur professeur. Les jeunes sont moins nombreux que je ne le pensais, mais leur formation est très complète, si j'en crois la brochure qu'on m'a fournie.

— J'ai entendu dire qu'on y prenait la musique très au sérieux. N'entre pas dans cette école qui veut. Les élèves passent une sorte de concours.

— Quoi ! Ça existe encore, ce genre d'établissement ?

— Il faut croire ! Il paraît que certains parents font des kilomètres en voiture pour y amener leur enfant. Voilà qui ne doit pas être à la portée de toutes les bourses. Encore un truc pour les élites friquées !

Jules hocha la tête.

— Pas plus que certains sports ! répliqua-t-il en terminant son cognac. Eh bien, il ne me reste plus qu'à me mettre en campagne. Comment, je l'ignore.

— Tu improviseras !

— Jamais ! C'est la meilleure manière de faire chou blanc !

Fred éclata de rire.

— Si tu le dis ! Mais je te connais, je suis sûr que tu te débrouilleras comme un chef. Sous tes dehors de petit vieux inoffensif, tu es quelqu'un de redoutable.

III

Lundi 8 février

Parmi les inconvénients qu'entraîne une liaison que l'on veut absolument garder secrète, les pires sont ceux que l'on s'impose à soi-même. Loïc Plesguen en fit le douloureux constat lorsqu'il voulut joindre Catherine Moreau.

Il ne l'avait pas revue depuis le samedi précédent quand le capitaine Janvier l'avait découverte dans l'appentis de Beg Nod. Un vrai cauchemar ! Et la suite avait été plus pénible encore. Les soupçons, les questions, les explications à donner… Ses parents avaient attesté qu'il n'avait pas bougé de la maison du vendredi soir au samedi matin, et confirmé que la porte de l'appentis n'était jamais fermée à clé, ce qui les avait tous disculpés. En effet, n'importe qui avait pu conduire la jeune fille à cet endroit et l'y abandonner.

Dès le samedi soir, un coup de téléphone de la mère de Catherine leur avait appris que sa fille était en bonne santé et n'avait subi aucune violence. La seule chose que l'on déplorait était son silence obstiné sur ce qui lui était arrivé. Le contrecoup de sa mésaventure, avait-elle conclu, apparemment désireuse de minimiser l'affaire et de banaliser la situation.

Depuis, deux jours avaient passé et Catherine était toujours muette. Comment parvenait-elle à garder un tel silence ? se demandait Loïc, déconcerté. Elle, si gaie, si bavarde… À quoi pouvait bien rimer cette comédie ? Ah ! S'il pouvait la rencontrer seul à seul, il était sûr d'arriver à la faire parler !

Il s'était creusé la tête toute la journée et maintenant, à six heures du soir, il n'avait toujours rien trouvé. N'y tenant plus, il décida d'aller à mobylette jusqu'à Frinaudour. Là, il improviserait. Il chaussa ses baskets, enfila son anorak et avisa sa mère qu'il se rendait chez un copain pour un problème de math qu'il n'arrivait pas à résoudre.

Le jour tombait quand le jeune homme prit la route de Lancerf. En contrebas, la marée avait envahi toute la vasière du Lédano. L'estuaire du Trieux s'étendait, large et paisible. Après le virage de la chapelle, Loïc décida de couper à travers les bois et la lande de Penhouat.

Dans le crépuscule, les nuages étiraient sur le ciel de longs rubans violacés. La lande, brûlée par l'hiver, n'était qu'un amas végétal inextricable d'où jaillissaient, çà et là, des pins noirs et tourmentés.

Après avoir cahoté plusieurs kilomètres, Loïc déboucha sur la route communale qui descendait vers Frinaudour. Il ne s'était jamais rendu chez

Catherine mais il connaissait son adresse exacte et elle lui avait parlé du palmier qui poussait au milieu de la pelouse, devant leur maison. En apercevant l'arbre qui pointait comme un signal au-dessus des buissons, Loïc ralentit et gara sa mobylette contre un poteau téléphonique. Il s'apprêtait à faire le reste à pied lorsqu'il remarqua un vieillard qui venait dans sa direction. La route montait et le pauvre semblait avoir du mal à avancer. Arrivé à la hauteur de Loïc, il s'arrêta, la bouche ouverte et le souffle court, puis s'adossa à un muret, le temps de reprendre haleine.

— Ça ne va pas ? s'enquit le jeune homme, un peu inquiet.

— La côte est raide pour mes vieilles jambes, mais j'y arriverai.

Loïc ne lui demanda pas où il comptait aller, mais proposa de l'accompagner un bout de route, tant il craignait de le voir s'effondrer.

— Merci, ce n'est pas la peine. Je vais me reposer quelques minutes, ensuite, ça ira mieux…

— Il fait presque nuit. Vous avez une lampe ?

Le vieux émit un rire grelottant.

— Inutile… Je suis comme les chats, je vois clair dans l'obscurité.

— C'est pour ça que vous vous promenez à cette heure-ci ?

— J'aime bien le crépuscule et les routes désertes. Et toi, qu'est-ce que tu fais par ici ?

— Euh… fit Loïc, pris de court. Je… j'allais voir ma copine.

— Ah ! Ah ! C'est beau la jeunesse ! Moi aussi, à ton âge, je courais les filles ! Et ta copine, elle habite dans le coin ?

— Vous avez dû passer devant chez elle. La maison avec le palmier au milieu du jardin.

— Oui ! Je l'ai vu ! Un bel arbre quoiqu'un peu incongru dans la région. Bon… eh bien, je ne vais pas te retenir plus longtemps. Merci de t'être arrêté. Une telle prévenance, ce n'est pas courant chez les jeunes d'aujourd'hui.

Il tendit la main à Loïc et la serra amicalement.

— Tu t'appelles comment ?

— Loïc Plesguen.

— Eh bien, bonsoir Loïc ! Et ne t'inquiète pas pour moi. Ma voiture n'est pas loin.

Le vieil homme se remit en marche d'un pas alerte et Loïc songea qu'il avait récupéré étonnamment vite pour quelqu'un d'aussi âgé. Il attendit qu'il ait disparu au contour de la route puis se dirigea vers la maison de Catherine.

Enjambant le portail, il se glissa à travers le jardin jusqu'aux fenêtres éclairées du rez-de-chaussée et regarda discrètement à l'intérieur. La cuisine était vide. Plus loin, dans le séjour, le téléviseur marchait et il aperçut le haut d'une tête qui dépassait le dossier d'un fauteuil. Il contourna le bâtiment et s'approcha d'une porte-fenêtre. Dans la lumière diffuse d'une petite lampe, il distingua des étagères pleines de livres, une table basse, des chaises. Puis quelque chose bougea soudain à la limite de son champ de vision et il vit Catherine sortir de la pénombre et avancer jusqu'à un pupitre à musique, sa flûte à la main.

Loïc frappa quelques petits coups secs au carreau. La jeune fille tourna lentement la tête vers la fenêtre. Il tambourina à nouveau et approcha son visage de la fenêtre. Elle devait forcément le voir. Il tapa du plat de la main sur la vitre.

— Ouvre ! dit-il à voix basse. Ouvre, c'est moi…

En face de lui, les yeux s'écarquillèrent et il crut voir s'ébaucher un semblant de sourire, puis la jeune fille secoua la tête de gauche à droite et recula dans l'ombre. Déconcerté, il songea alors à aller sonner à la porte mais y renonça aussitôt. Qu'aurait-il dit ?

Il allait repartir lorsque Catherine réapparut en pleine lumière. Debout face à son pupitre, elle leva les bras, posa ses lèvres sur l'embouchure et se mit à jouer.

*

Mardi 9 février

Jules Janvier ne perdit pas de temps. Dès le lendemain après-midi, il garait sa Peugeot Rue du Ponant et se mettait en faction à une centaine de mètres de l'école Musica Nostra. Assis au volant, il observa les nombreux gamins qui y entraient et en ressortaient, un étui ou une housse contenant leur instrument, à la main. Il aurait bien aimé les aborder et lier conversation. Mais ce n'était pas pour eux qu'il se trouvait là. Celui qu'il attendait, c'était Loïc Plesguen.

La veille, alors qu'il s'était rendu sur la route de Frinaudour pour voir à quoi ressemblait l'endroit où Catherine Moreau avait été enlevée, la chance lui avait donné un sacré coup de pouce en le faisant tomber sur le jeune homme. Lorsque celui-ci lui avait révélé son nom, il n'avait rien laissé paraître. Mais à peine de retour à sa voiture, il avait tiré de sa poche la liste des élèves de Musica Nostra et constaté que sa mémoire ne l'avait pas trompé. Loïc y figurait bel et bien ! La cerise sur le gâteau avait été d'apprendre que Catherine était sa petite amie alors qu'il prétendait ne la connaître que de vue ! Le vieil homme était aux anges. Avoir percé aussi vite ce secret en mettrait plein la vue à son fiston, tout officier de gendarmerie qu'il était !

Pourtant, dans l'immédiat, cette découverte passait au second plan. Le plus important était d'avoir fait la connaissance de Loïc Plesguen, grâce à qui il allait pouvoir pénétrer dans le petit monde de Musica Nostra. L'après-midi était bien avancé et le soleil disparaissait derrière les toits lorsque Loïc apparut enfin. Jules Janvier poussa un soupir de satisfaction. La secrétaire de l'école qu'il avait appelée, dans la matinée, ne s'était pas trompée en l'informant qu'il participait à une répétition en vue du concert de vendredi prochain. Quittant sa voiture, il se dirigea vers le parc à vélos et se trouva bientôt nez à nez avec le jeune homme.

— Tiens ! Mais je te reconnais, s'exclama-t-il. C'est toi que j'ai croisé hier soir, sur la route de Frinaudour.

— Euh oui... Drôle de hasard !

— Effectivement... mais le hasard n'a rien à y voir, fit Jules en émettant son petit rire tremblotant. En fait, je voulais te rencontrer parce qu'il y a deux ou trois choses dont j'aimerais discuter avec toi.

— Ah bon, fit le jeune homme, déconcerté. Je peux savoir quoi ?

— C'est assez important. Tu n'aurais pas un moment de libre, là tout de suite ?

— Si ! Je n'ai plus cours aujourd'hui.

— Dans ce cas, retrouvons-nous sur le port, au café de la Marine.

Une dizaine de minutes plus tard, tous deux étaient assis devant un demi pression. Le bistrot était désert, seuls quelques fumeurs tiraient sur leur cigarette en terrasse.

— Bon, dit Jules après avoir avalé une gorgée de bière, je ne vais pas te raconter de bobards. Si notre rencontre d'hier était fortuite, celle d'aujourd'hui a été arrangée. Je te guettais depuis un bon moment.

— Pourquoi ?

— J'y viens. En vérité, je suis chargé de mener une enquête discrète sur les élèves de Musica Nostra.

— Ah bon ! Qu'est-ce qu'ils ont fait ?

— Rien du tout. Certaines personnes dont je tairai les noms, sont intriguées par les accidents de vendredi soir. On m'a demandé de me renseigner à ce sujet.

Loïc considéra son interlocuteur d'un air sceptique. Enquêteur, ce vieillard emmitouflé jusqu'aux yeux et qui ne tenait debout que grâce à sa canne ?

— Je vois bien que tu ne me prends pas au sérieux, poursuivit celui-ci. Mais je t'assure que tu peux me faire confiance, je ne suis pas sénile. Dans l'immédiat, j'ai besoin de savoir si, à ta connaissance, d'autres élèves de Musica Nostra ont été victimes d'événements fâcheux, depuis l'automne dernier. C'est tout.

Jules qui avait retiré son écharpe et sa casquette à oreillettes, enleva son manteau qu'il déposa sur la banquette. Il se départit aussi de son air un peu égaré et de son regard candide. Les coudes sur la table, le menton dans ses mains, il plongea ses yeux dans ceux de Loïc.

— Je t'écoute…

Brusquement, le jeune homme ne le trouva plus si vieux que ça. C'était comme si un voile s'était levé, faisant place à un personnage au regard aigu et perspicace. Il avala péniblement sa salive. Dire que c'était à ce type qu'il avait étourdiment révélé que Catherine était sa copine ! Il avait perdu là une belle occasion de se taire.

— Je… je ne vois pas ce qui pourrait vous intéresser.

— Est-ce qu'il n'est rien arrivé de déplaisant à tes camarades, ces temps derniers ?

— Heu… si, peut-être, mais rien de vraiment grave.

— C'est à moi d'en juger. Vas-y, raconte ! dit Jules en tirant de sa poche un calepin et un stylo.

— Eh bien, il y a un mois ou deux, Claude Le Gall, un élève de madame Vaugel, a eu un accident de vélo, le long de la rue du Ponant. En le dépassant, une voiture l'a heurté et l'a fait tomber. Il s'est cassé le bras et le chauffeur ne s'est pas arrêté… Il y a aussi un de mes copains à qui on a volé et démoli la trompette. Le lendemain, on a retrouvé l'instrument complètement écrabouillé devant l'école. Et ce n'est pas le seul cas… Il y a eu un violon dont on a cassé le manche, un hautbois auquel on a arraché toutes les clés. Depuis, je fais vachement gaffe et je trimballe ma trompette partout où je vais.

— Tu as bien raison !

— C'est d'autant plus malheureux que tous ces instruments étaient de très bonne qualité.

— Et donc chers… Est-ce que d'autres choses te reviennent à l'esprit ?

— Oui… L'accident de mobylette de Yann Merzer, ses freins qui ont lâché. Heureusement qu'il s'en est aperçu alors qu'il roulait sur du plat. Il a pu s'arrêter en douceur et n'a pas été blessé.

— Tant mieux ! De quelle classe fait-il partie ?

— Celle de monsieur Vaugel, c'est un flûtiste.

— Comme Catherine Moreau.

— Oui.

— En fait, tu l'as rencontrée hier soir ?

— Non. Elle n'était pas chez elle.

— Dommage ! J'ai entendu dire qu'elle avait recommencé à jouer de la flûte. C'est plutôt bon signe, tu ne penses pas ?

— Oui, sans doute, fit Loïc d'un ton évasif car il ne voulait surtout pas se laisser entraîner sur un terrain aussi glissant.

— Elle pourra peut-être participer au concert de vendredi…

— Je n'en sais rien, répondit le jeune homme en cherchant désespérément comment passer à un autre sujet. Ah ! Il me vient encore quelque chose à l'esprit, mais c'est beaucoup moins grave que le reste.

— Dis toujours !

— Apparemment, quelqu'un cherche à effrayer les plus jeunes élèves de l'école. Il y a une rumeur qui court, les gamins en parlent entre eux.

— Effrayer… de quelle manière ?

— Je ne sais pas exactement. J'ai entendu dire que ça se passait quand ils rentrent chez eux, le soir. Certains prétendent que quelqu'un les suit, d'autres disent qu'ils entendent des bruits bizarres, une voix qui les appelle… À mon avis, ils se montent la tête. Chacun sait que les gosses aiment se faire peur.

— Possible mais à vérifier tout de même… Dis donc, tu ne trouves pas que tout ça commence à faire beaucoup ?

— Si ! Je ne m'en étais pas rendu compte. C'est vrai qu'il y a peut-être un problème… Maintenant, si vous n'avez pas d'autres questions, je vais rentrer chez moi. J'ai plusieurs interros à préparer.

— Bien sûr ! Je ne veux pas te retarder plus que nécessaire. Je te remercie de m'avoir fourni tous ces renseignements, ils feront sûrement avancer l'enquête.

— Vous croyez vraiment que quelqu'un en veut aux élèves de Musica Nostra ?

— Ce n'est pas à moi de le dire, mais je pense que le hasard n'est pas seul en cause.

— Dans ce cas, on a peut-être intérêt à se tenir sur nos gardes…

— Oui, je le crois aussi. En tout cas, moi, c'est ce que je ferais à votre place.

Après le départ de Loïc, Jules nota consciencieusement tout ce que celui-ci lui avait rapporté. Il était sidéré et inquiet par une telle accumulation d'incidents et d'accidents. Quelqu'un tirait-il les ficelles dans l'ombre ? Pourquoi et dans quel but ? Il l'ignorait mais il fallait de toute urgence mettre Fred au courant.

Seulement, avant ça, il avait encore un autre gamin à interroger : Martial Legrand, le fils d'un de ses voisins. Il n'avait pas d'emblée songé à lui. C'est en le voyant entrer à Musica Nostra, un étui à violon à la main, qu'il s'était souvenu que ce gosse prenait des leçons de musique.

Décidé à continuer sur sa lancée, Jules Janvier remonta la colline de Kerraoul et, sans même passer à son appartement, il alla sonner à la porte des Legrand.

— Excusez-moi, chère madame, de venir vous déranger aussi tard mais j'ai un petit problème et je pense que vous pourriez m'aider à le résoudre. Si le moment est mal choisi, dites-le-moi, je reviendrai demain.

— Pas du tout ! Entrez donc, monsieur Janvier, fit Lydie Legrand, un peu étonnée de le voir planté devant sa porte.

Elle le conduisit dans le séjour où il accepta sans réticence le verre qu'elle lui offrit.

— C'est l'heure de l'apéro, qu'est-ce qui vous ferait plaisir ?

— Un petit whisky peut-être…

— Dans ce cas, je vous accompagne. Ce soir, j'ai tout mon temps. Mon mari est retenu à son travail et Martial à l'école de musique. Je ne l'attends pas avant huit heures et quart.

— Il est inscrit à Musica Nostra, je crois. J'ai entendu dire que c'était la meilleure école de la région. C'est aussi votre avis, je suppose…

— Absolument ! Régis Landry, le directeur, est un pédagogue hors pair. Très exigeant, très pointilleux mais qui sait tirer le meilleur de ses élèves. D'ailleurs, seuls les bons éléments sont admis dans son école, fit Lydie Legrand sans cacher sa fierté.

— Parlez-moi de Martial, demanda Jules, désireux d'en venir à la question qui l'intéressait. Ce doit être un enfant sensible… comme le sont en général les musiciens.

— Effectivement, bien que cela ne se remarque pas de prime abord. Encore que…

— Que voulez-vous dire ?

Lydie poussa un soupir puis, s'apercevant que leurs verres étaient vides, elle saisit la bouteille et les remplit.

— Jusqu'à l'automne dernier, Martial était un enfant turbulent, sans cesse en train d'inventer de nouvelles sottises. Il ne se plaisait que dehors à jouer avec ses copains. Mais il a changé, il est devenu sombre, casanier. Il dort mal et il lui arrive souvent de pleurer la nuit. Ça m'inquiète vraiment.

— Des cauchemars, les enfants en font fréquemment.

— Même en journée, il est nerveux, sur le qui-vive… On dirait qu'il a peur.

— Peur ? Il n'a pourtant plus l'âge de croire aux ogres, aux sorcières ou à ce genre de fariboles. En avez-vous parlé avec lui ?

— J'ai essayé, mais il se ferme comme une huître dès que j'aborde ce sujet.

— Et son père ?

— Mon mari a d'autres préoccupations, il ne veut pas s'embêter avec ça.

— Il a peut-être raison, c'est sûrement passager, dit Jules en se levant… Eh bien, chère madame, il est temps que je prenne congé, j'ai suffisamment abusé de votre hospitalité.

— Mais je… vous ne m'avez pas parlé de votre problème !

— Oh que si ! Nous n'avons même discuté que de cela.

— Je ne comprends pas, de quoi s'agit-il exactement ?

— Disons que je me préoccupe de ce qui arrive aux élèves de Musica Nostra. Votre fils n'est pas le seul à avoir des ennuis.

— Ah oui ! Je… j'ai effectivement entendu parler des accidents survenus vendredi soir mais je n'ai pas fait le rapprochement.

— J'ignore encore s'il existe une relation entre ces événements fâcheux mais permettez-moi de vous donner un conseil : surveillez votre fils de près et faites en sorte qu'il ne se trouve pas seul dehors, en fin de journée.

— Oh ! Mon Dieu… Tout à l'heure, il sera seul quand il rentrera de sa répétition…

— Ne vous inquiétez pas, je vais aller à sa rencontre. Indiquez-moi simplement son itinéraire habituel.

Jules alla se poster tout au bout de la rue, le long d'une propriété bordée par de grands sapins dont les branches qui s'étalaient bien au-delà de la clôture, assombrissaient le passage. Il n'attendit pas longtemps. Une petite silhouette encapuchonnée apparut bientôt. Elle marchait vite, sans regarder ni à droite ni à gauche, un peu courbée par le poids d'un cartable et l'étui à violon qu'elle avait à la main. Jules recula dans l'ombre. Au moment où il passait devant lui, l'enfant mit le pied dans une flaque d'eau, jura, sauta de côté et heurta le vieil homme. Il poussa alors un gémissement pitoyable et parut se recroqueviller sur lui-même.

— Non ! Non ! Laissez-moi passer !

— Eh bien, mon garçon ! Qu'est-ce qu'il t'arrive ? On dirait que je t'ai fait peur…

Une voix claire, amicale… Martial leva les yeux.

— J'vous avais pas vu.

— C'est vrai qu'il fait noir sous ces arbres. Tu ne me reconnais pas ? dit Jules en s'écartant de plusieurs mètres jusqu'au pied d'un réverbère.

— Si ! fit Martial d'un air gêné.

— Dis donc, tu es rudement chargé ! D'où viens-tu comme ça ?

— D'une répétition à l'école de musique.

Le gamin se sentait si soulagé d'avoir rencontré son voisin qu'il continua à parler pour le retenir près de lui.

— Nous donnons un concert vendredi prochain, à dix-sept heures. C'est ouvert à tout le monde. D'ailleurs, ce sera annoncé dans les journaux. Si vous voulez venir nous écouter…

— Pourquoi pas… J'aime beaucoup la musique classique.

— Et en plus, c'est gratuit.

— Dans ce cas, j'aurais tort de m'en priver, fit le vieil homme en souriant. Maintenant, si tu es d'accord, je vais t'accompagner chez toi.

— Oh oui ! Volontiers.

— À condition que tu me dises ce qui te fait si peur.

Le garçon baissa la tête.

— Allons ! Tu n'as pas à avoir honte. Je sais ce que c'est. À ton âge, moi aussi, je détestais sortir la nuit.

— C'est que…

— Écoute, je suis un vieux grand-père, tu peux tout me dire. Je te jure que je ne me moquerai pas de toi.

— Vous… vous croyez aux fantômes ?

— Hein ?

— Aux revenants, aux spectres, aux apparitions ?

— Non, pas du tout !

— Vous ne pensez pas que ça peut exister ?

— Non ! Si tu me racontais plutôt ce qui t'arrive.

— Je… j'entends une voix et de drôles de bruits, le soir quand je rentre chez moi.

— Et qu'est-ce qu'elle te dit, cette voix ?

— Elle chuchote mon nom… Des fois, ça pleure, ça grogne et même ça siffle comme un oiseau.

— Tu es sûr que ce n'est pas le vent ?

Le gamin haussa les épaules.

— Est-ce qu'il y a autre chose qui te fait peur ?

— N… non.

— Écoute… Avant, quand je me promenais dans le quartier, je te voyais souvent jouer dehors, mais depuis quelque temps, plus jamais. Tu ne sors plus de chez toi ?

Martial regarda ses pieds puis poussa un bruyant soupir.

— J'en ai plus envie.

— Tu ne me feras pas croire ça. Les garçons de ton âge ne se plaisent que dehors, avec leurs copains.

Nouveau soupir.

— Est-ce qu'il s'est passé quelque chose ? Tes camarades ne veulent plus de toi ?

Le garçonnet secoua la tête.

— Quoi alors ?

— C'est depuis que j'ai rencontré un type et que j'ai été obligé de jouer avec lui.

— À quel jeu ? s'enquit Jules, craignant le pire.

— Aux petites voitures, dans le cimetière de Lanvignec. On a fait des courses sur les pierres tombales.

— Et ce type, il ressemblait à quoi ? fit Jules, éberlué.

— Il était horrible… et méchant.

— Et ses habits ?

— Il portait un gros bonnet, une écharpe et des lunettes noires.

— Et cette partie de petites voitures, comment a-t-elle fini ?

— Elle a duré très longtemps. Il fallait sans arrêt recommencer parce que je n'arrivais pas à gagner. Le type disait que je ne me donnais pas assez de peine et je voyais bien qu'il devenait de plus en plus énervé. À la fin, je me suis relevé, j'ai dit que je devais rentrer et j'ai fichu le camp.

— Tu as drôlement bien fait ! Il ne t'a pas couru après ?

— J'en sais rien, je ne me suis pas retourné.

— Ouais… ouais… ouais… fit Jules, songeur. Et c'est depuis cette rencontre que tu entends de drôles de choses quand tu rentres chez toi ?

— Oui, à peu près.

— Tu penses que ce type te poursuit ?

— J'en sais rien, moi ! cria Martial d'une voix aiguë en pressant soudain le pas. Ce que je veux, c'est rester chez moi et plus sortir !

Apitoyé, Jules l'attrapa par le bras et le força à s'arrêter.

— Écoute-moi, mon garçon, je comprends que tu aies peur. À ta place, je serais terrifié moi aussi. Je prends tout ce que tu m'as raconté très au sérieux et je te donne ma parole que je vais tâcher d'éclaircir ce mystère. Je suis un vieux bonhomme plein d'expérience et je réussirai à mettre fin à tes ennuis.

Martial leva vers lui un visage plus tranquille.

— C'est vrai ? Vous croyez que vous pourrez ?

— Certainement ! Maintenant, on est presque arrivés, rentre chez toi et ne pense plus à tout ça.

Le gamin poussa le portail et se tourna vers Jules.

— Vous me direz quand vous aurez attrapé ce sale type ?

— Naturellement ! Tu seras le premier informé.

*

— Un cinglé s'amuse à harceler les élèves de Musica Nostra, ça semble à peu près sûr, déclara Fred Janvier lorsque son père lui téléphona dans la soirée. Et il va falloir mettre un terme à ses agissements. De quelle manière ? C'est là toute la question. Comme partout, nous manquons d'effectifs. D'autre part, les faits ne sont pas suffisamment avérés pour ouvrir une véritable enquête. Ils sont, en outre, si hétéroclites qu'ils peuvent très bien ne pas avoir la même origine ni être reliés les uns aux autres.

— On pourrait prendre des mesures préventives... hasarda Jules.

— Lesquelles ? Je ne peux pas mettre un ange gardien derrière chaque élève. Je reconnais que tu as fait un travail de recherche remarquable et je te tire mon chapeau. Malheureusement, je ne sais comment exploiter le matériau que tu m'as fourni. Pour le moment, je ne peux qu'attendre et observer.

— Et si la situation dérape ? Si l'état mental du détraqué s'aggrave ?

— Tu crains un passage à l'acte ?

— Pas forcément. J'ai peur que les brimades ne dépassent leur objectif. Les accidents dont quelques jeunes ont été victimes auraient pu avoir des conséquences beaucoup plus sérieuses.

— Je vois. Et qu'est-ce que tu préconises ? demanda Fred.

— Prévenir les parents, les enseignants…

— Et déclencher une psychose collective, non merci ! De toute façon, si c'est vraiment à un déséquilibré que nous avons affaire, cela ne résoudrait rien. Il se tiendra à carreau quelque temps, puis recommencera, ici ou ailleurs.

— Tu as raison, ce n'est pas la solution.

— Je vais alerter mes collègues de la brigade de Paimpol, déclara Fred, et faire en sorte qu'il y ait une surveillance accrue en ville, surtout à la tombée de la nuit. Mais j'ai bien peur que ce soit la seule mesure que je puisse prendre.

— Et moi, j'ai toujours carte blanche ?

— Plus que jamais ! Vas-y ! Gratte, fouine, creuse, débusque et rabats-moi le gibier si tu le trouves !

— À nous deux, on devrait arriver à un résultat ou, du moins, à faire bouger les choses.

— Le ciel t'entende car je ne te cache pas que tout cela m'inquiète vraiment.

IV

Mercredi soir 10 février

Il courait. Courait. Courait.

Ce soir, il avait opté pour le circuit qu'il aimait le moins. Les quartiers sud. Zone industrielle, pavillons sans caractère, jardins quelconques, rues trop larges, désertes et cafardeuses.

Cela faisait plusieurs soirs qu'il n'avait pas effectué de jogging et ses pensées misérables en avaient profité pour lui envahir la tête. Plantes vénéneuses poussant leurs tiges et leurs hampes, leurs filets, leurs poils et leurs stolons jusqu'au plus profond de son esprit. Courir allait les flétrir, peut-être les faner.

Route de Penvern, deux voitures le dépassèrent. Plus loin, il croisa un homme avec son chien. L'animal le poursuivit quelques mètres, puis il fut rappelé à l'ordre par son maître. Sale bête ! Il accéléra le rythme.

Un vélo arriva à sa hauteur. Il jeta un coup d'œil en biais. C'était un gamin d'une douzaine d'années qui se mit à rouler à la même vitesse que lui. Il aurait bien voulu lui dire de foutre le camp mais ne le fit pas. Il rabattit le capuchon de son sweater et continua sa course comme si de rien n'était. Il ne voulait pas engager la conversation. Des merdeux, il en voyait toute la journée. Et toute la journée, il s'obligeait à garder ses distances. Maîtriser ses gestes, contrôler ses regards, surveiller son langage, pour ne pas donner prise aux médisances et aux soupçons.

Alors, par pitié, qu'on lui fiche la paix quand il courait !

Mais, à côté de lui, le môme ne décollait pas. Il pédalait mollement, juste pour rester à sa hauteur. Que cherchait-il, le petit salopard ?

Soudain, avec une vigueur qui le prit de court, les pensées à demi écrasées se régénérèrent. Épanouissement toxique, elles l'envahirent d'une jungle foisonnante. Il avait la bouche pleine de mousse et de pétales, les mains moites d'un nectar gluant. Un feuillage épais étouffait son souffle et aveuglait sa vue. Parasité, colonisé, vaincu. Il ne répondait plus de rien.

Il tourna la tête et se rapprocha du bord du trottoir. En tendant la main gauche, il aurait pu toucher le bras du cycliste. L'empoigner. Le forcer à s'arrêter.

Il allait le faire lorsque, brusquement, le gamin se souleva de sa selle et se mit à pédaler en danseuse. Il prit aussitôt de la vitesse et bientôt la lumière de son cataphote disparut dans un virage.

Il continua à courir à une cadence qu'il s'efforça de garder soutenue. Vite, quitter ce quartier déplaisant et gagner le port, avant que la soirée ne soit trop avancée ! Il y verrait des gens, des bistrots, des vitrines illuminées. Les quais étaient l'un de ses lieux favoris, avec les guirlandes d'ampoules jaunes qui lui rappelaient Noël. Noël, la fête des enfants…

Comme la mer était basse et l'écluse fermée, il fit plusieurs fois le tour des bassins et lorsqu'il se sentit lavé de ses angoisses, il décida de rentrer chez lui.

*

— On m'a bousculé et je suis tombé dans l'eau !

— Tu marchais au bord du quai ? Peut-être que ton pied s'est pris dans un anneau ou une amarre…

— Non ! J'vous dis qu'on m'a poussé !

— Bon, d'accord ! Maintenant, le plus important est de te réchauffer, il ne s'agit pas d'attraper une pneumonie ! Approche du radiateur et retire tes vêtements. Ensuite, tu avaleras une tasse de chocolat chaud.

Tremblant et claquant des dents, Antoine Houzay regarda la flaque qui grandissait à ses pieds. Il enleva ses baskets, son anorak, son jean, son pull et ses chaussettes qu'il déposa sur une chaise. En caleçon et tricot de corps, il leva les yeux sur les clients du café où il s'était réfugié, et qui n'étaient pas encore revenus de leur surprise.

— Ôte aussi ce tee-shirt et enfile-moi ça ! dit la patronne en lui tendant un pull trop grand pour lui.

Puis, saisissant une serviette, elle entreprit de lui sécher les cheveux.

Le correspondant de presse d'un journal local qui se trouvait là par hasard, s'approcha du gamin.

— Ça va mieux ? Tu te réchauffes ?

— Oui, merci.

— Tu dis que quelqu'un t'a bousculé, tu as vu qui c'était ?

— Non, je n'ai pas eu le temps.

— Heureusement que tu sais nager et qu'il y avait une échelle de quai pas très loin ! En définitive, tu t'en tires à bon compte.

Antoine hocha la tête, il sentait peu à peu la chaleur envahir ses membres.

— Tu n'as vraiment rien vu ? Même pas si c'était un homme, une femme ou peut-être un autre gosse, pour te faire une blague… insista le journaliste.

— Non.

— Rien entendu non plus… des pas qui arrivaient derrière toi, par exemple ?

— Non.

— Et où est-ce que cela s'est passé exactement ?

— Au bout des bassins, près de l'écluse.

— C'est désert dans ce coin-là. Il n'y a que des hangars, des magasins et des ateliers qui sont fermés le soir. Qu'est-ce que tu faisais par là ?

— Je… je rentrais à la maison, j'habite le quartier de Kernoa.

— Et tu t'accordais un petit détour.

— J'aime bien regarder les bateaux. Il y a un grand yacht anglais qui est entré dans le port hier. J'avais envie de le voir de près.

— Ah ! Voilà qui explique pourquoi tu te trouvais au bord du quai… Mais dis-moi, l'eau devait être glaciale.

— Et comment !

— Tu n'as pas paniqué ?

— Non, je suis bon nageur.

Soudain, un homme debout au bar poussa une exclamation :

— Mais dis donc, toi, je te reconnais ! Tu es Antoine Houzay, le champion de natation.

Puis, se tournant vers les autres consommateurs :

— Pas étonnant qu'il s'en soit sorti ! Il a remporté je ne sais combien de compétitions au niveau régional. Pas vrai, mon gars ?

— Si.

Les commentaires fusèrent ainsi que des félicitations.

Le patron apporta une deuxième tasse de chocolat accompagnée d'un croissant.

Les gens se remirent à bavarder et le journaliste demanda s'il pouvait prendre une photo. Antoine acquiesça et la patronne se rapprocha, espérant sans doute figurer dans le journal du lendemain. Il y eut un flash et soudain, Antoine se mit à pleurer. Il se souvenait qu'il était entré dans le café, trempé et les mains vides.

— T… toutes mes affaires sont au fond de l'eau ! Mon cartable, mes partitions et aussi mon haut… haut… hautbois.

— Bah ! Ce n'est pas bien grave. L'essentiel est que toi, tu en sois sorti !

Le garçon ne parut rien entendre et sanglota de plus belle.

— Bon, ce n'est pas le tout, il faut maintenant qu'on prévienne tes parents.

— Non, pas tout de suite ! Ils vont m'engueuler…

— Quelle idée ! Ils vont être au contraire fous de joie que tu sois sain et sauf !

— Non, ils vont dire que j'étais encore en train de traînailler en ville, au lieu de rentrer directement à la maison.

— Ça, c'est autre chose, répondit évasivement la patronne. Quoi qu'il en soit, tu ne peux pas rester ici.

Et comme l'enfant semblait inconsolable, elle saisit le bottin puis composa le numéro de téléphone de la famille Houzay.

V

Vendredi soir 12 février

Les portes se fermaient lorsque Jules Janvier se glissa dans la salle des fêtes de Paimpol où se donnait le concert de l'école Musica Nostra. Il s'assit au dernier rang car, à son grand étonnement, toutes les autres places étaient occupées.

Un brouhaha assourdi montait du public, il nota que les élèves étaient installés devant et qu'ils se tenaient remarquablement tranquilles. Il jeta un coup d'œil au programme qu'on lui avait remis à l'entrée. La page de couverture reprenait le logo un peu vieillot des affiches placardées en ville, une clé de sol sur un fond rose éteint, une typographie désuète, rien qui n'évoquait une école moderne et une pédagogie à la page. À l'intérieur, il découvrit que toute la première partie du concert était une audition classique où, l'un après l'autre, les élèves jouaient leur morceau. La seconde partie était consacrée à la musique d'ensemble et se terminait par la *Petite Musique de Nuit* de Mozart.

Au bout de quelques minutes, la lumière baissa et

les conversations se turent. Une silhouette se découpa en ombre chinoise dans l'allée centrale et monta sur la scène. Il y eut des applaudissements et Jules déduisit qu'il s'agissait du directeur de l'école. Celui-ci sourit, puis sortit un papier de sa poche. Le vieil homme soupira, ils allaient avoir droit à un discours.

— Donner un concert en février est devenu une véritable tradition à Musica Nostra, déclara Régis Landry après avoir salué l'assemblée. Voici douze ans que notre école existe et c'est toujours avec le même plaisir que mes collaborateurs et moi vous accueillons pour vous faire partager le bonheur d'un moment de musique vivante, je veux dire de musique exécutée devant vous par nos artistes en herbe. Comme d'habitude, les élèves ont beaucoup travaillé, beaucoup répété. Cependant, jouer en public n'est jamais facile. C'est pourquoi je demande la plus grande indulgence aux mélomanes qui se trouvent dans cette salle.

Jules Janvier écoutait d'une oreille distraite les propos convenus que débitait Régis Landry. En strict complet veston foncé, chemise blanche et lavallière mauve, celui-ci pérorait sans effort et, apparemment, avec plaisir. Mais le vieil homme était placé trop loin pour bien distinguer l'expression de son visage. Il sortit discrètement de sa poche des jumelles de spectacle et les braqua sur le directeur. En réalité, celui-ci ne devait pas être aussi affable et détendu qu'il voulait le laisser croire. Jules surprit les coups d'œil acérés qu'il jetait sur les élèves assis aux premiers rangs. Il nota les lèvres minces et les sourires de commande qu'il adressait au public. L'homme n'était ni chaleureux ni désintéressé, Jules lui trouva même un aspect rigide et vaniteux, assez déplaisant. Troublé, il abaissa ses jumelles et écouta la fin du discours.

— Pour terminer, chers amis, je voudrais attirer votre attention sur le courage dont ont fait preuve certains de nos élèves. En effet, par un malheureux hasard, plusieurs d'entre eux ont été récemment victimes d'accidents. Malgré ça, ils ont continué à jouer et ont participé aux ultimes répétitions d'orchestre. C'est grâce à eux que le concert de ce soir peut être donné dans son intégralité. Qu'ils en soient remerciés ! À présent, comme je le fais toujours, je vais prier les professeurs de bien vouloir me rejoindre sur la scène. D'abord pour que les parents des nouveaux élèves puissent faire leur connaissance, ensuite pour que vous puissiez, par vos applaudissements, rendre hommage à leur mérite, leur patience et leur talent… Voici donc Joëlle Vaugel, professeur de violoncelle, Xavier Durant qui enseigne le hautbois, Michel Malter qui tient la classe de trompette et Paul Vaugel, celle de flûte.

Les quatre professeurs défilèrent, saluant rapidement puis disparaissant aussi vite. Des flashs éclatèrent dans la salle. Un homme se leva et prit quelques photos. Avant le concert, il avait déjà mitraillé le public et Jules en avait conclu qu'il s'agissait d'un correspondant de la presse locale.

— Et maintenant, place à la musique ! s'exclama Régis Landry, un large sourire aux lèvres.

Alors que les premiers élèves jouaient leur morceau, Jules Janvier se crut revenu soixante ans en arrière, à Strasbourg, quand il étudiait le piano et devait, lui aussi, se soumettre aux incontournables auditions qui ponctuaient chaque année scolaire. « Incroyable ! Jamais je n'aurais pensé que ce genre de manifestation existait encore. Si guindée et si... respectable », songea-t-il, un brin nostalgique.

Le concert se déroulait comme une mécanique bien huilée et, peu à peu, la monotonie aidant, Jules cessa d'écouter et se mit à penser à la chute du jeune Antoine Houzay, dans le port de Paimpol. Il l'avait apprise en lisant la presse de jeudi et avait aussitôt téléphoné à Fred :

— Sans cet article, je n'en aurais rien su ! Figure-toi qu'à la gendarmerie, personne n'était au courant !

— Les parents n'ont pas porté plainte ?

— Non et ça me dépasse.

— C'était peut-être un accident...

— Allons donc ! Tu n'y crois pas toi-même... Je suis sûr qu'un individu malfaisant rôde autour de ces enfants. Si Antoine n'avait pas été un champion de natation, où en serait-on aujourd'hui ?

Livré à ces sombres pensées, il ne prêta qu'une

attention distraite à la musique et il tressaillit légèrement lorsque la lumière revint et que le directeur annonça une courte pause avant de passer à la seconde partie du programme.

*

Comme ses camarades, Loïc Plesguen se présenta sur scène en pantalon sombre et chemise blanche. L'école n'avait pas été jusqu'à lui imposer le veston et la cravate, mais Jules présuma qu'il s'en était fallu de peu. Il braqua ses jumelles sur lui, tandis que son professeur s'installait au piano et entamait l'allegro d'un concerto de Haydn. En mélomane averti, Jules savait que c'était une œuvre difficile et il était curieux d'entendre comment Loïc s'en sortirait.

Dès que les sons de la trompette éclatèrent dans la salle, il se sentit conquis. Il oublia ses inquiétudes et se laissa captiver par la beauté de l'œuvre et la musicalité de l'interprétation. Quand le morceau s'acheva, Loïc et son professeur saluèrent le public, puis laissèrent la place aux élèves de l'orchestre. Jules remarqua aussitôt une jeune fille à la jambe plâtrée, Violette David sans doute. Il reconnut aussi Martial Legrand qui faisait meilleure figure que lors de leur première rencontre. La dernière à s'asseoir était une flûtiste au visage impénétrable qu'il devina être Catherine Moreau. Puis Régis Landry monta sur le podium, leva sa baguette et les premières mesures de la célébrissime œuvre de Mozart retentirent dans la salle.

Tout de suite, Jules fut subjugué par le premier violon, un garçonnet maigrichon, aux cheveux noirs, beaucoup plus petit que les autres et qui semblait jouer comme s'il était seul au monde. Il émanait de ce gosse quelque chose d'attachant, de vulnérable, une force fragile, une énergie émouvante mais encore si facile à briser.

À la fin du morceau, alors que les applaudissements se prolongeaient, Régis Landry annonça que le jeune Aubin Welt allait maintenant interpréter une partita de Bach et que cela tiendrait lieu de bis. Il y eut des exclamations satisfaites et le silence revint.

En l'écoutant jouer, Jules Janvier exultait. Son intuition ne l'avait pas trompé, ce gamin fluet était exceptionnellement doué ! S'il était bien entouré, s'il bénéficiait d'un enseignement à la hauteur de son talent, il deviendrait un grand artiste.

Le public dut ressentir cela aussi car lorsque la partita s'acheva, il resta sous le choc et n'applaudit pas. Le petit violoniste demeura immobile, l'archet dans une main, le violon dans l'autre, comme pétrifié par ce silence pour lui inexplicable. Jules finit par avoir pitié de lui et se mit à taper dans ses mains, imité aussitôt par toute la salle. Des cris, des acclamations s'élevèrent que l'enfant, toujours impassible, ne parut pas entendre. Plus le bruit s'amplifiait, plus il semblait rapetisser. Enfin, Régis Landry parut à ses côtés, le prit par le coude et tous deux s'inclinèrent à plusieurs reprises.

Au cours du pot organisé à l'issue du concert, les gens continuèrent à congratuler le petit violoniste. Jules comprit qu'on le considérait comme la star de l'école et que, s'il éclipsait les autres élèves, personne ne lui en tenait rigueur. Aubin Welt ferait carrière, cela semblait être un fait acquis pour tout le monde. Debout entre ses parents, il recevait les compliments, plus intimidé que flatté.

S'appuyant sur sa canne, Jules se rapprocha du petit groupe. Pas plus que son fils, le père ne paraissait apprécier l'effervescence joyeuse qui les entourait. Dépassant la plupart des gens d'une bonne tête, il promenait autour de lui un regard autoritaire et glacé. À plusieurs reprises, Jules le vit consulter sa montre et jeter des coups d'œil impatients à son fils et à sa femme. Contrairement à lui, celle-ci souriait à tous ceux qui lui parlaient, mais avec une sorte de nervosité craintive et grimaçante qui l'enlaidissait. Comme Aubin, elle était mince et frêle mais alors que l'enfant demeurait impassible, elle semblait animée d'un plaisir fébrile qu'elle ne contrôlait pas. En observant le couple, Jules se dit qu'il avait devant lui l'incarnation presque caricaturale de la tyrannie et de la soumission, et il plaignit de tout son cœur l'enfant piégé entre ces deux-là. Il soupira et leur tourna le dos. Comme il s'approchait du bar, il tomba sur Martial Legrand, une cannette de coca à la main.

— Ouah ! Vous êtes venu nous écouter ! s'exclama-t-il, les yeux brillants

— Je te l'avais promis. Et j'ai trouvé votre concert vraiment réussi. Vous vous êtes tous surpassés.

— Surtout Aubin… mais lui, c'est un cas spécial.

— Tu ne dois pas être mauvais, toi non plus, puisque tu fais partie des premiers violons…

Le garçon gloussa et fit signe à Jules de se rapprocher.

— C'est Aubin qui fait tout le boulot. Moi, je le suis comme je peux.

Le vieil homme se mit à rire.

— Tu l'aimes bien ?

— C'est mon meilleur copain. On va en classe ensemble, en 6e A.

— C'est un bon élève ?

— Moyen.

— Tu as déjà été invité chez lui ?

— Non, jamais. Personne n'est invité chez lui. Et puis, il habite trop loin.

— Où ?

— Une maison perdue dans la forêt de Beauport. Pour y aller, il faut remonter la vallée derrière l'abbaye.

— Ah oui, je vois… Et lui, est-ce qu'il vient parfois jouer chez toi ?

— Oui, ça lui arrive.

Tout en discutant, ils s'étaient approchés du bar où Jules demanda un kir, tandis que Martial faisait main basse sur les petits-fours. Autour d'eux, beaucoup de gens semblaient se connaître et discutaient par petits groupes. D'après les bribes de phrases que Jules entendait, c'était surtout de leurs enfants et de Musica Nostra dont ils parlaient. Aucune allusion aux incidents fâcheux que le directeur avait mentionnés dans son discours.

Ces gens étaient-ils particulièrement inconséquents ou évitaient-ils délibérément ce sujet, de peur d'assombrir cette soirée ?

Jules sirotait son kir lorsqu'il vit Aubin se faufiler dans la cohue et aller jusqu'au bar où une serveuse lui tendit un Orangina.

— Qu'est-ce qu'il a ton copain ? On dirait qu'il boite... demanda-t-il à Martial, debout à ses côtés.

— C'est à cause de son accident de vélo. Il s'est fait une entorse.

— Quoi ! La chute à vélo de vendredi dernier, c'était lui ?

— Oui, vous ne le saviez pas ?

— Non.

— Monsieur, il faut maintenant que je vous dise au revoir... Je vois mes parents qui me font signe... Quels casse-pieds, toujours pressés de rentrer à la maison !

— Je ne vais pas tarder à partir, moi aussi, répondit Jules en lui tapotant l'épaule. Allez, prends encore quelques gâteaux... pour la route !

Peu à peu, les gens s'en allaient. Jules repéra les

enseignants, enfin libérés de leurs obligations professionnelles, qui buvaient un verre au bar. Ils avaient l'air éreintés. Régis Landry, par contre, semblait au mieux de sa forme et se prêtait à quelques interviews. Lorsque ce fut terminé, il appela ses collaborateurs pour une photo d'ensemble.

Jules alla retirer son manteau au vestiaire, puis il se mit en faction près de la porte et attendit le journaliste qu'il avait remarqué, assis à ses côtés, durant le concert. Quand celui-ci passa devant lui, il lui emboîta le pas.

— Puis-je vous demander ce que vous pensez de cette manifestation ? s'enquit-il lorsqu'ils furent dans la rue.

— Très bien. Nettement mieux que ce que j'ai l'habitude d'entendre. Le niveau de cette école est excellent !

— C'est aussi mon avis.

— Les deux dernières prestations m'ont bluffé. Le trompettiste mais, surtout, le petit violoniste.

— Vous êtes musicien ?

— Un peu, j'ai une dizaine d'années de piano à mon actif.

Les deux hommes marchaient d'un bon pas sur le trottoir. Jules Janvier s'était départi de son allure de vieillard et balançait énergiquement sa canne devant lui.

— Et qu'avez-vous pensé de l'allocution du directeur ? demanda-t-il soudain.

— Bof ! Un laïus dont on se serait bien passé.

— Rien n'a éveillé votre attention ?

Le journaliste s'arrêta, surpris.

— Non, pourquoi ?

— Vraiment rien ? insista Jules. Vous me surprenez… Cette série d'accidents dont ont été victimes plusieurs élèves, ça n'a pas fait tilt dans votre esprit de journaliste ?

— Ah ! Voilà à quoi vous pensez ! Eh bien non, ça ne m'a pas frappé. Mais il y a peut-être des éléments que j'ignore…

— Assurément.

— Et vous vous dites que ça vaut la peine de m'en parler.

— Je crois que oui…

— Dans ce cas, allons prendre un verre, il fait trop froid pour discuter dehors.

*

— Nom de Dieu ! Mais comment est-il possible que personne n'ait relié ces faits entre eux ? s'exclama le journaliste.

— Parce qu'ils ne sont pas vraiment graves et que chaque famille vit dans sa bulle, sans prêter attention à ce qui se passe ailleurs.

— Mais à vous, comment l'idée vous est-elle venue de raccorder tout ça ?

Jules qui n'avait pas fait mention de son lien de

parenté avec le capitaine Fred Janvier et qui ne comptait pas en parler ce soir, se mit à rire.

— Eh bien, je connais quelques élèves de Musica Nostra, je lis les faits divers dans les journaux et j'ai beaucoup de temps pour réfléchir.

— Et vous êtes parvenu à la conclusion que trop de hasards tuent le hasard…

— Exactement !

— Et que nous avons affaire à des actes délibérés, commis par une personne mal intentionnée…

— C'est ce que je pense, en effet.

— Crénom ! Vous levez là un sacré lièvre !

— J'en suis conscient.

— Et j'imagine que vous avez encore quelques petites idées à me soumettre…

— Oui, mais avant, on va boire un autre verre, dit Jules en faisant signe au garçon. Et puis, vous allez me dire votre nom…

— Oh, c'est vrai ! Nous ne nous sommes pas présentés. Je m'appelle Arthur Levraz et je suis correspondant de presse à Paimpol, depuis six mois.

— Jules Janvier, retraité de l'Éducation nationale.

Tandis que le journaliste payait la deuxième tournée, le vieil homme se demanda soudain ce que penserait Fred des confidences qu'il venait de faire et de ce qu'il s'apprêtait à dévoiler maintenant à cet inconnu.

Approuverait-il cette stratégie ou la trouverait-il inadaptée, trop risquée, inefficace ?

Puis il haussa imperceptiblement les épaules. L'immobilisme avait assez duré, les choses devaient bouger. Et Fred, tout gradé qu'il était, demeurait son fils. Il pourrait hurler et tempêter tant qu'il voudrait, lui son père s'en fichait royalement !

— Avant de poursuivre, dit Arthur Levraz, j'ai moi aussi quelque chose à vous révéler. L'article concernant la chute d'un gamin dans le port, c'est moi qui l'ai écrit. Je me trouvais par hasard dans le café où il s'est réfugié après être sorti de l'eau. Ce que je n'ai pas mentionné, c'est que le garçon prétendait avoir été poussé.

— Quoi ?

— Il était frigorifié et visiblement choqué, si bien que je ne l'ai pas pris au sérieux. Maintenant, après ce que vous venez de me raconter, je vois les choses différemment. Cet incident s'inscrit dans l'ensemble des faits que vous m'avez rapportés.

Jules hocha la tête d'un air soucieux.

— Jusqu'où cela ira-t-il ?

— C'est la question qui vient à l'esprit, en effet. Et il y en a une autre qui est son corollaire : pourquoi s'en prend-on aux élèves de cette école ? Dans l'immédiat, je vois deux explications. Soit nous avons affaire à quelqu'un qui veut discréditer Musica Nostra et amener les parents à en retirer en leurs enfants. Soit nous sommes face à un cinglé.

— Quelle que soit l'explication, il est grand temps d'attirer l'attention des familles.

— Je suis d'accord, mais comment les alerter sans déclencher une panique générale ?

— C'est là le hic, fit Jules en passant les doigts dans son abondante chevelure blanche. C'est la raison pour laquelle j'ai jugé bon de vous en parler. L'information, c'est votre domaine, non ?

— Oui, on peut dire ça comme ça.

— J'ai pensé que dans l'article que vous allez publier sur le concert de ce soir, vous pourriez rapporter les propos du directeur concernant les "accidents" et conseiller aux parents de faire preuve d'une certaine prudence. Vous voyez ce que je veux dire…

— Tout à fait ! Prévenir sans trop inquiéter pour autant.

— Exactement ! Ah ! Vous m'enlevez là une épine du pied, dit Jules, visiblement soulagé. Je commençais à culpabiliser terriblement, en gardant toute cette histoire pour moi. Je souhaite sincèrement me tromper. Malheureusement, quelque chose me dit que je suis dans le vrai.

— Ne vous en faites pas. Achetez le journal de demain. Vous ne serez pas déçu !

VI

Samedi 13 février

— Quand tu décides de changer de cap, j'aimerais être prévenu, lâcha Fred Janvier d'une voix tranchante. Cela m'aurait évité de tomber des nues, ce matin, quand la gendarmerie de Paimpol m'a appelé à la rescousse. Les parents alarmés par ce qu'ils venaient de lire dans la presse, ne cessaient de leur téléphoner.

— Je me mets à ta place… Seulement, je n'avais rien calculé. C'est hier soir que l'idée m'est venue, en voyant un journaliste assis à côté de moi, au concert. L'occasion était trop belle pour la laisser échapper. Et quand, plus tard, au cours de notre conversation, il m'a appris que la chute d'Antoine Houzay dans le bassin n'était peut-être pas accidentelle, alors je n'ai plus hésité.

— Ouais, grommela Fred, mais tu n'as pas pensé dans quel foutu merdier tu me mettais ! Fallait-il démentir ou confirmer les propos de ce journaliste ? J'ai jugé que le mieux était de venir à Paimpol pour en discuter avec mes collègues puis avec toi.

Les deux hommes faisaient les cent pas sur le parking de la gare. Fred avait demandé à son père de venir le rejoindre, une demi-heure avant le départ de son train. « En sortant de la gendarmerie, je n'aurai pas le temps de monter jusqu'à Kerraoul. Je compte prendre la micheline de onze heures quarante-six et ensuite, passer un week-end tranquille, avec Isabelle et les filles. »

— Reconnais qu'Arthur Levraz a bien fait son boulot, reprit Jules. Il n'a rien écrit qui puisse paniquer les parents, mais juste fait en sorte d'éveiller leur attention.

— À les écouter, je te prie de croire que le réveil a été brutal !

— Il fallait faire quelque chose. Les gens n'ont absolument pas conscience de la menace qui pèse sur leurs gosses.

— Je ne prétends pas que tu as eu tort. J'aurais simplement aimé être averti. Cela étant, je ne suis pas mécontent qu'on remue toute cette histoire. On verra bien ce qui en résultera…

Ils poursuivaient leurs allées et venues, marchant jusqu'au parking des autocars puis revenant sur leurs pas. Des voyageurs de plus en plus nombreux débarquaient de voitures et s'attroupaient devant l'entrée de la petite gare.

— Il y a encore une chose dont je voulais te parler, dit Jules. Hier soir, au concert, j'ai particulièrement observé Loïc Plesguen et Catherine Moreau et je peux t'affirmer que rien, absolument rien, ne trahissait leur relation. Pas un mot échangé, pas un regard de connivence, ils paraissaient même s'éviter.

— Pourquoi diable gardent-ils leur liaison secrète ? Ils ont bien le droit de sortir ensemble, non ?

— Ils sont encore très jeunes.

— Voyons, papa ! On n'est plus à ton époque. Aujourd'hui, les ados se fichent pas mal de l'âge qu'ils ont. Ils font ce qui leur plaît, tu devrais savoir ça !

Jules s'arrêta et frappa sèchement le sol du bout de sa canne.

— Bien sûr que je le sais ! Je suis un vieux schnock mais pas encore gâteux ! Les mœurs actuelles, je connais, et elles ne me dérangent pas et je ne comprends pas non plus pourquoi ces deux-là se cachent ainsi. Pressions familiales ou parce qu'ils trouvent cela plus excitant… je l'ignore, mais j'avoue qu'il y a quelque chose qui me gêne dans l'attitude de Loïc. Je suis persuadé que c'est lui qui tient au secret. Pourtant, Catherine est une jolie fille, bien balancée, bien habillée… le genre de nénette avec laquelle les gars adorent se montrer. Tu vois ce que je veux dire…

— Tout à fait. Alors quoi ? Tu penses que Loïc est un tordu qui aime les trucs pas très nets ?

— Il ne m'en a pas donné l'impression mais va savoir !

— Essaie d'en apprendre un peu plus sur ce garçon, dit Fred en notant soudain qu'il n'y avait plus aucun voyageur devant l'entrée de la gare. Il jeta un coup d'œil à sa montre.

— C'est presque l'heure, il faut que je te quitte. S'il y a du nouveau, tu m'appelles aussitôt.

Puis il piqua un galop car une sonnerie stridente annonçait le départ de la micheline.

*

Debout sur le seuil de la porte, Aubin Welt contemplait le jardin mal entretenu de sa mère. À cette saison, cela ne se remarquait pas trop car tout était brun et racorni. Mais bientôt, quand la nature se réveillerait, ce serait la même catastrophe que les autres années. Un amas de plantes, disposées n'importe comment, tenteraient de survivre à l'invasion des mauvaises herbes puis, très vite, se perdraient dans une friche indomptable. Houspillée par son mari, sa mère essaierait d'y mettre bon ordre mais elle n'y parviendrait pas. La pauvre n'arrivait jamais à rien et le peu qu'elle entreprenait finissait toujours par rater.

Aubin se sentait bien. Ses parents venaient de partir faire des courses à Saint-Brieuc, en le laissant seul, son père ayant décrété qu'il refusait de traîner avec lui un gamin grognon et fatigué par ce foutu concert. Aubin avait soigneusement dissimulé sa satisfaction et, quand le break avait disparu dans le chemin, il était sorti au soleil. La solitude ne l'effrayait pas. Quand il faisait jour, il trouvait que Traou Du était le plus joli coin du monde, avec son jardin sauvage et la forêt tout autour. Il y avait sa cabane, ses arbres où grimper, ses sentiers secrets, ses oiseaux, son écureuil. C'était seulement le soir que tout devenait différent.

Traversant le terrain en friche, Aubin alla s'asseoir par terre, le dos contre le mur de la remise. Bien abrité du vent, il y faisait presque chaud. Il se mit à siffloter en espérant qu'Amadeus était dans les parages et viendrait se faire caresser. Quelques instants plus tard, un gros chat tigré apparut dans les broussailles. La queue dressée, il avança majestueusement, ses yeux jaunes fixés sur Aubin.

Amadeus était arrivé un jour à Traou Du, sans que l'on sache d'où il venait ni à qui il appartenait. Sa mère l'avait trouvé magnifique. Mais Nathan avait décrété que jamais cet animal n'entrerait dans la maison. Il ne tenait pas à voir son mobilier et ses tapis esquintés par les griffes et la pisse de ce matou. Puis il avait lancé un caillou et chassé le chat. Seulement, celui-ci était malin. Il s'était approprié le jardin et la remise sans jamais franchir la porte de la maison. La porte, mais pas la fenêtre de la chambre d'Aubin ! Le soir, il grimpait dans le châtaignier, sautait sur le toit et venait gratter au carreau. Aubin ouvrait et le chat passait la nuit, lové sur la couette, après avoir avalé un bol de croquettes achetées en secret et conservées au fond d'un placard.

Assis dans l'herbe, l'enfant flattait distraitement

son chat allongé contre sa jambe. Il songeait au concert de la veille, à la fois content et un peu triste que ce soit terminé. Vendredi prochain, il y aurait une dernière réunion, une « séance de débriefing » comme disait Régis Landry. On écouterait l'enregistrement du concert et il en ferait une critique détaillée. Ensuite, les répétitions d'orchestre ne reprendraient qu'après les vacances de Pâques et on attaquerait un nouveau programme. Aubin espérait qu'il n'en serait plus la vedette. Il en avait marre d'être considéré comme un extraterrestre, sans compter que tout le tapage fait autour de son talent, aggravait la mauvaise humeur de son père. Celui-ci ne supportait pas les louanges qu'on lui adressait… ne supportait pas le plaisir qu'Élise y prenait… ne supportait pas les projets ambitieux de Régis Landry pour son élève… ne supportait pas le son du violon… ne supportait rien.

Ce matin, lorsqu'il avait lu le compte rendu du concert dans le journal, sa hargne et sa fureur étaient montées à un niveau encore jamais atteint. Était-ce la photo qui montrait son garçon en train de saluer le public ou le contenu de l'article qui avait déclenché une telle explosion de sarcasmes et d'injures ? Aubin l'ignorait et, comme toujours en pareil cas, il avait baissé la tête et attendu que la tempête se calme.

L'enfant s'ébroua puis se leva. Malgré le soleil, le sol était humide et il avait des fourmis dans les jambes. Il monta dans sa chambre et décida de finir de peindre ses figurines. Il en avait reçu une collection pour Noël, tous les personnages du *Seigneur des Anneaux*. Il s'installa à son bureau, aligna ses minuscules pots de peinture devant lui, sortit ses pinceaux et une bouteille de dissolvant. C'était un travail minutieux qui lui plaisait parce que le résultat était immédiat et qu'il avait l'impression que les figurines prenaient vie sous son pinceau. Il leur faisait des habits rouges, verts, des bonnets dorés, des cheveux orange, des souliers violets.

L'après-midi s'écoulait sans qu'Aubin y prît garde. Plusieurs petits personnages séchaient sur le bureau. Amadeus était étalé sur le lit, si profondément endormi qu'il ne ronronnait plus.

Lorsqu'il eut terminé la reine des elfes, Aubin sentit brusquement qu'il avait faim. Il descendit à la cuisine, remplit un verre de lait chocolaté et ouvrit un paquet de gâteaux. Quand son père était là, il n'avait droit qu'à du pain et de la confiture, question d'hygiène alimentaire selon lui. Pourtant, Nathan ne se privait jamais de douceurs lorsqu'il avait un petit creux !

Aubin ricana. Un jour, quand il serait grand, il l'enverrait chier. Il répéta ce mot à haute voix, de plus en plus fort. « Chier, chier, chier… » Puis il sortit en rigolant.

Dehors, il n'y avait plus de soleil et un courant d'air froid montait de la mer. Aubin enfila son anorak et regarda autour de lui. Il commençait de s'ennuyer. Alors, confiant la maison à son chat, il alla prendre sa bicyclette et partit le long du chemin qui menait à l'abbaye de Beauport. Il aimait beaucoup les espaces à demi sauvages qui entouraient le monument. C'était un lieu bizarre où la mer se mêlait à la terre et stagnait parmi les plantes aquatiques. On y voyait plein d'oiseaux, de grenouilles et des poissons dans les petits canaux. Les digues de pierre qui protégeaient le parc de la marée, servaient de chemins aux promeneurs et Aubin adorait y faire du vélo.

Lorsqu'il rentra à Traou Du, ses parents étaient de retour. La porte à peine franchie, il entendit son père hurler et c'était encore après lui qu'il en avait.

— Aujourd'hui, ce gamin a dépassé les bornes ! Il serait grand temps de lui mettre du plomb dans la cervelle, c'est moi qui te le dis, Élise ! Rends-toi compte de ce qu'il a fait ! Partir se balader en laissant la maison grande ouverte… N'importe quel cambrioleur, n'importe quel voyou aurait pu entrer et voler tout ce qui lui faisait envie. Isolés comme nous le sommes, personne ne l'aurait vu…

Aubin frémit. Nathan avait raison, il était parti en oubliant de fermer les portes à clé, alors qu'il y avait tant de malfaiteurs qui rôdaient partout ! On lui avait pourtant dit et répété de faire attention à ça, mais il n'y avait pas pensé. C'était une faute impardonnable. Il se mordit les lèvres et sentit les larmes lui monter aux yeux.

Malgré tous ses efforts, il n'arrêtait pas de commettre des sottises, pas étonnant que son père croie qu'il le faisait exprès.

— Il a dû passer son après-midi à racler son crincrin, poursuivait celui-ci. Ensuite, il est parti se promener en ne pensant qu'à sa foutue musique. Une telle faute mérite un châtiment exemplaire : le priver de son violon !

— Oh non, Nathan ! Pas ça !

— Il faut frapper là où ça fait mal, sinon sévir ne sert à rien. Ah ! La tête qu'il fera quand il découvrira la surprise que je lui réserve. Va me chercher ce violon, Élise, que je le mette sous clé !

Aubin entendit sa mère protester faiblement puis prendre l'escalier qui montait à sa chambre.

Ce violon était à lui et personne, personne n'avait le droit d'y toucher ! L'enfant sortit de l'encoignure de la porte et bondit sur son père qu'il bourra de coups de poing et de coups de pied. Médusé, Nathan se laissa faire pendant quelques secondes puis, revenant de sa stupeur, il empoigna Aubin et le secoua violemment.

— Qu'est-ce que c'est que ce cirque ? Tu vas te calmer, oui ?

Puis il poussa un cri et balança le gamin sur le sol.

— Sale petit con ! Il m'a mordu… Tiens, regarde ! hurla-t-il à Élise qui dévalait l'escalier, on voit la marque de ses dents.

Elle jeta un coup d'œil au bras qu'il lui tendait avant de se pencher vers Aubin qui gémissait sur le tapis.

— Tu l'as à moitié assommé.

— Il l'a bien cherché !

— Quand même… Tu ne connais pas ta force ! Un jour, tu finiras par le tuer…

— Ne t'en fais pas, la mauvaise herbe a la vie dure ! Oh ! Et puis j'en ai marre, je ne peux plus supporter ce petit merdeux ! Il me pourrit la vie jour après jour. Je regrette de te le dire, Élise, mais il va falloir prendre une décision à son sujet, sinon je ne réponds plus de moi.

*

— Je lui ferai rendre gorge à ce pisse-copie ! vociféra Régis Landry. L'obliger à apporter un démenti à son article, et tout de suite ! Tu vas voir ce qu'il va prendre s'il ne se rétracte pas !

Il empoigna le récepteur de son téléphone et le brandit au-dessus de lui comme un casse-tête.

— Pose ce téléphone et calme-toi ! dit Graziella en s'asseyant sur une chaise de la salle de musique. Elle venait de rentrer de Saint-Malo où elle avait passé la journée à une vente de livres anciens. Elle avait pris une douche puis était montée voir Régis, sans se douter de la fureur dans laquelle elle allait le trouver.

La veille, à l'issue du concert, il s'était mis à planer dans une béatitude qu'elle avait jugée aussi excessive que son pessimisme des jours précédents. Mais elle n'avait rien dit, elle savait que chaque concert entraînait une tension nerveuse qui se transformait en euphorie dès celui-ci terminé. Régis était resté sur son petit nuage toute la soirée et il y était encore ce matin, quand elle l'avait quitté. Aussi ne comprenait-elle rien à ses hurlements.

— Arrête de crier et explique-toi, s'il te plaît !

Il se précipita jusqu'à la table et lui tendit le journal.

— Tiens ! Lis !

Elle parcourut le compte rendu du concert, élogieux comme d'habitude, puis fronça les sourcils en découvrant le dernier paragraphe.

Pour quelle raison le journaliste avait-il repris et amplifié les propos de Régis au sujet de ces malheureux accidents ? Pourquoi suggérait-il que cela pourrait continuer ? Pourquoi ces conseils de prudence aux familles ?

— Depuis ce matin, j'ai reçu je ne sais combien de coups de fil de parents déboussolés qui demandaient des explications, évoquant même la possibilité de retirer leurs enfants de l'école.

— Nous n'en sommes pas encore là !

— Il suffit qu'une rumeur se répande et ce sera la débandade ! Voilà pourquoi je vais exiger que ce journaliste se rétracte dans le journal de demain.

— Tu le feras, mais pas avant que nous en ayons discuté. En premier lieu, je te signale que c'est toi qui as parlé, hier soir, de ces élèves accidentés…

— Oui, mais c'était pour les remercier.

— On est d'accord. Seulement, les journalistes sont toujours à l'affût de ce qui sort de l'ordinaire. Tout ce qui intrigue fait vendre du papier.

— Et les conséquences, est-ce qu'il y a songé ?

— Probablement pas…

— Mais qui a bien pu lui souffler cette idée ? insista Régis. Je suis sûr qu'il ne l'a pas trouvée tout seul. Il va falloir qu'il s'explique, faute de quoi je l'attaquerai en diffamation, ce que ferait n'importe quelle personne sensée à ma place.

— Oui, seulement n'oublie pas que ta "place" n'est pas aussi solide que tu sembles le croire…

Régis considéra sa femme d'un air décontenancé.

— Je ne vois pas ce que tu veux dire.

Graziella soupira. Les sautes d'humeur de Régis l'inquiétaient.

Depuis quelque temps, ses tendances cyclothymiques s'aggravaient et, surtout, il ne savait plus les gérer comme il le faisait auparavant.

— Si tu veux bien cesser d'aller et venir, et m'écouter sans t'énerver, je vais essayer d'éclairer ta lanterne…

— D'accord, mais tu ne réussiras pas à me faire changer d'avis.

— D'abord, avant d'engager une polémique, il faut être sûr de ses arrières. Être certain de ne pas avoir plus à perdre qu'à gagner dans l'affaire.

— C'est le cas, il me semble…

— Pour toi, oui… mais pas pour ton école.

— Je possède tous les diplômes requis et mes collègues aussi.

— Ce n'est pas à ça que je pense mais à leur statut social et à leurs conditions de travail. Tu sais comme moi qu'aucun de tes professeurs ne bénéficie d'un CDI. Ils continuent d'avoir le statut d'intérimaires malgré plusieurs années d'ancienneté, ce qui n'est pas légal. En outre, tu les paies mal, un peu plus que le SMIC pour des gens dont tu ne cesses de vanter la compétence.

— Ils s'en contentent.

— Et pourquoi ne revendiquent-ils pas davantage ?

— Je n'en sais rien.

— Oh si, tu le sais ! Ils s'écrasent parce qu'ils ont quelque chose à cacher !

Régis haussa les épaules et détourna les yeux.

— D'ailleurs, poursuivit Graziella, il suffit de les regarder vivre pour se poser des questions. Les Vaugel, par exemple… Tu n'as pas plus asocial que ce couple. Ils sont totalement repliés sur eux-mêmes. En dehors des concerts, tu ne les vois jamais nulle part. Pas une fois, ils n'ont accepté de venir boire un verre à la maison et je ne connais personne qui ait été reçu chez eux.

— Ce n'est pas un crime ! S'ils veulent vivre en ermites, c'est leur droit. Professionnellement, je n'ai jamais rien eu à leur reprocher.

— Et Michel Malter… Pourquoi ce jeune et brillant trompettiste se contente-t-il d'enseigner dans une petite école de musique aussi réputée soit-elle ? Il pourrait prétendre à beaucoup mieux.

— Certainement ! Mais il est étranger et n'a pas de permis de travail.

— En tant qu'européen, il doit avoir droit à…

— Il est russe et c'est donc beaucoup plus compliqué pour lui. Il y arrivera un jour mais, en attendant, il est considéré comme un immigré clandestin.

— Pourtant, il parle un français impeccable.

— Ça ne compte pas ! Ça lui permet juste de passer inaperçu.

— Oh ! À propos de discrétion, s'il y en a un qui ne se fait pas remarquer, c'est ton prof de hautbois. Hier soir, sur la scène, on aurait dit qu'il avait peur de son ombre ! Pas une seconde, il n'a osé regarder le public.

— Xavier Durant est un excellent hautboïste et un très bon enseignant.

— Et comment se comporte-t-il avec ses élèves ?

— Dur et autoritaire.

— Encore un frustré qui compense !

— Ce n'est pas mon problème. Il obtient des résultats remarquables, je n'en demande pas plus.

— Pour en revenir à ce que je disais, reprit Graziella, je pense que si ces gens restent à Musica Nostra et acceptent tes conditions, c'est que, quelque part, ils ne sont pas tout à fait nets… Mieux vaut donc ne pas gratter le vernis, cela pourrait réserver de désagréables surprises…

— Je vois où tu veux en venir, concéda Régis d'une voix radoucie. Tu me conseilles d'éviter de donner à ce journaliste l'envie de fourrer son nez dans nos affaires.

— Exactement ! Ne fais pas de vagues et tu verras que cette histoire d'élèves menacés retombera d'elle-même. Dans huit jours, personne n'en parlera plus !

VII

Vendredi soir 19 février

Les dernières mesures de la “*Petite Musique de Nuit*” retentirent, puis l’accord final et enfin, le crépitement des applaudissements. Régis Landry interrompit l’enregistrement et promena son regard sur l’ensemble des élèves réunis autour de lui.

— Et voilà ! Maintenant que vous avez réentendu l’intégralité du concert, je pense que chacun a pu se rendre compte de sa performance personnelle et en tirer la leçon. La page est tournée, nous n’y reviendrons plus. Après les vacances de Pâques, je vous présenterai le programme que j’aurai concocté pour le concert de fin d’année qui aura lieu, comme d’habitude, le dernier vendredi de juin. Nous nous y attellerons tout de suite. En attendant, il va de soi que les cours particuliers se poursuivent sans changement. Est-ce que quelqu’un a une question à poser ou une remarque à faire ?

— Oui, moi, dit Loïc Plesguen en se levant. J’aimerais vous informer que je ne reviendrai pas à Musica Nostra après les vacances d’été. Je passe mon bac cette année, ensuite je quitterai Paimpol pour poursuivre mes études ailleurs.

Régis lui adressa un petit sourire attristé.

— Eh oui… c'est généralement ainsi que ça se termine. J'espère néanmoins que tu continueras à faire de la musique.

— Oui, je compte me trouver un professeur dans la ville où je résiderai…

— Passe me voir à mon bureau, je te donnerai un mot d'introduction.

— Merci, je n'y manquerai pas.

— Bon, y a-t-il d'autres questions ? Non ? Dans ce cas, la séance est levée.

Les élèves quittèrent leurs chaises en riant et s'interpellant. Dans le bruit et l'agitation qui suivit, Loïc s'approcha de Catherine et lui glissa un billet dans la main puis il disparut au milieu de la cohue. La jeune fille déplia le papier. « *Je t'attends ce soir au cabanon, viens me rejoindre, on passera la nuit ensemble. Je n'en peux plus d'être séparé de toi.* »

Elle réfléchit quelques instants puis, rattrapant Violette David qui traînait sa jambe plâtrée, elle l'attira à l'écart.

— Écoute, je n'ai pas le temps de t'expliquer, mais ce soir, je ne rentre pas dormir à la maison. C'est un cas de force majeure… Alors, je dirai à ma mère qui doit m'attendre devant l'école, que tu m'as invitée à passer la nuit chez toi. Je suis sûre qu'elle sera d'accord.

— Qu'est-ce que tu manigances ? fit Violette, interloquée.

— Je te raconterai tout à l'heure. Alors, c'est oui ?

— Bien sûr.

Lorsque la porte de l'école s'ouvrit, les élèves s'immobilisèrent, médusés…

Dehors, la neige s'était mise à tomber.

Une neige tourbillonnante qui venait de la mer et que le vent poussait et enroulait dans la lumière des réverbères. De larges pans de tulle argenté se prenaient aux branches et, lorsque les rafales s'essoufflaient, planaient et tombaient lentement, noyant les toits, la chaussée et toute la ville, dans un silence sépulcral.

Revenant de leur surprise, les enfants se ruèrent sur le trottoir. Les plus petits se mirent à faire des boules de neige, les plus grands, des glissades… tous émerveillés par cette neige qui tombait si rarement à Paimpol et qui, en peu de temps, avait transformé le paysage.

Fous de joie, ils ne virent pas leurs parents venus les chercher ni la file des voitures stationnées le long de la rue.

— Mince ! Vise un peu la foule ! dit Catherine à Violette agrippée à son bras car elle avait peur de glisser. Je me demande si tout ce cirque finira un jour… Cet imbécile de journaliste aurait dû y réfléchir à deux fois, avant de publier tous ces ragots de collège ! J'en ai marre d'être surveillée comme un môme de trois ans ! Ah ! J'aperçois ma mère, là-bas, près de notre bagnole. Accompagne-moi. Comme tu me sers d'alibi, autant lui annoncer toi-même que tu m'invites, ça fera plus vrai.

— Et moi, à ma mère, qu'est-ce que je lui dirai ? dit Violette, prise de court.

— Que je viens passer un moment chez toi et que je rentrerai par la dernière micheline.

— Telle que je la connais, elle voudra te raccompagner en voiture. Comme les autres, elle meurt de peur à l'idée de nous savoir seules, dehors, la nuit.

— Ça, pas question, parce que je compte emprunter ta bicyclette pour aller à mon rendez-vous.

Violette écarquilla les yeux.

— Un rendez-vous… Tu as un mec ?

— Tout juste !

— Mais, avec cette neige, tu ne pourras pas rouler.

— T'inquiète ! Je me débrouillerai.

*

— C'est chouette ! cria Martial en terminant une glissade juste devant Aubin. Viens, on va en faire une autre !

— Non, j'ai pas envie que la neige entre dans mes souliers.

— Qu'est-ce que ça peut faire, c'est trop bien !

Et il se mit à courir pour prendre son élan. Aubin

le suivit des yeux puis leva la tête. Des millions de flocons irisés, surgis de la nuit, venaient à sa rencontre, comme si de minuscules visages blancs lui tombaient dessus.

— A quoi tu rêves comme ça, sans bouger ? lança Martial, essoufflé, en ramassant de la neige pour en faire une boule.

— Pas sur moi, s'il te plaît ! s'écria Aubin en rentrant la tête dans les épaules.

Peu à peu, les élèves se dispersèrent et bientôt, il ne resta plus qu'eux devant l'école. Ils se dirigèrent vers le parc à vélos, Aubin déverrouillait son antivol lorsque la mère de Martial apparut en courant au bout de la rue.

— Dieu merci, vous êtes encore là ! Je suis descendue à pied, les rues sont trop glissantes pour rouler… Vous n'avez pas pris froid, j'espère ? dit-elle alors qu'une bourrasque plus violente que les autres soulevait des tourbillons de neige. Bon, ne nous attardons pas !

Puis, avisant la bicyclette d'Aubin :

— Tu ne vas pas rentrer chez toi à vélo ! Les routes sont dangereuses !

— La neige n'est pas épaisse et je roulerai dans la trace des voitures.

— C'est gelé, tu risques de tomber. Tu vas venir chez nous, là, on avisera.

— Merci Madame, mais j'aime mieux rentrer à Traou Du. Je vous promets que je serai prudent.

— Il n'y a pas que la neige… fit Lydie Legrand d'une voix soucieuse. Mais aussi tout ce qui se raconte en ville…

— Mon père dit que ce sont des histoires à dormir debout.

— Ah, vraiment ! Quoi qu'il en soit, ce soir, c'est chez nous que tu dormiras !

Martial se mit à hurler de joie et Aubin ébaucha un bref sourire puis se rembrunit.

— Ce n'est pas possible, mes parents vont s'inquiéter.

— Nous leur téléphonerons.

— Ils sont de sortie.

— Eh bien, je leur laisserai un message.

— Nous n'avons pas de répondeur.

— J'appellerai sur leur portable.

— Je… je crois que ça ne capte pas là où ils se trouvent.

Perplexe, Lydie Legrand regarda le visage encapuchonné levé vers elle. Il n'exprimait ni peur ni regret, mais ses paupières cillaient sans arrêt à cause des flocons.

La neige tombait maintenant si dru qu'elle estompait le contour des toits, noyant le bout de la rue dans un poudroiement cendré.

— Ça empire, dit Martial. Demain, je pourrai sortir ma luge.

— Oui mais en attendant, rentrons vite à la maison ! Allons, les garçons, en route !

Martial lui emboîta le pas et Aubin suivit en poussant sa bicyclette. Mais, au moment de traverser le carrefour, il l'enfourcha et partit en zigzaguant jusqu'à ce qu'il parvienne à rouler dans une trace de pneu.

— Aubin ! Reviens ! cria Lydie Legrand.

Sans se retourner, l'enfant fit un bref signe de la main puis, penché sur son guidon, il s'enfonça dans la blancheur glacée.

*

Il courait. Courait. Courait.

La couche de neige n'était pas un problème. Il suffisait de poser les pieds bien à plat, en répartissant le poids sur toute la surface des baskets. Leurs semelles profilées l'empêchaient de déraper. Son anorak le garantissait du vent. Son bonnet de quart enfoncé jusqu'aux sourcils le protégeait en partie des flocons qui fouettaient le reste de son visage et faisaient papilloter ses paupières.

Ce soir, il ne risquait pas de rencontrer d'autres joggers, beaucoup trop frileux pour sortir par un temps pareil ! Mais lui, ça ne le dérangeait pas. Il aimait ce silence moelleux, cet étouffement de plumes, ce duvet si léger, si envahissant, où chacun de ses pas imprimait sa marque, dans un doux crissement de plaisir et de douleur.

Il suivait le chemin du bord de mer. Traversait le

halo laiteux des réverbères qui se succédaient de loin en loin. Replongeait dans l'épaisseur poudroyante et glacée, guidé par le prochain rond de clarté qu'il entrevoyait devant lui.

Plage de Kerdreiz, étang de Poulafret, marée basse, algues répandues entre les cailloux, grèves à nu d'où montaient des odeurs fades et douceâtres, des odeurs de chair après l'amour. Écœuré, il accéléra et, dès qu'il le put, tourna le dos à la mer et s'enfonça dans le froid purificateur des ruelles. Ensevelies sous la neige, elles se ressemblaient toutes. Labyrinthe onirique où il glissait et planait comme un oiseau de rêve, délivré des pensées misérables et des pièges mortels qu'elles lui tendaient.

Bientôt surgit devant lui la masse gigantesque de l'abbaye. Navire de pierre échoué au milieu des marais, elle se dressait dans la lueur lactescente des bourrasques. Il la contourna. Les sentiers du parc avaient tous disparu sous la neige, mais il connaissait l'endroit par cœur. Il longea un talus puis une clôture et finit par déboucher sur la route.

En face de lui, de l'autre côté, l'étang de Beauport ouvrait sur la nuit son œil rond et immobile.

VIII

Samedi 20 février

Au cours de la nuit, le vent tourna au sud, la température s'éleva et la neige fondit dès le petit jour.

Lorsque Loïc Plesguen arriva à Beg Nod, vers neuf heures, les rayons du soleil éclairaient le bas de la prairie, le reste demeurait dans l'ombre de la paroi rocheuse. La neige n'y avait pas encore complètement disparu, l'herbe était ocellée de noir et de blanc et un reste de givre s'accrochait aux branches des arbustes. Le jeune homme laissa sa mobylette près du portail et monta au cabanon. L'intérieur était aussi glacial qu'un igloo. Sans perdre un instant, il alluma le poêle à alcool puis, en attendant que la pièce se réchauffe, il alla s'asseoir sur un bloc de rocher près du rivage.

La mer était pleine, aussi bleue qu'en été, et Loïc songea à la furie qui, la veille, avait balayé ce même endroit. Un tel contraste en quelques heures paraissait presque impossible. Pourtant, c'était à cause de cette tempête qu'il avait attendu Catherine en vain, puis quitté le cabanon avant que des congères ne bloquent complètement la route. Ce matin, il avait l'impression d'être dans un autre monde.

Le jeune homme consulta sa montre, Catherine n'allait plus tarder maintenant. Il l'aperçut bientôt qui louvoyait à bicyclette, entre les flaques formées par la neige fondue. En la regardant approcher, il oublia la frustration ressentie hier soir, lorsqu'il avait compris qu'elle ne viendrait pas. Deux semaines sans se rencontrer seul à seul…

Deux semaines depuis qu'ils avaient passé leur première nuit ensemble et qu'ensuite, dans la matinée, il avait vu une voiture avancer lentement sur le chemin du cabanon et ordonné à Catherine d'aller se cacher dans l'appentis. La visite du capitaine Janvier avait été terriblement stressante et quand, à la fin, celui-ci avait demandé à inspecter la remise, Loïc s'était senti perdu.

Il n'avait pas compris tout de suite la comédie que jouait Catherine lorsque le gendarme l'avait découverte. Ensuite, bien sûr, il n'avait pu que se féliciter de sa présence d'esprit. En faisant la muette, elle échappait aux interrogatoires et aux explications. Aphasique, amnésique… inattaquable.

Les jours suivants, par prudence, il s'était abstenu de tout contact avec elle, leurs portables et leurs messageries pouvant être surveillés. Mais deux semaines avaient passé, l'incident semblait être oublié. Attendre plus longtemps était devenu insupportable.

Maintenant, elle était là, devant lui ! Elle mettait pied à terre, laissait tomber son vélo contre le talus, se jetait dans ses bras. Enlacés, ils remontaient le sentier, s'enfermaient dans le cabanon, ouvraient les duvets, s'étendaient sur le matelas.

— Mon amour, enfin…

*

Quand Catherine émergea de la somnolence qui, chez elle, succédait toujours à l'amour, elle tourna la tête vers Loïc. Il avait les paupières fermées. Dormait-il ou se laissait-il flotter entre deux mondes, porté par d'invisibles courants ?

Elle s'étira. Enfouie sous le duvet, dans la pénombre verdâtre de la pièce, elle rêva qu'ils étaient deux naufragés échoués sur une île déserte. Puis elle bougea un peu et il ouvrit les yeux. Il lui sourit et s'assit au bord du matelas.

— J'ai faim, on va se faire un casse-croûte. Hier soir, j'ai apporté tout ce qu'il fallait. Pain, jambon, fromage, chocolat, bananes…

Il se leva, alluma le réchaud à gaz et mit de l'eau à bouillir.

— Un petit café nous fera du bien.

Puis il se tourna vers elle, toujours lovée dans les plis du duvet :

— Tu aurais pu m'appeler sur mon portable, hier soir. Je ne te dis pas jusqu'à quelle heure je t'ai attendue !

— Tu penses bien que j'ai essayé, mais ça ne captait pas, peut-être à cause de la neige…

— C'est plutôt la paroi rocheuse qui fait barrage.

— J'avais réussi à me faire inviter par Violette et prévenu ma mère que je ne rentrerais qu'aujourd'hui vers midi. Seulement, quand je suis sortie de chez elle, je ne suis pas allée loin, j'ai dérapé et pris une gamelle. Regarde, j'ai un bleu au coude et je me suis écorché le poignet ! Je suis donc retournée dormir chez ma copine. Heureusement que son vélo n'avait rien et que la neige a fondu parce qu'autrement, je n'aurais pas pu venir à Beg Nod ce matin. Et toi, comment tu t'es débrouillé hier soir ?

— J'ai piqué l'auto de mon père !

— Quoi ? Mais tu n'as pas le permis !

— Ça fait deux ans que je fais de la conduite accompagnée. Je n'ai pas de problème avec ça.

— Et si tu t'étais fait contrôler ?

— Aucun risque ! Par un temps pareil, les flics ne mettent pas le nez dehors !

— Tu n'as pas eu peur ? C'était vachement glissant !

— J'ai roulé lentement et j'ai laissé la bagnole en haut de la côte. Je suis descendu à pied au cabanon. Et là, je t'ai attendue. Quand j'ai été certain que tu ne viendrais pas, je suis rentré chez moi. J'ai garé la voiture dans la rue, à peu près là où je l'avais prise. La neige qui tombait a effacé les traces. Mes parents n'y ont vu que du feu ! Ce matin, comme le temps était remis, je t'ai téléphoné. J'ai bien fait, non ?

— Bien sûr.

— Et maintenant, à table ! Et après, si ça te dit, on retourne sous la couette.

— Si tu veux.

*

Un peu avant midi, Jules Janvier décida de descendre en ville faire quelques courses pour le week-end. Le soleil brillait et il ne restait que quelques plaques de neige à l'ombre des murs et dans les creux de terrain. Il se tenait sur le seuil de la porte, habillé de pied en cap et sa canne à la main, lorsqu'il entendit le téléphone sonner. Il hésita puis revint sur ses pas en maugréant.

— Salut ! C'est Fred. Je peux te parler ?

— J'allais sortir.

— Ça attendra !

— Qu'est-ce qui se passe ? C'est grave ?

Question superflue, Jules savait que ça l'était, rien qu'en entendant la voix de son fils.

— Patiente deux secondes, le temps que je retire mon pardessus et mes gants... Voilà, je t'écoute.

— On a découvert le corps sans vie d'un enfant, ce matin.

— Seigneur Dieu ! Où ?

— À l'étang de Beauport. Il flottait entre deux eaux, près de la berge.

— On a pu l'identifier ?

— Oui. Il s'agit d'une fillette de onze ans, Iris Fargeaud.

— Qui l'a trouvée ?

— Un gamin qui habite dans le coin. Il passait à vélo quand il a vu ce qu'il a d'abord pris pour une vieille bâche. Intrigué, il est allé regarder ça de plus près. Le pauvre gosse a eu un sacré choc…

— J'imagine. Qu'est-ce qu'il a fait ?

— Il est rentré chez lui raconter sa découverte à ses parents. Ceux-ci ne l'ont d'abord pas cru, mais comme il insistait, le père l'a accompagné jusqu'à l'étang. Sans le gamin, il n'aurait rien vu, le corps était à demi caché par les roseaux. Il s'est approché et quand il s'est rendu compte qu'il n'y avait plus rien à faire, il a prévenu la gendarmerie. Et moi, j'ai rappliqué aussi sec de Saint-Brieuc.

— Comment s'appelle ce gosse ?

— Aubin Welt.

— Ah ! Le petit violoniste ! s'exclama Jules.

— Je ne sais pas s'il joue du violon mais il a reconnu la fillette quand son père a retourné le corps. Plus tard, il a dit aux gendarmes qu'elle allait en classe avec lui et qu'elle appartenait à la même école de musique privée que lui.

— Musica Nostra ?

— Eh oui !

— Tu as donc tout de suite fait le rapprochement avec les autres “accidents”…

— Forcément. Seulement aujourd'hui, on a franchi un cap, il ne s'agit plus de farces de mauvais goût ou d'incidents fâcheux. Ce que nous craignions vient peut-être de se produire.

— On ne peut pas exclure d'emblée un véritable accident.

— Tu as raison, il faut attendre les résultats de l'autopsie et des recherches sur le terrain. Pour ma part, je commence dès maintenant une enquête de proximité. Il faut qu'on sache ce que cette gosse faisait à Beauport, la nuit dernière.

— A-t-on pu déterminer l'heure du décès ?

— Approximativement, entre vingt et une et vingt-trois heures. Selon le petit Aubin Welt, Iris participait à une réunion de tous les élèves à l'école de musique, réunion qui s'est terminée vers vingt heures quinze. Ensuite, les enfants se sont amusés un moment dans la neige avant de rentrer chez eux.

— Et les parents de la fillette, ils ne se sont pas inquiétés en ne la voyant pas arriver ?

— Ça, c'est une autre histoire ! La famille Fargeaud vit actuellement au Havre mais le père, fonctionnaire aux Affaires Maritimes, doit être muté à Paimpol le premier avril prochain. En attendant de s'installer ici, les parents ont jugé préférable que leur fille commence son deuxième trimestre dans un collège de Paimpol et l'ont confiée à la grand-mère, laquelle habite le bourg de Kérity, assez près de l'abbaye de Beauport.

— Voilà qui nous rapproche de l'étang.

— Mais n'explique pas ce qu'elle y faisait.

— Elle a pu s'égarer dans la tempête de neige.

— Ça paraît peu probable. La fillette n'avait qu'à suivre la route bien éclairée qui traverse le bourg. La maison de sa grand-mère se situe dans une rue transversale, à une centaine de mètres du croisement.

— Avec la neige qui tombait, elle a pu perdre ses repères et continuer tout droit…

— Dans ce cas, quand elle a constaté qu'elle était allée trop loin, pourquoi n'est-elle pas revenue sur ses pas ?

— Va savoir ce qui se passe dans la tête d'un gosse ! Ce que je ne comprends pas, c'est que la grand-mère ne soit pas allée la chercher à l'école, vu le temps qu'il faisait.

— Elle n'a pas de voiture et dit s'être endormie dans son fauteuil, devant son poste de télé. Quand elle s'est réveillée, il était plus de vingt-deux heures. Elle a pensé que sa petite-fille était rentrée et montée se coucher sans faire de bruit, pour ne pas la déranger.

— C'est une plaisanterie ? s'écria Jules stupéfait.

— C'est ce qu'elle a déclaré quand elle a appelé la gendarmerie ce matin, après avoir constaté l'absence d'Iris.

— Complètement irresponsable, la vieille ! Ou alors, à moitié sénile !

— Je m'en rendrai compte tout à l'heure quand je l'interrogerai.

— Alors là, passe-la à la casserole et ne lui fais pas de cadeau !

— Qu'est-ce qui te prend ? La pauvre femme est effondrée.

— Il y a de quoi ! Si elle avait alerté la gendarmerie hier soir, on aurait peut-être pu retrouver Iris à temps et elle serait encore en vie, s'exclama Jules qui avait du mal à contrôler sa colère. Bon ! Maintenant, dis-moi s'il y a quelque chose que je puisse faire !

— D'abord te calmer. Si tu ne sais pas garder ton sang-froid, ce n'est pas la peine de continuer.

— Mmm…

— Bon ! Ça y est, tu t'es repris ?

— Mmm…

— Si tu veux me rendre service, tâche de te rapprocher des élèves de Musica Nostra. L'un ou l'autre a pu voir ou entendre quelque chose, hier soir, qui pourrait nous mettre sur une piste. Gagne leur confiance, fais-les parler. Tu es passé maître pour ça.

— Merci du compliment mais ce sera difficile. Imagine l'état d'esprit des parents et des enfants, en apprenant la mort de cette fillette.

— Dans le climat de peur qui règne en ville, la nouvelle va faire l'effet d'une bombe, c'est sûr !

— Je vais voir ce que je peux faire et te contacterai dès que je saurai quelque chose. À charge pour toi de me rendre la pareille.

Fred répondit qu'il le ferait dans la mesure du possible, mais que son devoir de réserve…

— Démerde-toi avec ta conscience pour que je sache où je vais ! rétorqua son père. Et si ton code de déontologie t'interdit la transparence, dis-le franchement parce que, dans ce cas-là, je quitte la ville et je pars en voyage. Je n'ai pas envie d'être là pour assister à la suite !

— À la suite ?

— Oui, à ce qui se passera après… à la prochaine victime.

— Bon, ça va, j'ai compris ! Je te tiendrai au courant en toute discrétion, seulement je veux pouvoir compter sur toi.

— Parole donnée, marché conclu. Je me mets au boulot dès que possible.

*

Après cette conversation, Jules se dit qu'il était primordial de faire la connaissance d'Aubin Welt. Il en avait envie depuis qu'il l'avait entendu jouer au concert. Il ne pouvait chasser de son esprit la petite silhouette un peu chaplinesque dans son pantalon noir, sa chemise blanche, son veston démodé et son violon trop grand pour lui. Comment des parents sensés avaient-ils pu l'affubler d'une tenue aussi ridicule ?

Le vieil homme réfléchit et conclut que le meilleur moyen de rencontrer cet enfant était de passer par l'entremise de Martial Legrand.

Il renfila son manteau et ses gants et franchit la centaine de mètres qui séparaient son immeuble de la maison des Legrand. Là, il aperçut le garçon qui lançait un ballon dans un panier de basket fixé au-dessus de la porte du garage. Il l'observa quelques minutes puis l'appela. Tout sourire, le gamin vint à sa rencontre.

— Bonjour monsieur Janvier ! Il y a longtemps que vous êtes là ?

— Je te regardais jouer, tu ne te débrouilles pas mal avec ton ballon !

— Ouais, mais je pourrais encore m'améliorer. Il faut que je m'entraîne.

— Tu aimes le sport ?

— Et comment !

— Plus que la musique ?

— Ça, c'est sûr !

Le vieil homme eut un rire complice puis, redevenant sérieux, il dit au gamin qu'il avait un service à lui demander.

— J'aimerais rencontrer ton copain Aubin. Tu m'as dit qu'il venait parfois s'amuser chez toi. Il faut que je le voie le plus vite possible.

— C'est à cause de ce qui est arrivé à Iris ? fit Martial, le visage soudain décomposé. Ma mère me l'a dit, quelqu'un lui a téléphoné ce matin.

— Oui. Tu la connaissais ?

— Au collège, elle était dans la même classe qu'Aubin et moi.

— C'était une bonne élève ?

— Oui, mais il n'y avait pas longtemps qu'elle habitait Paimpol. Elle est arrivée après les vacances de Noël.

— J'ai entendu dire qu'elle faisait partie de Musica Nostra. Pourtant, je ne l'ai pas entendue jouer au concert. Elle y a assisté ?

— Oui, avec sa grand-mère. Même quand on ne joue pas, on est obligé de venir écouter les autres. C'est le règlement.

— Ah bon… Et Aubin, il la connaissait aussi ?

— J'en sais rien. Mais lui, la police l'a déjà interrogé.

— Ils n'ont pas perdu de temps !

— Ils voulaient savoir s'il avait vu quelque chose hier soir quand il a passé à côté de l'étang, pour rentrer chez lui à vélo.

— À vélo, par le temps qu'il faisait ?

— Oui. Pourtant, ma mère voulait qu'il vienne dormir à la maison. Elle a insisté et moi aussi. Mais il n'y a rien eu à faire, il a sauté sur sa bicyclette et il est parti.

— Moi, à sa place, j'aurais accepté votre invitation, fit Jules d'un ton convaincu.

— Oui, mais Aubin, il a peur de son père.

— Pourquoi ? Il est sévère ?

— Non, il est méchant.

— Comment le sais-tu ? C'est Aubin qui te l'a dit ?

— Non, il ne parle jamais de son père. De sa mère, oui… Il dit qu'elle est gentille mais que c'est un vrai mouton, toujours en train de donner raison à son mari, sans jamais prendre son parti à lui.

— Je vois… Et son père, qu'est-ce qui te fait croire qu'il est méchant ?

— Il lui tape dessus. J'ai vu les bleus qu'il a aux bras et aux jambes.

— Il a pu se les faire tout seul, en se cognant ou en tombant.

Martial afficha une moue dubitative.

— Et puis Aubin, il est toujours en train d'avoir peur de quelque chose… Peur d'être en retard, peur d'oublier un truc, peur de désobéir sans faire exprès. J'aimerais pas être à sa place, ça, je vous le garantis !

— Je comprends. Toi, par contre, on peut dire que tu as de bons parents.

— Un peu chiants mais pas plus que la moyenne, concéda le garçon dont le sourire indulgent amusa Jules.

— Eh bien, je vais te laisser à ton ballon. Mais je compte sur toi pour me présenter Aubin dès que possible. C'est très important !

*

De l'endroit surélevé où il se tenait, Arthur Levraz avait une vue d'ensemble de l'étang de Beauport. Il prit quelques photos qui accompagneraient l'article qu'il allait écrire ce soir. Le paysage était sinistre à pleurer. Eau plombée, roseaux décolorés, hautes vergues des arbres immobiles. Et, comme un tag tracé sur cette grisaille, un ruban jaune fluo qui délimitait le périmètre de sécurité interdit au public. Tout l'après-midi, celui-ci s'était agglutiné autour de cette zone, faisant preuve d'une patience quasi obscène qui avait écœuré le journaliste.

Il n'y avait pourtant rien à voir. Mais les gens étaient là, ils avaient garé leurs voitures, pare-chocs contre pare-chocs, le long de la départementale et ils attendaient. Quoi ? Eux-mêmes ne le savaient sans doute pas.

Vers dix-sept heures, alors que le jour commençait à baisser, la foule finit par s'éparpiller. Les gendarmes semblaient en avoir terminé. Les bords de l'étang avaient été passés au crible, des chiens policiers avaient reniflé partout, des plongeurs, exploré le fond de l'eau. Tout le matériel était maintenant rangé dans les camionnettes et il ne restait plus sur le terrain que quelques agents en uniforme, chargés de la surveillance. Arthur Levraz allait retourner à sa voiture lorsqu'il remarqua que ses collègues journalistes se regroupaient autour de l'officier de gendarmerie chargé de l'enquête. Il s'empressa de les rejoindre et arriva au moment où celui-ci s'adressait à eux :

— Je vais vous communiquer les informations que j'ai en ma possession. Très peu de chose en réalité, les recherches sur le terrain n'ayant donné jusqu'à maintenant aucun résultat notable. La cause en est imputée à la neige tombée en abondance toute la soirée et une partie de la nuit, puis qui a fondu rapidement dès le lever du jour. Cela a eu pour effet d'effacer toute trace susceptible d'être relevée. Nous n'avons pas non plus retrouvé d'objets ou d'indices indiquant que la fillette n'était pas seule au bord de l'étang. Les premiers résultats de l'autopsie effectuée dans l'après-midi attestent une mort par noyade mais des recherches plus pointues doivent encore être faites. Pour le moment, aucun témoignage digne de foi n'a été recueilli, concernant l'itinéraire suivi par la fillette à partir de l'école de musique. On n'a pas non plus trouvé d'explication à sa présence près de l'étang. Encore peu familière du quartier, elle s'est vraisemblablement égarée dans la tempête de neige, mais cela reste à démontrer. Voilà à quoi va essentiellement s'attacher notre enquête. Nous nous y attellerons dès demain matin et, croyez-moi, nous mettrons le paquet pour découvrir ce qui a causé la mort de cette malheureuse enfant. Je m'y engage solennellement. Si c'est un accident, preuve en sera donnée…

— Et si ce n'est pas le cas ? lança un des journalistes.

— Oui, je connais la rumeur selon laquelle les enfants de cette ville seraient en butte à des… persécutions. L'un d'entre vous en a d'ailleurs fait l'écho dans son journal.

— Il n'y a pas de fumée sans feu !

— C'est ce qu'on prétend ! Moi, je m'oblige à demeurer très prudent. Les ragots, les on-dit… c'est tellement excitant ! Et puis, ça fait vendre du papier, non ? Cela étant, ne vous inquiétez pas, je prends cette hypothèse très au sérieux et mettrai tout en œuvre pour lever le voile sur ce qui s'est passé ici, la nuit dernière. À charge, de votre côté, de ne pas souffler sur les braises. L'émotion est à son comble, en ville et dans les environs. L'angoisse des parents est légitime, mais il ne faudrait pas qu'elle dégénère en psychose collective. J'espère que je me fais bien comprendre et que chacun d'entre vous agira en professionnel responsable… Sur ce, soyez assurés que vous serez informés en temps et en heure de l'évolution de l'enquête et des résultats qu'elle apportera. Merci de votre attention et à demain !

Les journalistes rempochèrent stylos, calepins et magnétophones, puis s'apprêtèrent à quitter les lieux. Arthur allait les imiter lorsque l'officier s'approcha de lui.

— J'ai lu l'article que vous avez publié dans votre canard, il y a huit jours. Vous semblez convaincu que nous avons affaire à un fêlé, un détraqué, peut-être un psychopathe…

— En effet, et je ne suis pas le seul à le penser. Et vous, quel est votre avis ?

— Moi, j'essaie de m'en tenir aux faits. Et jusqu'à maintenant, rien n'indique que tous ces “accidents” ne sont pas le fruit du hasard.

— La loi des séries ?

— En quelque sorte. Seulement, jusqu'à hier, nous n'avions pas de quoi ouvrir une enquête sérieuse. Avec la mort d'Iris Fargeaud, la donne a changé. C'est pourquoi je vous demande instamment de ne pas dépasser les limites de vos compétences et de vous en tenir strictement à votre travail de journaliste. Pas d'extrapolations ni de conclusions hâtives. N'essayez pas d'influencer le lecteur ou de l'orienter vers des déductions précipitées ou fallacieuses. En un mot, prenez garde à ne pas manipuler l'opinion.

— Loin de moi cette idée ! Cependant, n'oubliez pas que la liberté de la presse est un droit intangible. Je ferai donc mon métier au plus près de ma conscience, répondit avec aplomb le jeune journaliste.

Le gendarme le regarda de haut puis, avec un imperceptible haussement d'épaules, il lâcha :

— Faites comme bon vous semble, mais n'oubliez pas que quiconque porte entrave, d'une manière ou d'une autre, à une enquête judiciaire, s'expose à de graves ennuis. Sur ce, bonsoir Monsieur !

*

— Alors ! Qu'est-ce que ça donne ? fit Jules, assis dans un des fauteuils de son salon.

Fred Janvier but une gorgée de son whisky préféré et regarda son père. Son impatience et sa curiosité étaient si manifestes qu'il en aurait ri si la situation n'avait été aussi grave.

— Vous avez trouvé quelque chose ?

— Pas vraiment. D'après mes collègues qui ont été sur le terrain tout l'après-midi, les investigations n'ont abouti à rien, à cause de la tempête de neige.

— Et toi, où en es-tu avec tes interrogatoires ?

Fred sortit son calepin.

— Pour faire court, commençons par l'école de musique… Voici ce qu'il en ressort : après la réunion avec l'ensemble des élèves, Régis Landry est rentré en voiture, chez lui, à Kerroc'h. Il a mis plus de temps que d'habitude à cause des mauvaises conditions de route. Sa femme, Graziella, n'a pas pu confirmer sa déclaration car elle était absente, comme souvent en fin de semaine. Pour ce qui est des autres professeurs : Michel Malter a quitté l'établissement à dix-neuf heures trente après avoir photocopié des partitions. Il a regagné à pied son studio, Rue du Quai, et n'en a plus bougé. Paul et Joëlle Vaugel sont rentrés ensemble à pied après leurs cours, vers dix-neuf heures. Ils habitent Rue de la Tossen, presque en bord de mer.

— Et je suppose qu'ils se sont, eux aussi, calfeutrés chez eux…

— Non. Paul est ressorti pour sa promenade quotidienne. Après une journée enfermé dans une salle de cours, il ne peut, paraît-il, s'en passer. Xavier Durant, le prof de hautbois n'avait pas cours hier après-midi et il est allé à Guingamp, faire des courses. Il est rentré avant le début de la tempête. Il est à noter que sa maison se situe sur la colline de Sainte-Barbe qui domine l'étang de Beauport. Selon lui, il faut environ un quart d'heure à pied pour s'y rendre. Mais il m'a juré ses grands dieux qu'il n'avait pas mis le nez dehors hier soir.

— Bien entendu, toutes ces déclarations demanderaient à être vérifiées.

— Ça va de soi. Passons maintenant à l'interrogatoire des élèves. J'ai commencé par la jeune Violette David que je connaissais déjà. Elle m'a dit qu'elle avait vu Iris quitter l'école, accompagnée d'une autre fillette dont elle a pu, heureusement, me donner le nom. Quand je l'ai questionnée, celle-ci a confirmé qu'elle avait effectivement fait un bon bout de chemin avec Iris. Elles se sont séparées au croisement de la rue de Malabry. Elle n'a rien remarqué de particulier chez Iris, ni dans son humeur ni dans ce qu'elle disait.

— Voilà qui ne nous avance guère.

— Je suis aussi allé voir la grand-mère, à l'hôpital. Je n'ai rien pu en tirer, choc post-traumatique, elle était sous sédatifs. Là, j'ai rencontré les parents, inutile de te décrire l'état dans lequel ils se trouvent. Pour finir, je me suis rendu à Traou Du, chez les Welt. Je voulais m'assurer que le petit Aubin n'avait vraiment rien vu, hier soir.

— Et alors ?

Fred secoua la tête d'un air excédé.

— Pas moyen d'en sortir quelque chose sinon qu'il neigeait très fort, ce que nous savons tous, et qu'à partir de l'intersection avec la départementale, il a dû pousser sa bicyclette parce que la couche était trop épaisse pour rouler. Il est arrivé chez lui fourbu et gelé.

— Pauvre gosse ! On l'aurait été à moins.

— Là, il a eu la bonne surprise de trouver sa mère qu'il croyait partie avec son père, à un apéro chez des amis. Au dernier moment, elle s'était désistée parce qu'elle avait mal à la tête et se sentait fatiguée. Aubin m'a répété ce qu'il avait déclaré au gendarme qui l'a interrogé, en fin de matinée. Hier soir, il n'a rien vu, rien entendu… Une fois rentré chez lui, il a mangé et s'est couché sans même prendre une douche chaude. « Mais avec une bouillotte », a tenu à préciser sa mère. Élise Welt m'a avoué s'être fait un sang d'encre en sachant son mari et son fils sur la route, au milieu d'une telle tempête. Heureusement, tous deux s'en étaient sortis sains et saufs bien que Nathan ait dû affronter de réelles congères, ce qui, même pour un habitué du volant comme lui, n'avait pas été facile.

— À quelle heure sont-ils arrivés ?

— Aubin vers vingt et une heures. Quant au mari, elle a été incapable de me le dire car elle était montée se coucher. Cette femme m'a laissé une impression bizarre, difficile à définir. Elle semble à la fois lymphatique et fébrile, timide et bavarde… Aubin a l'air de l'aimer, tout en ne manifestant aucune considération pour elle.

— Tu n'as pas rencontré le père ?

— Non, il était absent.

Fred ajouta que l'enfant et la mère s'étaient refermés comme des huîtres lorsqu'il avait voulu parler de Nathan Welt. Élise avait répondu du bout des lèvres aux questions pourtant les plus anodines… Depuis quand la famille habitait-elle Traou Du ? Un peu plus de deux ans. Quelle était la profession de Nathan ? Représentant de commerce en appareils sanitaires. Quel âge avait-il ? Quarante-trois ans. Y avait-il moyen de le rencontrer ? Élise n'avait pu répondre. Les horaires de travail de son mari étant irréguliers, il ne partait ni ne rentrait jamais à heure fixe. Cela ne lui facilitait pas la vie, mais elle ne se plaignait pas, chaque métier comportant des avantages et des inconvénients. Cela l'obligeait seulement à ne pas bouger de chez elle car Nathan tenait à avoir un repas chaud servi dès son retour, et à ce qu'elle lui prépare un bain, des vêtements propres, enfin tout ce qu'un homme peut exiger quand il rentre fatigué de son travail. Elle devait aussi lui prêter une oreille attentive lorsqu'il avait envie de lui raconter sa journée, ses rencontres avec les clients, les commandes, son habileté, ses astuces…

Dans son coin, Aubin avait écouté sa mère sans souffler mot et lorsque Fred lui avait demandé s'il s'entendait bien avec son père, Élise s'était empressée de répondre à sa place. Tous trois formaient une famille unie et Nathan s'acquittait de ses devoirs paternels de façon irréprochable. Naturellement, il y avait parfois de petits accrochages mais qui ne tiraient jamais à conséquence. Nathan était sévère mais juste, il aimait beaucoup son fils qui le lui rendait bien.

— Ça par exemple ! s'exclama Jules. Je me suis pourtant laissé dire qu'Aubin en avait une peur bleue.

— Comment le sais-tu ?

— Par un de ses camarades.

— Ne me dis pas que tu accordes foi à ce que les gamins se racontent entre eux ! Si tu savais les horreurs que je débitais sur ton compte à mes copains, juste pour me faire mousser… Tu n'en reviendrais pas !

— Peut-être. Seulement Aubin est un enfant battu.

— Tu tiens ce renseignement de la même source ?

— Oui. Mais il en a aussi le comportement et, en tant qu'ancien instit, j'ai une certaine expérience en ce domaine. Ma conviction est faite.

— Conviction n'est pas preuve.

— C'est pourquoi, je veux absolument rencontrer ce gosse.

— Eh bien, j'espère que tu auras plus de succès que moi !

— C'est un enfant exceptionnel. Je ne peux oublier sa façon de jouer du violon. Quel dommage que tu ne l'aies pas entendu, tu aurais été époustouflé !

— Certainement. Mais en ce moment, la musique n'est pas ma priorité. Moi, ce que je ne peux oublier, c'est le cadavre de cette petite fille, étendu dans la boue, au bord de l'étang.

Le vieil homme hocha gravement la tête puis demanda s'il n'y avait pas un passant, un promeneur de chien qui aurait aperçu quelque chose…

— Si. Une femme habitant à proximité de l'abbaye de Beauport a signalé le passage d'un jogger dans sa rue, il courait en direction de l'étang. Elle s'en souvient parce que, sur le moment, elle s'est dit qu'il fallait être un peu cinglé pour faire du jogging par un temps pareil.

— C'est tout ?

— Hélas ! Demain, nous reprendrons nos investigations, mais si nous ne trouvons rien d'autre pour étayer la thèse d'une agression et, entre nous, je doute que nous y parvenions, c'est à une mort accidentelle qu'aboutira l'enquête.

IX

Lundi 22 février

Arthur Levraz se donna dimanche pour réfléchir, puis décida de ne pas se laisser impressionner. La police pouvait passer toutes les consignes qu'elle voulait, un journaliste digne de ce nom restait libre de suivre son intuition et d'adopter, pour ses articles, le fond et la forme qu'il jugeait les meilleurs.

Le papier qu'il signa et qui parut lundi matin sous le titre « *Un dément vivrait-il parmi nous ?* » porta l'émotion du public à son comble. Il exprimait en effet tout haut ce que chacun craignait tout bas.

Pour commencer, Arthur rapportait les faits concernant le décès d'Iris Fargeaud tels qu'ils avaient été exposés par l'officier de gendarmerie chargé de l'enquête. Puis il entrait dans le vif du sujet. « *Nos enfants seraient-ils le jouet d'un maniaque, d'un sadique, d'un névrosé aux pulsions de plus en plus morbides ? Je pose la question sans ambages à tous ceux qui, de près ou de loin, sont responsables de la sécurité dans la région. Si tel est le cas, le moment n'est-il pas venu de prendre des mesures propres à assurer la protection des enfants et plus particulièrement, celle des élèves de l'école de musique Musica Nostra ?* »

Il concluait en déclarant qu'il valait certainement mieux envisager le pire et se tromper que minimiser les faits et laisser le champ libre à un malade dont la démence semblait se développer.

Comme Arthur s'y attendait, son brûlot déclencha un vent de panique à Paimpol. Tous les fantasmes, les défiances, les phobies que chacun porte en soi, s'épanouirent instantanément, fleurs nocives à l'ombre desquelles le bon sens et la raison s'étiolent et disparaissent.

Une grande partie des parents firent savoir à Régis Landry qu'ils retiraient momentanément leurs enfants de Musica Nostra et l'école ferma ses portes le soir même. Le directeur demanda aux élèves de continuer à jouer chez eux afin d'être au top quand les cours reprendraient, ce qui, il en était persuadé, ne tarderait pas.

En privé, Régis était loin de se montrer aussi serein. Si, jusqu'à maintenant, il avait toujours réussi à équilibrer le budget de l'école, sa trésorerie ne supporterait pas un manque à gagner prolongé. Les professeurs se mettraient au chômage, mais lui, en tant que chef d'entreprise, il n'aurait droit à rien. Ce que gagnait Graziella ne couvrait pas la moitié des dépenses du ménage et leur situation deviendrait vite difficile. L'idée de voir son école ruinée par un vulgaire journaleux le plongeait dans des crises de fureur apocalyptique auxquelles succédait, quand la pression retombait, un état de prostration et de fatigue qui lui coupait les jambes. Il s'affalait alors dans un fauteuil, soufflant et suant, mais avec à l'intérieur de lui, le feu de la haine pour ce journaliste et le troupeau des imbéciles qui gobaient tout ce qu'il publiait. Graziella, bien qu'accoutumée à ses sautes d'humeur, ne l'avait jamais vu en proie à de tels débordements d'hystérie. Elle l'avisa que s'il ne se calmait pas, elle partirait en tournée jusqu'à la fin de la semaine. Le printemps approchait et elle avait besoin de réapprovisionner son stock, en vue des prochaines brocantes en plein air. Régis lui répondit de faire comme elle voulait. Inutile d'être deux à se ronger les sangs.

— De toute façon, la situation ne peut que s'apaiser, répliqua Graziella. La gendarmerie apportera certainement un démenti aux allégations du journaliste.

— Ce qui ne changera strictement rien ! Les gens préfèrent toujours croire au pire, à l'extravagant, à tout ce qui enflamme leur imaginaire. Tu ne les en feras pas démordre. L'histoire d'un psychopathe rôdant dans la nuit est tellement plus excitante qu'un banal accident ! Pourquoi veux-tu que des gens à qui il n'arrive jamais rien, renoncent au piment que la peur apporte dans leur vie ? Que je sois ruiné à cause de ça, ne compte absolument pas.

Graziella ne pouvait pas lui donner entièrement

tort. Elle venait d'ailleurs d'apprendre, en faisait ses courses au supermarché, que des groupes de vigiles volontaires étaient en train de se former et que, dès la nuit prochaine, ils patrouilleraient en ville et dans les environs. À pied, à vélo, en voiture… Elle tendit l'oreille et comprit aussi que si cette initiative ne faisait pas l'unanimité – trop de risques d'erreur et d'amateurisme – l'ensemble de la population y souscrirait quand même, l'autodéfense étant, à ses yeux, la seule parade dans une affaire comme celle qui secouait la ville.

En écoutant les gens discuter par petits groupes entre les rayons et sur le parking, Graziella se sentit incapable de juger s'ils avaient tort ou raison, s'ils se comportaient rationnellement ou s'ils se laissaient entraîner dans un jeu qui les dépassait. C'est à ce moment-là qu'elle décida de s'extraire de ce cercle dangereux et de partir quelques jours en tournée.

*

— Comment tu as dit qu'il s'appelait, ton vieux bonhomme ? lança Aubin.

— Monsieur Janvier.

— Ah oui ! Eh bien, il peut toujours se gratter celui-là, je ne le rencontrerai pas !

— Pourquoi ? Il est gentil.

— Possible, mais j'aime mieux rester chez moi et jouer du violon. Déjà que l'école de musique est fermée…

— Justement ! s'exclama Martial. Monsieur Janvier va faire tout ce qu'il peut pour qu'elle rouvre le plus vite possible. Pour ça, il a besoin d'apprendre ce qui se passe exactement et il voudrait savoir ce que tu en penses.

Les deux garçons discutaient dans un coin de la cour de récréation, sans que personne ne vienne les déranger. Après l'article retentissant d'Arthur Levraz, les élèves de Musica Nostra étaient devenus les vedettes du collège. Être menacé de mort leur conférait un statut spécial et la considération de tous.

Aubin et Martial s'en étaient aperçus ce matin, dès leur arrivée, aux regards que leur lançaient leurs camarades, surtout ceux des classes supérieures. Certains les avaient salués d'un signe de tête, d'autres leur avaient même serré la main.

Cela compensait la peur qui les tenaillait depuis des semaines et dont ils n'avaient parlé qu'entre eux. Ces bruits bizarres, ces voix chuchotant dans la nuit, l'impression d'être suivi… personne n'aurait pris ça au sérieux !

— Et pourquoi tu ne veux pas rencontrer monsieur Janvier ?

— Il veut me parler de la mort d'Iris ?

— Il ne me l'a pas dit mais sûrement…

— Je vois, c'est bien ce que je pensais, fit Aubin avec un petit sourire en coin.

— Et tu pensais quoi ?

— Ton monsieur Janvier, il a le même nom que le flic qui est venu deux fois chez nous ! Lui aussi s'appelle Janvier. Je l'ai entendu quand il s'est présenté à ma mère.

Martial écarquilla les yeux.

— T'en es sûr ?

— Certain !

— Alors tu crois que s'ils ont le même nom, ils sont de la même famille ?

— Évidemment, ça ne peut pas être le hasard ! Je te parie que le vieux est le père du flic.

— Tu dois avoir raison, reconnut Martial d'un air piteux.

Il se sentait trahi. Le voisin avait bien caché son jeu. Mais pourquoi ? Qu'avait-il derrière la tête ?

— J'ai rien à dire à propos d'Iris, insista Aubin, c'est ce que j'ai répété à ce flic, samedi. Mais j'ai bien vu qu'il ne me croyait pas, alors il a dû demander à son père de le faire à sa place. Le vieux a été d'accord et il s'est adressé à toi, comme intermédiaire.

— Le faux-cul ! Ah, il m'a bien eu ! Bon, à partir de maintenant, il pourra faire toutes les grimaces qu'il voudra, je ne lui parlerai plus ! Et quand je le verrai, je ficherai le camp ! C'est fini, je fais une croix sur lui.

— J'ai une meilleure idée, dit Aubin d'un air finaud.

— Laquelle ?

— On va les faire marcher.

La sonnerie de fin de récréation retentit et interrompit leur conversation.

— On en reparlera tout à l'heure. Si tu veux, je viendrai chez toi à quatre heures, après l'école. Je n'ai pas mon cours de violon puisque Musica Nostra est fermée, on aura le temps de mettre ça au point.

*

Chez les Legrand, une fois leur goûter expédié, les gamins décidèrent que leur discussion serait pour plus tard, ils avaient d'abord envie de jouer avec leurs petites voitures. Ils montèrent un circuit dans la chambre de Martial, mais celle-ci s'avéra trop exiguë. Le couloir bien qu'assez long, était encombré de chaussures et d'une quantité de petits meubles. Quant au salon recouvert de tapis, pas la peine de songer à y faire rouler quoi que ce soit.

— Il y aurait bien un autre endroit… fit Martial d'une voix incertaine.

— Lequel ?

— La meilleure piste que je connaisse se trouve au cimetière de Lanvignec, tout près d'ici.

— Eh bien, allons-y, qu'est-ce qu'on attend ?

— C'est que… j'ai trop la trouille.

Un tel aveu exigeait une explication. Martial raconta donc à voix basse sa rencontre avec l'inconnu.

— Il t'a obligé à jouer avec lui ? fit Aubin, incrédule. Il voulait que tu gagnes et tu n'y arrivais pas ? À part ça, qu'est-ce qu'il t'a fait ?

— Rien.

— Écoute ! Aujourd'hui, c'est pas pareil. D'abord, il fait encore jour et on est deux. On fera gaffe et si on le voit arriver, on se taillera en vitesse.

Le cimetière était vide. Les tombes semblaient abandonnées. Quelques pots de fleurs datant de la Toussaint traînaient çà et là, la plupart renversés par le vent. Martial balaya de la main les feuilles mortes collées par l'humidité sur sa dalle préférée, puis les garçons se partagèrent les voitures. Pris par le jeu, Martial oublia vite son angoisse et cessa de jeter des coups d'œil par-dessus son épaule. Il avait d'ailleurs fort à faire car Aubin était déchaîné. Les joues rouges, les cheveux en bataille, il expédiait ses autos en poussant des cris chaque fois qu'il gagnait et des hurlements plaintifs quand l'une d'elles partait dans le décor.

— Arrête de beugler comme ça, on va se faire repérer ! lui répétait Martial. C'est pas permis de venir jouer ici.

Aubin se calmait quelques minutes puis recommençait à catapulter les bolides en criant et en gesticulant. Deux d'entre eux en perdirent une roue, il en écrasa un troisième en poussant dessus comme un forcené. Martial qui voyait son écurie se déglinguer sous ses yeux, décida d'arrêter les frais. D'ailleurs, le crépuscule tombait et l'obscurité noyait le bois de Kerraoul, juste derrière le mur du cimetière.

— Allez ! On rentre !

*

— Où étiez-vous ? Je commençais à m'inquiéter, leur demanda Lydie Legrand qui les guettait près de la porte.

Les deux gamins passèrent en trombe devant elle, puis retirèrent leurs anoraks et leurs boots.

— On s'est bien amusés, maintenant on a envie de discuter.

— Voilà qui tombe à merveille ! Il y a justement ici quelqu'un qui voudrait parler avec vous.

— Qui ? fit Martial à voix basse tandis qu'Aubin s'apprêtait à remettre ses chaussures.

— Allez-y, vous verrez !

Dans le salon, un vieil homme était assis sur le canapé, un verre à demi plein posé devant lui.

— Monsieur Janvier, je vous présente Aubin Welt, dit Lydie en poussant gentiment le garçon devant elle. Puis se tournant vers son fils, figé sur le pas de la porte : Eh bien, Martial, tu ne reconnais pas notre voisin ?

Comme les deux gamins demeuraient muets, elle leur ordonna de s'asseoir et alla à la cuisine leur chercher quelque chose à boire. Jules Janvier les considérait sans mot dire, un sourire au fond du regard. Puis il vida son verre et demanda à Aubin s'il voulait bien lui jouer quelque chose au violon.

— Je ne l'ai pas avec moi.

— Il y a l'instrument de Martial, rétorqua Lydie. Si tu veux, tu peux t'en servir.

Aubin secoua la tête.

— J'ai les mains gelées et je n'ai pas envie de jouer.

— Ce n'est pas grave, répondit Jules Janvier. Ce sera pour une autre fois. Tu l'ignores sans doute mais j'assistais au concert de Musica Nostra et j'ai beaucoup aimé ton interprétation de la partita de Bach. Je te félicite, tes parents doivent être fiers de toi…

— Je vais devoir m'absenter, dit alors Lydie Legrand. J'ai des livres à rendre à la bibliothèque et celle-ci ferme à dix-huit heures.

— Dans ce cas, je ne vais pas m'attarder, fit Jules en se levant.

— Non ! Non ! Restez, je vous en prie. Ce sont les garçons que vous vouliez voir, ma présence n'est pas indispensable !

— C'est très aimable à vous, Madame. J'accepte volontiers.

Les gamins échangèrent un coup d'œil résigné. Ils se resservirent à boire tandis que, dans le couloir, Lydie se préparait à sortir. Enfin, on entendit claquer la porte d'entrée.

— Martial m'a dit que tu envisageais une carrière de violoniste, reprit alors Jules Janvier.

— Mmm…

— Tes parents sont d'accord ? C'est une lourde responsabilité que d'aiguiller son enfant vers une profession artistique.

— Ils sont d'accord.

— Généralement, les mères se montrent assez conciliantes. Ce sont les pères qui sont difficiles à convaincre.

— Pas le mien. Il adore la musique, il m'écouterait jouer des heures s'il le pouvait.

— Tu en as de la chance ! Parce qu'écouter un violoniste qui travaille est drôlement énervant. J'en sais quelque chose. Mon fils étudiait le violoncelle quand il était gosse, et il m'arrivait d'avoir envie de jeter son instrument par la fenêtre !

Martial jeta à Aubin un bref regard entendu.

— Vous avez un fils ? s'enquit-il sans avoir l'air d'y toucher.

— Oui. Je ne te l'ai jamais dit ?

— Il a quel âge ?

— Quarante-trois ans

— Vous le voyez souvent ?

— Oui, assez.

— Et il fait quoi, comme métier ?

— Il est fonctionnaire.

— Alors il n'est pas devenu violoncelliste ?

— Non.

— C'est vous qui l'en avez empêché ?

— Il n'était pas suffisamment doué pour ça.

— En tout cas, moi, mon père me soutient à fond, déclara Aubin sans prêter attention à l'expression surprise qui se peignait sur le visage de Martial.

— Tant mieux ! Quand un père et son fils sont comme les deux doigts d'une main, c'est fantastique.

— Il fait tout ce qu'il peut pour mon bien.

— Comme t'obliger à rouler à bicyclette, tous les jours et par n'importe quel temps ?

Il y eut un bref silence. Les yeux d'Aubin papillotèrent, puis il répliqua un peu trop vite :

— Il veut que je devienne costaud et pour ça, il dit qu'il faut faire du sport.

— Ah ! Je comprends et je lui donne raison. Rien de tel que l'exercice physique quotidien pour développer ses muscles !

— Et votre fils, il fait du sport lui aussi ?

— Heu… oui… de la voile et du ski.

— Mais pas vous… vous êtes trop vieux.

— C'est vrai. Pourtant, je continue à marcher tous les jours. Et je fréquente aussi une salle d'armes de la région.

— Avec votre canne ?

Jules se mit à rire puis regarda Aubin droit dans les yeux.

— Je prends ma canne en effet… et je suis sûr que toi, tu prends le car scolaire, certains jours, lança-t-il au hasard.

— Oui, ça m'arrive, admit Aubin tout en se gardant de préciser que ces jours-là correspondaient à ceux où son père était en déplacement professionnel.

— Et tu empruntes le même car que celui dans lequel montait Iris Fargeaud.

— Oui, elle le prenait à l'arrêt de la mairie.

— Est-ce qu'il t'arrivait de discuter avec elle ?

— Bien sûr ! On était dans la même classe, en 6e A, alors on parlait de nos devoirs, de l'école, des profs et tout ça. On était assez souvent assis l'un à côté de l'autre.

— On peut donc dire que tu la connaissais assez bien ?

— Ouais, c'était une chouette fille. Elle n'avait pas beaucoup de copines parce qu'elle venait d'habiter à Paimpol. C'est pour ça qu'elle aimait bien parler avec moi.

Martial, les yeux écarquillés et la bouche entrouverte, considérait Aubin avec stupeur. Comment pouvait-il mentir avec tant d'aplomb ? Jamais, il en était sûr, son copain n'avait prêté attention à une fille aussi nulle qu'Iris.

— Et que penses-tu de ce qui lui est arrivé ?

— Vous voulez parler de sa mort ?

— Disons plutôt des circonstances qui ont entouré sa mort.

Aubin se passa la main dans les cheveux et parut réfléchir.

— J'vois pas comment elle aurait pu se perdre. Le chemin jusqu'à chez elle était facile. Même avec la neige, elle ne pouvait pas se tromper.

— Alors, d'après toi, qu'est-ce qui s'est passé ? demanda Jules en se levant pour aller prendre sa pipe et ses allumettes dans la poche de son manteau.

Aubin en profita pour grimacer derrière son dos et lancer à Martial un clin d'œil complice.

— Si je vous dis ce que j'ai vu, vous promettez de garder ça pour vous ?

— Heu… oui. Encore que, si c'est important, il me semble que…

Jules déposa la pipe qu'il venait d'allumer dans le cendrier et se pencha en avant.

— J'ai envie de vous faire confiance mais vous devez promettre de ne rien raconter à personne…

— D'accord, tu as ma parole.

— D'abord, il faut savoir que vendredi soir, Iris a été une des premières à quitter l'école. Elle ne s'est pas amusée dans la neige comme nous, elle est partie directement avec une autre fille. Moi, je suis resté assez longtemps sur le trottoir, avec Martial, pour attendre sa mère qui était en retard. Ensuite, j'ai dû rouler très lentement parce que ça glissait et que j'avais peur de déraper. À cause de tout ça, je suis arrivé plus tard que d'habitude près de l'abbaye de Beauport. Et c'est là que j'ai vu Iris. Je ne l'ai pas reconnue tout de suite. De loin, c'était juste une fille qui dansait dans la neige.

— Qui dansait dans la neige ? articula Jules Janvier sans cacher son étonnement.

— Oui ! Même qu'elle levait les bras et tournait sur elle-même… un peu comme ces Turcs en longues robes.

— Les derviches tourneurs.

— Oui, c'est ça.

— Et alors ?

— Je me suis approché et c'est là que j'ai reconnu Iris.

— Et elle, est-ce qu'elle t'a vu ?

— Non, j'étais de l'autre côté de la route, dans l'ombre des arbres.

— Et ensuite, qu'est-ce qui s'est passé ?

Aubin hésita un instant, puis regarda Martial pétrifié dans son fauteuil. Il décida alors d'en rajouter une couche, juste pour le fun.

— Vous n'allez pas me croire. Même moi, je me demande si je n'ai pas rêvé ou alors… il paraît que la neige provoque parfois des hallucinations…

— Dis toujours !

— Une auto est arrivée, elle a freiné dans le virage et ses phares ont éclairé Iris, comme des projecteurs de théâtre. Elle a dû être éblouie parce qu'elle s'est arrêtée de danser. Elle était clouée au milieu de la lumière avec la neige qui lui tournait autour comme un grand voile blanc. C'était très joli. Je me demandais ce qui allait arriver quand les portières de la voiture se sont ouvertes.

Aubin reprit son souffle et roula des yeux pleins d'effroi. En face de lui, Martial avait un visage si ahuri qu'il en était comique. Quant au vieux, il avait plissé les paupières et croisé ses mains sur ses genoux

— Plusieurs hommes sont sortis. Ils étaient habillés en noir, avec de grandes capes qui flottaient dans le vent. Ils ont marché vers Iris, lentement, comme s'ils voulaient la cerner. Alors elle s'est mise à courir. Elle a d'abord pris le chemin qui descend vers la mer. Les hommes la poursuivaient mais pas tellement vite, on aurait dit qu'ils n'avaient envie de la rattraper. À un certain moment, elle a quitté le chemin et elle est partie à travers champs. Ça ressemblait à… à une chasse au renard.

— D'où tu étais, comment pouvais-tu voir tout ça ?

— J'avais laissé mon vélo et j'étais allé me cacher derrière un mur. De là, je voyais tout, la neige blanche et les silhouettes qui se découpaient en noir. Iris est remontée un peu plus loin, vers la route, avec les hommes à ses trousses. Elle l'a traversée et eux aussi. Leurs capes volaient, on aurait dit des chauves-souris géantes. C'était horrible, vous ne pouvez pas imaginer…

Du fauteuil de Martial monta un faible gémissement. Le gamin s'était tassé sur lui-même et considérait son copain d'un œil hagard.

— Arrivée de l'autre côté de la route, elle a enjambé le garde-fou. Les hommes aussi. Ensuite, je n'ai plus rien vu. Au bout d'un moment, les hommes sont revenus à la voiture. Et la voiture est repartie.

— Et toi, qu'est-ce que tu as fait ?

— Je suis allé reprendre mon vélo et je suis rentré chez moi.

— Tu n'as pas cherché à savoir ce qu'était devenue Iris ?

Cette question sembla prendre Aubin de court, puis il poussa un profond soupir, presque une plainte, et répondit d'une voix mourante que la peur qui l'avait soudain submergé, lui avait fait oublier Iris. Il était rentré chez lui, l'esprit vide et la panique au ventre.

— Ça se comprend ! fit Jules. En voilà, une histoire ! Mais pourquoi n'en as-tu rien dit aux gendarmes ?

— Comment est-ce que vous pouvez savoir ce que j'ai dit et pas dit aux flics ? rétorqua Aubin en le regardant droit dans les yeux.

Le vieil homme sourit.

— Tu es malin, toi !

Puis se tournant vers Martial qui se ressaisissait peu à peu :

— Et toi, tu étais au courant ?

— Non ! Pas du tout ! Aubin ne m'a rien raconté.

— Cela a dû être dur de garder toute cette histoire pour toi, fit Jules en s'adressant à Aubin. Tu dois te sentir soulagé de me l'avoir confiée…

— Un peu.

— Il faut absolument que tu en parles aux enquêteurs.

— Pas question ! Et n'oubliez pas votre promesse, motus et bouche cousue.

— C'est pourtant un témoignage de première importance.

— Et la suite, vous y avez pensé ? Qu'est-ce qui m'arrivera si ces hommes apprennent que je les ai dénoncés ? Ils me chercheront et quand ils m'auront trouvé, qu'est-ce qu'ils feront de moi, hein ?

*

Le soir tombait. Par la fenêtre, Jules Janvier contemplait pensivement les lueurs déclinantes de ce jour d'hiver. Il songeait au récit d'Aubin. Un profond silence l'enveloppait et la scène que l'enfant lui avait décrite repassait devant ses yeux. Cette fillette qui dansait dans les tourbillons de neige irisée par une clarté diffuse. Ces hommes terrifiants qui surgissaient de nulle part pour se lancer dans une traque qui ressemblait… comment le gamin l'avait-il qualifiée ? Ah oui, qui ressemblait à une battue au renard. Puis la traversée de la route, la plongée de l'autre côté, dans le vide et le silence. La route qui avait été, ce soir-là, la frontière entre la vie et la mort.

Jules sentait l'air glacé, entendait le bruissement des flocons et le vent qui pleurait au-dessus de la mer, voyait la frêle silhouette courant dans la blancheur mortelle. Et il se rappelait le pâle visage du petit garçon, aussi pâle et concentré que lorsqu'il interprétait la partita de Bach. Ses yeux noirs qui ne reflétaient ni effroi ni embarras et sa voix qui avait tenu Jules sous le charme de son récit.

Pourtant, il était évident que l'enfant mentait. C'était trop beau, trop poignant, trop poétique… Mais quelles vérités plus profondes exprimaient ses affabulations ?

Il y avait d'abord eu ce qu'il avait dit à propos de son père et qui était, pour autant que le vieil homme pût en juger, le reflet symétrique et opposé de la réalité.

Quant à la fantasmagorie étonnante qui avait suivi, était-elle sortie tout entière de l'imagination du gamin ? Comment départager le vrai du faux ? Jules n'y parvint pas. Et lorsque, une heure plus tard, il rapporta fidèlement le témoignage d'Aubin à Fred, celui-ci le balaya d'un haussement d'épaules.

— Ce gosse est complètement mytho ! Les hommes chauves-souris, ça ne te rappelle rien ?

— Si ! Batman.

— Et la petite fille dans la neige… il doit avoir lu ça dans un recueil de légendes scandinaves.

— Probablement… Mais n'oublie pas qu'un fabulateur démarre toujours sur un fond de vérité.

— Et quel est-il, selon toi ?

— Qu'Iris ne s'est pas perdue.

— Sur ce point, je suis d'accord, déclara Fred en se levant. Et maintenant, si nous passions à table, je meurs de faim !

— Tout est prêt, j'ai dressé le couvert dans la cuisine. Viande froide, salade, fromages, pain et beurre.

— Et un coup de rouge ?

— Cela va sans dire ! C'est un peu frugal mais je n'ai pas pu faire mieux, vu l'heure tardive à laquelle tu t'es annoncé.

— Ne te casse pas la tête, ça ira très bien comme ça. Et si ça ne te dérange pas, je resterai dormir ici cette nuit, Isabelle est prévenue.

— Le lit est toujours prêt dans la chambre d'amis.

Les deux hommes s'attablèrent et poursuivirent leur conversation.

— Je ne pense pas non plus qu'Iris se soit égarée, déclara Fred. Mais je n'en dirai rien publiquement. L'article de Levraz a suffisamment semé la panique comme ça. Inutile d'en rajouter tant que nous n'aurons pas d'éléments réellement significatifs.

— Je comprends. Mais à moi, tu peux me dire où tu en es.

— C'est l'une des raisons pour lesquelles je me suis invité. J'ai passé ma journée à interroger ceux qui ont été en contact avec Iris, le jour de sa mort, ainsi que les personnes travaillant à Musica Nostra.

— Eh bien, ça a dû défiler dans ton bureau !

— Ne m'en parle pas ! J'ai la tête comme une citrouille !

— Et que ressort-il de tout ça ?

— Pas grand-chose, hélas ! Des incohérences qu'il faudra expliquer, quelques points obscurs qui se sont éclaircis, dit Fred en roulant une tranche de jambon de Bayonne qu'il mangea comme une frite.

Puis il se servit copieusement de petits légumes macérés dans du vinaigre que son père achetait à sa femme de ménage polonaise et dont il était friand. Il en croqua un demi-bol, avala une tranche de pain beurré et poursuivit :

— Comme tu t'en doutes, j'ai repris, en la creusant, toute l'enquête sur la série des "accidents". Je les ai partagés en deux catégories : ceux s'apparentant à des actes de vandalisme ou à des mauvaises plaisanteries, et ceux, beaucoup plus graves, qui sont des actes d'agression caractérisés. Nos recherches se sont principalement portées sur ces derniers, sans résultat notoire, il faut bien le dire. Concernant la chute d'Antoine Houzay dans le bassin, nous n'avons pas trouvé de témoin. Mais le garçon n'en démord pas, il soutient qu'on l'a bel et bien poussé à l'eau.

— Et il ne fabule pas, celui-là ?

— Il ne m'en a pas donné l'impression. Passons à la mobylette dont les freins ont lâché. Le mécanicien ne veut pas se prononcer. Il se souvient que l'engin était vieux et assez mal entretenu. Quand il a changé les câbles, il a jeté les anciens à la poubelle. On ne peut donc pas les faire expertiser.

— Dommage !

— Concernant la chute à vélo d'Aubin Welt, rien n'indique qu'elle n'était pas accidentelle. Il faisait nuit, le chemin était glissant et boueux. Quant à ton petit protégé, Martial Legrand, là non plus nous n'avons trouvé aucun témoin pouvant confirmer sa rencontre avec cet inconnu, au cimetière de Lanvignec. Reste le cas de Catherine Moreau. Elle est toujours incapable de dire ce qui lui est réellement arrivé, mais l'incident ne semble pas l'avoir traumatisée outre mesure. En discutant avec elle, j'ai appris que, vendredi dernier, elle avait passé la soirée chez sa copine Violette David puis, comme le temps était exécrable, qu'elle était restée dormir là. La mère de Violette a confirmé. Et pour finir, je me suis intéressé d'un peu plus près à Loïc Plesguen.

— Oh ! Pour quelle raison ?

— C'est tout de même chez lui, à Beg Nod, qu'on a retrouvé Catherine !

— Tu m'as dit toi-même qu'il était complètement stupéfait, abasourdi, bouleversé.

— Il pouvait jouer la comédie.

— Sincèrement, est-ce qu'il t'en a donné l'impression ?

— Sur le moment, pas du tout. Aujourd'hui, j'en suis moins sûr. Je l'ai convoqué à mon bureau cet après-midi et il s'est prêté volontiers au jeu des questions et des réponses, même quand j'ai abordé la nature de sa relation avec Catherine. Il m'a avoué qu'ils étaient très amoureux l'un de l'autre et que s'ils gardaient leur aventure secrète, c'était à cause de l'âge de la jeune fille. En fait, il craint d'être accusé de détournement de mineure. Je lui ai fait remarquer qu'étant mineur lui aussi, il ne risquait pas grand-chose. Ensuite, je lui ai demandé ce qu'il avait fait et où il se trouvait exactement les vendredis soirs, 5 et 19 février. Pour le 5, il ne s'en souvenait pas mais, comme il ne participait pas à la répétition d'orchestre, il ne se trouvait donc pas à l'école de musique. Le 19, après la réunion organisée par Régis Landry, il est rentré directement chez lui et n'en a plus bougé. J'ai eu l'impression qu'il mentait mais n'ai pas réussi à lui faire cracher le morceau. Je l'ai un peu bousculé, seulement comme il est mineur, je n'ai pas osé insister. Cependant, quelque chose me dit que ce garçon n'est pas net. Le secret qu'il entretient autour de sa liaison avec Catherine ne sert peut-être qu'à dissimuler d'autres choses beaucoup moins avouables.

Mais tout cela n'est qu'intuition. J'ai beau me casser le cul, l'enquête stagne sur tous les fronts. Je nage en plein brouillard. Tout ce que je crois saisir se dérobe. Tout ce que j'entrevois s'éclipse. C'est fuyant, hasardeux, chimérique. Ah ! Je préfère cent fois un de ces bons vieux crimes crapuleux avec des truands bien réels, bien vicelards, ou un crime passionnel sanglant et sans aucun mystère. Là au moins, je sais où je navigue et à qui j'ai affaire ! Tous ces gosses, leurs parents, leurs professeurs m'embrouillent l'esprit. Je ne suis pas formé pour évoluer dans ce milieu-là, moins encore pour y travailler. Je ne comprends rien à ce théâtre d'ombres où l'on ne sait même pas s'il y a délit, crime ou simplement hasard.

Fred avait fini de manger, il repoussa son couvert au centre de la table. Les coudes dans les miettes qui jonchaient la nappe, il considérait son père d'un air furieux qui rappela à Jules l'expression qu'il arborait lorsqu'il était enfant et qu'on lui refusait une chose à laquelle il pensait avoir droit.

— Je vois ce que tu veux dire, répondit Jules, mais crois-moi, ce que nous sentons rôder autour des enfants, existe, sois-en sûr ! Une entité malfaisante, corrompue, dangereuse… Un jour, la brume se dissipera ou, plus probablement, celui qui s'y cache ne supportera plus l'anonymat et en sortira de lui-même. À ce moment, il faudra que toi, moi ou quelqu'un d'autre soyons là pour lui mettre la main dessus.

— Et à quand ce dénouement, selon toi ? lança Fred avec impatience. Parce que ma hiérarchie ne me laissera pas passer des semaines sur une enquête sans véritable objet. Demain, j'interrogerai encore quelques personnes, puis je rentrerai à Saint-Brieuc.

— C'est aussi demain qu'auront lieu les obsèques d'Iris Fargeaud.

— Je sais, un de mes adjoints y assistera.

X

Mardi 23 février

— Il y a cru ! Il a tout cru ! Tout ce que je lui ai raconté, s'esclaffa Aubin en bourrant Martial de coups de poing amicaux.

Au comble de la joie, il se jeta sur le lit et, les jambes en l'air, il pédala d'excitation. Puis il envoya balader ses chaussures à l'autre bout de la chambre, se redressa et se mit à sauter comme sur un trampoline.

— Jamais je n'aurais pensé que monsieur Janvier marcherait dans ton histoire ! fit Martial, l'air réjoui.

— Il faut dire que toi aussi, tu avais fini par y croire. La tête que tu faisais ! J'ai presque éclaté de rire.

— Je me demande bien où tu vas chercher des idées pareilles ! C'était comme dans une série télévisée.

— C'est pas dur, il suffit de commencer, le reste vient tout seul.

Sautant par terre, Aubin prit son copain par l'épaule.

— Raconter des craques à ton vieux bonhomme, voilà de quoi je voulais te parler à la récré, mais je n'en ai pas eu le temps.

— Mais pourquoi t'as fait ça ?

— Pour le punir, pardi ! T'as dit toi-même que c'était un faux-cul qui se faisait passer pour un voisin sympa alors que tout ce qu'il voulait, c'était te tirer les vers du nez !

— C'est vrai, tu as rudement bien fait ! Ça lui apprendra.

— En plus, personne ne me croyait quand je disais que je n'avais rien vu, à propos d'Iris. Maintenant, ils doivent être contents, je leur ai donné une piste.

— Le gang des Chauves-Souris, lâcha Martial, hilare.

— Ouah ! Ça, c'est un nom bien trouvé ! Et ils pourront toujours courir avant de les attraper.

Les deux gamins s'écroulèrent à nouveau de rire.

— Tu crois qu'ils sont à l'enterrement ?

— Sûrement, au cas où des types en capes noires se glisseraient parmi le monde ! Et nous, pendant ce temps, on est peinards ici, en train de s'amuser.

*

La veille, l'ensemble du collège avait été informé que les obsèques d'Iris Fargeaud auraient lieu le lendemain, à quatorze heures trente, en l'église de Paimpol. Une couronne mortuaire composée de fleurs blanches, portée par une délégation d'élèves, serait déposée au pied du cercueil. Il n'y aurait aucune autre manifestation. Sobriété, tristesse, dignité… telles étaient les consignes données par la direction. Dès la nouvelle répandue, il parut évident que la majorité des élèves et la totalité du corps enseignant seraient présents au service funèbre. Puis le bruit courut que la plupart des parents y participeraient aussi.

Lydie Legrand avait déclaré qu'elle se ferait un devoir de s'y rendre et ordonné à Martial de se vêtir correctement. Pas question de se présenter à la cérémonie en jean et en baskets. Quelle ne fut pas sa surprise lorsque son fils lui répondit qu'il n'irait pas à l'enterrement.

— Comment ? Iris était dans ta classe, tu la connaissais bien.

— Je n'en ai pas envie.

— Ce n'est pas une question d'envie mais une obligation morale.

— Au collège, ils ont dit que ce n'était pas forcé. Avec Aubin, on a décidé qu'on n'irait pas. Iris, on l'aimait pas. C'était une bécasse.

— Martial ! On ne parle pas ainsi des morts !

— Mais c'est la vérité ! Pourquoi est-ce qu'on devrait dire le contraire ?

— Eh bien… parce que les morts ne sont plus là pour se défendre.

Martial fit semblant de réfléchir. Aubin et lui avaient organisé leur après-midi et l'enterrement ne figurait pas au programme. Mais s'il voulait arriver à ses fins, il devait la jouer finement.

— Je n'irai pas parce que je vais me mettre à pleurer

— Tu viens pourtant de dire que tu n'aimais pas beaucoup Iris.

— Oui, mais quand je verrai le cercueil et que je me dirai qu'elle est dedans et qu'ensuite on la mettra dans la tombe et qu'on la recouvrira avec de la terre pleine de vers et d'insectes qui grouillent et que…

— Arrête, Martial ! Arrête tout de suite !

Le gamin lui jeta un bref coup d'œil. Elle avait perdu son air sermonneur et sûr de soi. Il tenait le bon bout.

— Quand je penserai à tout ça… à son corps qui pourrira, j'en ferai des cauchemars toutes les nuits.

— Bon, si tu penses que c'est au-dessus de tes forces…

Martial avait hoché la tête d'un air accablé et sa mère lui avait permis de rester à la maison, à condition qu'il n'en bouge pas.

— Ça tombe bien, j'ai invité Aubin. On fera nos devoirs et après, on s'amusera. Quand tu rentreras, tu nous raconteras comment c'était.

— Quoi ?

— L'enterrement. Comme ça, ce sera un peu comme si on y avait participé.

Lydie avait soupiré et levé les yeux au ciel. Lorsqu'Aubin était arrivé, elle était déjà partie parce qu'elle voulait être sûre de trouver une place assise dans l'église.

Les deux garçons travaillèrent un moment avec leurs livres et leurs cahiers, puis firent des jeux sur l'ordinateur. L'après-midi était bien entamé quand Aubin décréta qu'il était temps de discuter d'une autre idée qu'il avait eue. Quelque chose de génial, un truc encore plus gratiné que l'histoire racontée à monsieur Janvier.

— Quoi ? Quoi ? s'écria Martial, le regard brillant.

— Attends ! Il faut d'abord qu'on se mette d'accord. Tu auras un rôle à jouer, je dois pouvoir compter sur toi.

— Pas de problème.

— Ce que j'ai en tête, c'est le must ! Mais il ne faudra pas que tu me lâches en cours de route.

Les paupières de Martial papillotèrent, puis sa détermination se raffermit.

— Vas-y ! Je t'écoute…

— J'ai envie de les mener vraiment en bateau, le vieux et le grand flic. Si on s'y prend bien, ils vont marcher comme des petits soldats. J'ai tout goupillé dans ma tête et on n'a pas fini de se marrer. Mais je te répète, il faudra que tu tiennes ton rôle jusqu'au bout, sans te dégonfler.

— Je te suivrai à fond. Maintenant raconte !

*

Quand Lydie rentra chez elle, elle les trouva assis par terre, adossés au lit, en train de discuter à voix basse.

— Qu'est-ce que vous êtes encore en train de comploter, tous les deux ?

— Rien, rien, on se raconte des blagues.

— Elles doivent être rigolotes parce que vous n'avez pas l'air de vous ennuyer.

Les gamins se poussèrent du coude puis demandèrent comment s'était déroulée la cérémonie.

— C'était d'un triste… Il y avait énormément de monde, à l'église comme au cimetière. Heureusement qu'il ne faisait pas trop froid…

— Tu as vu des gens que tu connaissais ?

— Naturellement.

— Est-ce que vous n'auriez pas remarqué quelqu'un qui portait une grande cape noire ? demanda Aubin d'une voix flûtée.

— Non. Par contre, j'ai vu plusieurs de vos camarades de l'école de musique. Deux d'entre eux ont joué de la flûte et du violoncelle. Il y avait aussi monsieur Landry et ses collègues. Bon, maintenant, je vais me faire une tasse de thé, j'en ai bien besoin. Si vous avez envie de goûter, il y a des gâteaux et des jus de fruit dans le buffet de la cuisine.

*

Après la messe d'enterrement, alors que l'assistance se rendait au cimetière, Catherine et Loïc s'éclipsèrent discrètement et se retrouvèrent dans un café du port, désert à cette heure-là.

— Les gendarmes ont beau dire partout que la thèse de l'accident reste la plus plausible, je suis sûr qu'ils n'y croient pas une seconde, dit le jeune homme en posant sur Catherine un regard où le découragement se mêlait à la peur. Pour le moment, leur seul but est de rassurer la population, mais c'est certain qu'ils poursuivent leur enquête en douce. Et moi, j'ai la trouille. Je n'ai pas pu t'en parler mais hier, mon interrogatoire s'est mal passé.

Catherine tressaillit. Il paraissait complètement déboussolé.

Les cheveux hérissés, les épaules basses, il semblait être soudain redevenu le gamin qu'il avait été quelques années auparavant. Elle ne le reconnaissait plus.

— Moi aussi, j'ai été interrogée. Je n'ai rien dit et on m'a laissée tranquille.

— Tu fais partie des victimes, ce n'est pas pareil.

— Tu n'as aucune raison de t'affoler. Même si les flics découvrent qu'on couche ensemble…

— Oh ! Ça, ils le savent et ils s'en fichent ! Ce n'est pas notre couple qui les intéresse mais moi, moi seul. Le flic qui m'a cuisiné est celui qui t'a retrouvée à Beg Nod. Au début, il s'est montré assez sympa mais ensuite, il est devenu dur, cassant, soupçonneux. Tu aurais entendu la façon dont il me parlait, avec ses yeux de pitbull fixés sur moi !

— Et qu'est-ce qu'il voulait savoir exactement ?

— Ce que j'ai fait et où j'étais, le soir de la mort d'Iris. Je lui ai répondu que je me trouvais chez moi mais j'ai bien vu qu'il ne me croyait qu'à moitié. Et plus il insistait, moins j'étais sûr de moi, je devais même avoir l'air coupable.

Devant son visage défait et ses mains qui s'agitaient nerveusement, Catherine songea qu'à la place du flic, elle aussi se serait posé des questions.

— Tu te rends compte de ce qui se passerait, s'il apprenait que je suis sorti en voiture vendredi soir ? murmura le jeune homme.

— Pourquoi veux-tu qu'il l'apprenne ? Il n'y a que toi et moi qui le sachions.

— Un voisin a pu me voir, l'auto était garée dans la rue.

— Dans ce cas, il t'aurait déjà dénoncé !

— C'est ce que je me répète sans cesse, mais ça ne me rassure pas. Je suis sûr que je figure sur la liste des suspects

— Tant que tu la boucles, il ne peut rien t'arriver. Bien sûr, si tu te mets à leur raconter que tu te baladais en voiture pendant la tempête de neige, là tu risques de passer un mauvais quart d'heure.

— Je ne suis pas cinglé à ce point ! Mais j'ai une autre idée. J'ai envie de ficher le camp d'ici…

— Ça va pas la tête ?

— Disparaître jusqu'à ce que ça se calme et que cette histoire soit éclaircie. Je ne suis d'ailleurs pas le seul à penser à ça. Hier, je suis allé voir Michel Malter chez lui, pour lui rendre la partition du concerto de Haydn. Les flics l'ont aussi interrogé et ils n'ont pas pris de gants. Menaces, chantage, tu vois le genre… si bien qu'il a l'intention de se tailler d'ici, ni vu ni connu. Pour lui, c'est facile, il n'a que sa valise à faire et le train à prendre. Il habite un meublé, il n'a pas de bagnole, il paie tout en liquide. Comme il travaille au noir à Musica Nostra, il n'a aucune couverture sociale et n'est enregistré nulle part. Il peut s'évaporer dans la nature et personne ne le retrouvera. J'ai bien envie de faire la même chose.

— Attends ! Tu ne peux pas comparer sa situation à la tienne ! s'exclama Catherine, terrifiée par cette éventualité.

— Et Xavier Durant, le prof de hautbois, il paraît que lui non plus ne va pas rester à Paimpol. Mais lui, c'est à cause de la fermeture de Musica Nostra. Il pense que l'école ne rouvrira pas. Il dit qu'il a besoin de gagner sa vie et que ce ne sont pas les postes qui manquent ailleurs.

— Mais toi, tu es mineur, fit Catherine d'une voix blanche. Tu n'as pas de métier, pas de fric…

— Avant, la plupart des gars de dix-sept ans étaient au boulot. Chacun se démerdait comme il pouvait.

— Oui, mais c'était avant. Aujourd'hui…

— Il n'y a pas de vraie différence. Il suffit de le vouloir. J'ai trop les jetons ! Ils vont finir par apprendre que j'étais sur la route, le soir de la tempête de neige. Comment je prouverai que… que… Non, je t'assure, il vaut mieux que je disparaisse avant d'être arrêté. Ensuite, il sera trop tard.

Catherine lui prit les mains et les serra dans les siennes.

— Je ne veux pas que tu fasses ça ! s'écria-t-elle. C'est une connerie. On te recherchera et on te rattrapera. Tu n'as aucun endroit où aller te cacher.

— Qu'est-ce que tu en sais ?

Il leva les yeux et la regarda bien en face. Il avait soudain cessé de ressembler à un petit garçon.

— Je vais y réfléchir, dit-il, mais je ne te promets rien.

XI

Mercredi 24 février

Il faisait encore nuit, mercredi matin, quand Aubin fut réveillé par le moteur du break qui ronflait sous sa fenêtre. Il entendit son père aboyer des ordres, la voix haut perchée d'Élise qui lui répondait, des portières claquer, puis l'auto qui s'éloignait. Bon débarras ! Nathan serait absent toute la journée !

Somnolent, Aubin s'étira dans la tiédeur de la couette. Il avait l'impression que ses bras s'allongeaient, se dépliaient comme des nageoires, que ses jambes grandissaient et que des palmes lui poussaient au bout des orteils. Il était sous l'eau, en apnée. Longue forme ondulant dans un milieu sans contrainte, flottement bleu délivré de tous les poids et de toutes les ancres que la vie accrochait à lui. Entre deux mondes, entre deux dérives…

Lorsqu'il se réveilla à nouveau, le soleil éclairait sa chambre et, avant même de se lever, il eut envie de jouer du violon. Il dévala l'escalier, avala son petit-déjeuner, puis remonta et se mit aussitôt à son instrument. Gammes, exercices d'assouplissement des doigts, quelques morceaux qu'il connaissait, puis le vrai travail, l'étude d'une sonate de Mozart et celle des *Danses Roumaines* de Bartok que Régis lui avait fait découvrir et qu'il adorait.

Quand Élise entrouvrit sa porte, vers onze heures, elle le trouva en pyjama, pieds nus dans ses pantoufles. Il lui sourit par-dessus son violon et elle l'écouta quelques instants, le cœur serré. Qu'allait-il advenir d'Aubin, cet enfant musicien, précoce et peut-être génial, qui lui était échu et qu'elle ne savait pas protéger ? Cet enfant chéri qui était comme un fardeau trop lourd pour elle. Pourquoi Nathan refusait-il de s'en charger ? Il aurait eu la carrure et le caractère pour le guider, l'épauler, le conseiller…

Mais Nathan ne voulait pas. Il n'aimait pas Aubin. Il ne l'aimerait jamais.

Vers midi, le violon se tut. Élise entendit le bruit de la douche et bientôt Aubin s'attabla en face d'elle. Il remplit copieusement son assiette de pâtes à la bolognaise qu'elle lui avait préparées car elle savait qu'il en était friand, et les recouvrit de gruyère râpé.

— Qu'est-ce qu'on est bien quand il n'est pas là ! dit-il, le visage rayonnant, après s'être resservi trois fois.

— Oui, parce que je te laisse faire tout ce que tu veux ! Sans ton père, je me demande comment tu serais élevé…

— Je m'en fiche d'être bien élevé ou non, répondit Aubin en se renfrognant.

— Mais mon chéri, on vit en société, il y a quantité de choses que l'on doit respecter. Ton père s'efforce de te les inculquer.

— Oh toi ! Toujours en train de lui donner raison !

Le charme était rompu. Il quitta la table et avisa sa mère qu'il avait rendez-vous à trois heures, avec Martial, devant l'abbaye de Beauport, et qu'ils iraient faire du vélo jusqu'au soir.

*

Toute la campagne autour de la colline de Sainte-Barbe était quadrillée d'une multitude de petites routes qui faisaient la joie des cyclistes et que les deux garçons connaissaient par cœur. Ils décidèrent donc de faire un peu de cross et s'engagèrent dans le sentier des douaniers, en direction de l'anse de Boulgueff. Arrivés là, comme leurs muscles et leurs vélos avaient vaillamment résisté aux pentes et aux cahots du chemin, ils résolurent de pousser jusqu'à la Pointe de Bilfot. Lorsqu'ils furent à l'extrémité du cap, ils tentèrent d'abord de se repérer sur la table d'orientation, puis ils explorèrent le blockhaus construit par les Allemands, un peu en contrebas. Soixante mètres au-dessous d'eux s'étendait la grève de Notoret où ils allaient parfois se baigner, en été.

— On y descend ? proposa Aubin.

— C'est trop tard. Si tu veux qu'on fasse ce qu'on a prévu…

— T'as raison. Il est temps de s'en aller. On rentre directement par Sainte-Barbe et on s'attend devant la chapelle.

En empruntant la route la plus courte, ils atteignirent rapidement la petite église, Martial rouge et essoufflé, Aubin en pleine forme.

— Tu manques d'entraînement et puis, tu es trop gros. Tu as vraiment du mal à suivre !

Martial hocha la tête. C'était vrai, il devrait faire davantage de sport, jouer au ballon ne suffisait pas. Mais il y penserait plus tard. Pour l'instant, il avait autre chose en tête.

— Alors, t'es prêt ? lança Aubin. C'est le dernier moment, tu peux encore laisser tomber !

— Pas question !

— Tu te souviens de ce que tu as à faire ?

— T'inquiète !

— Bon ! Alors salut ! À demain matin !

Martial regarda Aubin sauter sur son vélo et démarrer comme une flèche. Lorsqu'il eut disparu, il attendit plusieurs minutes puis se mit en selle à son tour. Le retour ne lui causait pas de soucis car la route descendait jusqu'à l'abbaye. Il n'aurait qu'à laisser tourner ses roues toutes seules. Il pédala sans se presser et bientôt la vitesse augmenta. Le vent de la course gifla ses joues, les arbres défilèrent de plus en plus rapidement. Il y eut un virage, puis un autre. Martial commença à faire attention au bas-côté de la route. Arriva un nouveau tournant qu'il prit un peu trop vite… si vite qu'il faillit ne pas voir, sur sa droite, une bicyclette couchée dans l'herbe.

Il freina à mort, remonta la route en courant. C'était le vélo d'Aubin. Ni tordu ni cassé, juste tombé par terre. Martial regarda autour de lui, personne. Il patienta quelques minutes. Il sentait son cœur qui battait et ses genoux qui commençaient à trembler. Surtout ne pas paniquer ! Prendre son temps. Aller jusqu'à Traou Du. Ce n'était pas loin, il suffisait de rejoindre la départementale passant en contrebas puis d'emprunter la petite route qui s'enfonçait dans les bois de Beauport. Il ne s'était jamais rendu chez Aubin, mais celui-ci lui avait souvent décrit le chemin qu'il prenait.

*

— Bonsoir Madame ! Je viens voir si Aubin est rentré…

— Non. Pourquoi, il devrait ?

Martial bredouilla quelques mots qu'Élise Welt ne parut pas comprendre.

— Il est arrivé quelque chose ? Un accident…

— On… on a roulé ensemble jusqu'à Sainte-Barbe. Là, Aubin est parti devant, à toute vitesse. Quand je suis arrivé presque au bas de la descente, j'ai vu son vélo couché dans l'herbe. Je me suis arrêté, mais il n'était pas là. J'ai attendu, j'ai appelé…

— Tu es allé voir dans la forêt ?

— Non.

— Il a pu tomber, se blesser… Il faut y retourner ! J'enfile une veste et des chaussures et je t'accompagne.

— Ça, c'est pas possible, il est trop tard, je dois rentrer chez moi.

— Seigneur ! C'est vrai que dans une demi-heure, on n'y verra plus ! s'écria Élise en se tordant les mains. Et mon mari qui n'est pas là ! Qu'est-ce qui m'a pris d'autoriser Aubin à aller se promener à vélo ? Et toi, tu ne pouvais pas le retrouver ?

Éberlué, Martial la vit se mettre à haleter puis à gémir.

— Vous… vous pourriez peut-être appeler votre mari sur son portable.

— Non ! Non ! dit-elle en secouant frénétiquement la tête. Il est interdit de le déranger dans son travail.

— Alors il faut prévenir la gendarmerie. Nous, on ne peut rien faire.

— Oui, tu as raison, chevrota-t-elle. Quel est le numéro ?

— J'en sais rien, il faut regarder dans le bottin.

Martial n'en revenait pas. Jamais il n'avait imaginé qu'un adulte puisse perdre le nord à ce point. Pas étonnant qu'Aubin traite sa mère de bécasse. En tout cas, la sienne aurait eu plus de sang-froid, elle aurait su prendre les choses en main.

— Je crois que c'est le 17, dit-il. Allez-y, essayez ! Moi, je dois rentrer à la maison.

— Ne me laisse pas toute seule !

— Faites le 17 ! répéta-t-il en désignant le téléphone posé sur un guéridon. Les gendarmes seront ici en un rien de temps. Ils sauront quoi faire. Dites-leur que le vélo d'Aubin est au bord de la petite route qui descend de Sainte-Barbe. Maintenant, moi il faut absolument que je m'en aille, il fait presque nuit.

*

Même si Lydie Legrand possédait un caractère plus trempé, elle était au bord de la crise de nerfs quand son fils poussa enfin la porte de la maison. Elle surgit, échevelée, du salon et l'empoigna par le bras.

— C'est à cette heure-ci que tu rentres ? Cinq minutes de plus et j'appelais la gendarmerie !

— Mais il n'est pas tard.

— Il fait nuit ! Tu as oublié ce qu'on t'a dit ? Tu as oublié ce qui s'est passé dernièrement ? Tu es complètement inconscient ou quoi ?

— Non ! C'est Aubin qui…

— Ne mets pas la faute sur le dos de ton copain ! Tu es assez grand pour assumer tes responsabilités. En tout cas, à partir d'aujourd'hui, plus de sortie à vélo, terminé ! Maintenant, va dans ta chambre et revois tes leçons !

Martial obéit. Il laissa dix minutes à sa mère pour se calmer puis la rejoignit à la cuisine. Là, il lui raconta ce qui s'était passé.

Une onde de panique passa sur le visage de Lydie qui se laissa tomber sur une chaise.

— Comment est-ce possible ? fit-elle d'une voix enrouée. On ne peut pas disparaître comme ça…

Martial répéta son récit en ajoutant les détails qu'il avait oubliés la première fois. Lorsqu'il eut terminé, Lydie avait recouvré son sang-froid, elle jeta un coup d'œil à sa montre puis déclara qu'elle allait téléphoner chez les Welt afin d'avoir des nouvelles. Aubin était probablement rentré, fournissant une explication à son retard.

Au visage de sa mère, Martial comprit tout de suite que les choses ne s'étaient pas arrangées.

— Tu as dû comprendre que ton copain n'a pas réapparu, dit-elle après avoir raccroché. Mais ne t'en fais pas, on va le retrouver.

Elle soupira, regarda autour d'elle, semblant hésiter sur la conduite à tenir.

— Je crois que je vais prévenir tous les parents des élèves de Musica Nostra. De cette façon, si quelqu'un possède un renseignement ou un indice, il se mettra en contact avec la gendarmerie. A mon avis, plus nous serons nombreux à être au courant, meilleures seront les chances de retrouver Aubin rapidement. Qu'est-ce que tu en penses ?

— Je ne sais pas.

— Une sorte de chaîne de solidarité, poursuivit Lydie, prise par son idée. De toute manière, je ne peux pas rester les bras croisés. C'est trop horrible !

Elle alla chercher son carnet d'adresses et s'installa au salon, tandis que Martial regagnait sa chambre d'un pas traînant. Leur plan avait réussi. Mais il ne put s'empêcher de penser à ces boules de neige qui démarrent gentiment, au haut d'une pente. Et qui, très vite, se transforment en avalanche monstrueuse.

*

Lorsque Nathan Welt arriva à son domicile, le fourgon de la gendarmerie stationnait à l'endroit où il garait normalement son break, ce qui accrut sa mauvaise humeur. Il s'arrêta dans l'allée, saisit son attaché-case et entra en trombe dans la maison.

— Qu'est-ce que ce foutu gosse a encore fait ? hurla-t-il à l'adresse d'Élise plantée dans le couloir. Quelle nouvelle connerie a-t-il inventée cette fois-ci ?

— Nathan, tu n'as pas compris. Aubin a disparu… Les gendarmes pensent qu'il a peut-être été kidnappé.

— Et quoi encore ? Il n'est pas le fils d'un milliardaire. Je ne vois pas comment nous pourrions payer une rançon, on n'a pas un rond !

— Les gendarmes sont en train de patrouiller dans le secteur, hoqueta Élise. Ils ont récupéré la bicyclette, elle est intacte, ce… ce qui veut dire qu'Aubin n'a pas fait de chute violente.

— Ça reste à prouver…

— Si… s'il avait été blessé, on l'aurait retrouvé tout près de là. Il y a autre chose… Madame Legrand, la mère du copain avec qui Aubin était parti se promener…

— Ah ! Parce que Monsieur se baladait sur les routes en toute liberté, malgré les conseils de prudence diffusés partout ?

— O… oui, je le lui avais permis.

— Là, tu me sidères, Élise ! Toi qui es toujours en train de le couver, voilà que, quand il y a un réel danger, tu le pousses quasiment dans la gueule du loup !

— Oh chéri ! Ne dis pas une chose pareille !

— C'est pourtant la vérité, ricana Nathan en retirant son pardessus. Bon, pour le moment, on ne peut rien faire alors sers-moi mon souper, je crève de faim !

Élise le regarda en papillotant des paupières.

— Je… je n'ai rien préparé. Il y a eu les gendarmes, et aussi tous les coups de fil des parents qui avaient appris la nouvelle et qui…

— Quoi ? Ton fils est quelque part, perdu dans la nature, et toi tu ne trouves rien de mieux à faire que cancaner au téléphone !

— Oh ! Tu es injuste…

— Tiens ! Voilà les flics qui reviennent. Va sortir quelques bières, ils les auront bien méritées.

Mais les hommes refusèrent. Leurs recherches n'avaient malheureusement rien donné, ils les reprendraient le lendemain, à la première heure. Si l'enfant réapparaissait, il faudrait bien entendu prévenir aussitôt la gendarmerie.

— Mon Dieu, si seulement cela pouvait se terminer ainsi ! fit Élise en joignant les mains.

Puis elle décapsula les canettes qu'elle avait apportées et les tendit d'autorité à chacun des hommes. Tandis qu'ils buvaient, l'officier qui les commandait entraîna discrètement Nathan dans une pièce voisine.

— Je suis le capitaine Frédéric Janvier, de la brigade de recherche de Saint-Brieuc. C'est moi qui suis chargé d'enquêter sur le décès d'Iris Fargeaud, ainsi que sur la série d'accidents dont ont été victimes plusieurs élèves de Musica Nostra. Vous ne me connaissez pas, mais je suis déjà venu chez vous, à deux reprises, afin d'interroger Aubin.

— Ah oui ! Ma femme m'en a parlé. Et que vouliez-vous me dire en particulier ?

— Je suis très inquiet car la disparition de votre fils s'inscrit dans l'ensemble des événements dramatiques qui se sont produits dernièrement, dans la région. Je pense, et je ne suis pas le seul, que nous avons affaire à un détraqué, un pervers qui fait une fixation sur les élèves de Musica Nostra.

— Vous voulez dire que la mort d'Iris n'était pas accidentelle ? Pourtant, la version officielle…

— Si c'était une tragédie isolée, je pencherais effectivement pour la thèse de l'accident. Seulement, en l'occurrence, on ne peut sortir un tel drame de son contexte.

— Excusez-moi, mais je ne vois pas le rapport avec la disparition d'Aubin…

— Celle-ci ne paraît pas vous inquiéter outre mesure.

— Bien sûr que si ! Seulement je dois garder la tête froide. Vous avez vu l'état dans lequel est ma femme ?

Fred Janvier acquiesça, puis les deux hommes rejoignirent le reste du groupe. Debout dans un coin, Élise, immobile et livide, ne semblait voir personne.

— Si aucun changement n'intervient, nous serons ici demain au lever du jour, avec des effectifs et des moyens renforcés. Des groupes de volontaires se sont aussi proposés pour ratisser le terrain. Si besoin est, nous ferons appel à eux. En attendant, courage ! Rien n'est perdu.

*

Nathan avala son souper en regardant la télévision. Le téléphone continuait à sonner mais aucun d'eux ne prenait la peine de décrocher. Élise ne tenait pas en place. Elle montait au premier, regardait par les fenêtres, gagnait l'entrée, ouvrait la porte, scrutait l'obscurité.

Vers vingt-deux heures, comme elle ne parvenait pas à se calmer et que la nuit promettait d'être longue, Nathan lui fit avaler une double dose de son somnifère et insista pour qu'elle se mette au lit. Lorsqu'elle fut endormie, il ressortit afin de garer le break à sa place habituelle, celle qu'avait indûment occupée le fourgon des gendarmes. Il effectua rapidement les manœuvres nécessaires, prit ses gants et son écharpe oubliés sur la banquette, puis verrouilla les portières. Il revenait vers la maison lorsque, soudain, une idée fusa dans son esprit. Il s'arrêta et réfléchit. Oui ! Pourquoi pas ? C'est possible, après tout… On ne voit jamais ce qui est juste sous son nez !

Il retourna à la voiture prendre sa lampe-torche puis se dirigea vers la remise. Si son intuition se vérifiait, alors là… Nathan sourit dans l'obscurité. Alors là, il saurait en tirer parti. Et plutôt deux fois qu'une !

Il contourna le bâtiment et se glissa à l'intérieur. Tout au fond, derrière un bric-à-brac d'objets disparates, une petite lueur attira son regard. Il avait vu juste ! Il alluma sa lampe et traversa la remise. Dans un angle, caché par des cartons empilés les uns sur les autres, Aubin était assis par terre et lui tournait le dos. À ses côtés, un sac bourré de sandwichs, une bouteille de coca et un duvet dans sa housse. Son walkman sur les genoux, les écouteurs fichés dans les oreilles, il n'avait pas entendu Nathan arriver. Celui-ci ricana à nouveau. Nom de Dieu ! Jamais il n'aurait osé rêver une telle occasion ! Il projeta son pied en avant et atteignit l'enfant au bas du dos.

— Alors, mon gaillard, c'est ici que tu te caches !

Le gamin se retourna prestement et, le visage ahuri, découvrit son père qui le considérait avec une satisfaction mauvaise. Comment était-ce possible ? Jamais, au grand jamais, il n'entrait dans la remise, une fois la nuit tombée ! Il n'y avait pas l'électricité et quand il avait besoin de quelque chose qui s'y trouvait, il envoyait toujours Aubin le chercher. Par quel affreux hasard était-il ici ce soir ?

L'enfant arracha les écouteurs de ses oreilles et attendit le verdict. Nathan se frottait les mains.

— Eh bien, mon lascar, sur ce coup-là, tu as fait fort ! Un chef-d'œuvre en son genre, comme dirait l'autre… Simuler un enlèvement, rien que ça ! Crénom ! Je te féliciterais presque pour oser un truc pareil ! Est-ce que tu te rends compte de ce que tu as déclenché ? Toute la gendarmerie de Paimpol est sur les dents, des avis de recherche vont être lancés, les gens sont aux cent coups, les journalistes prêts à couvrir l'événement… Et toi, tu te caches ici, bien peinard, en train d'écouter de la musique ! Ah, mon salaud ! Tu ne doutes vraiment de rien ! Et tu n'as pas idée de ce qui va t'arriver. Ah ! Ah ! Ah !

Aubin avala sa salive. Nathan se comportait bizarrement. Pourquoi ne l'empoignait-il pas par le bras ou le cou, comme il le faisait d'habitude ? Pourquoi ne le traînait-il pas dehors en hurlant et en le secouant ?

— Tu crois peut-être que je vais te ramener à ta mère qui a presque perdu la boule à cause de toi. Et prévenir les flics afin d'interrompre les recherches… Tu crois ça, mais tu te trompes ! J'ai une bien meilleure idée ! Tu vas passer la nuit ici, enfermé, sans lumière ni casse-croûte ni walkman. Demain matin, je laisserai toute la flicaille se déployer. Et quand ils auront bien cherché, quand ils seront bien fatigués, alors seulement je déverrouillerai la porte de la remise. Et là, il faudra que tu sortes et que tu t'expliques ! Et tu veux savoir ce qu'il y aura au bout, tout au bout ? La maison de correction… ou plutôt, la maison d'éducation surveillée, comme on dit aujourd'hui. En tout cas, un établissement que je choisirai personnellement, bien sévère, bien cradingue, le plus bas de gamme possible, où tu vas morfler. Sans maman pour te cocoler, sans copains pour rigoler. Et sans violon pour te faire mousser. Oui, voilà ce que je te réserve. Et personne ne prendra ta défense, ça, je te le garantis !

Nathan se baissa, saisit le sac de victuailles, le walkman, la lampe et le duvet.

— Et maintenant… bonne nuit, mon petit !

XII

Jeudi 25 février

Martial Legrand ne se sentait pas bien du tout. L'émotion suscitée par la disparition d'Aubin dépassait ce qu'il avait imaginé. Ce matin, dès son arrivée au collège, on l'avait assailli de toute part pour entendre de sa bouche ce qui s'était exactement passé la veille. Et il avait dû répéter son histoire jusqu'à la nausée.

Mais ce n'était pas tout. Croyant le consoler, sa mère lui avait décrit l'ensemble des mesures prises afin de retrouver son copain. Un tel déploiement de force pour rien du tout ! Quand le pot aux roses serait découvert, les conséquences en seraient incalculables.

Pourtant, il y avait pire encore.

Dans le plan qu'ils avaient échafaudé, il était prévu qu'Aubin réapparaisse ce matin, à l'ouverture du collège. Il devait arriver, souriant et décontracté, s'étonner de tout le bruit qu'on faisait autour d'un truc aussi peu important : un simple pari qu'ils avaient fait, Martial et lui. Son retour devait ressembler à celui de Tom Sawyer quand il était entré dans l'église de son village, alors que tout le monde le croyait noyé au fond du Mississipi. C'était à cet épisode qu'Aubin avait pensé pour monter son canular.

Seulement, ce matin, Aubin ne s'était pas montré. En classe, sa place était demeurée vide.

À la récréation de dix heures, alors qu'on lui demandait à nouveau de raconter son histoire, Martial envoya promener tout le monde et se réfugia dans les toilettes. Ensuite, durant le cours de français, la prof s'inquiétant de sa pâleur, l'envoya à l'infirmerie. En s'y rendant, il espéra y retrouver Aubin. Aubin qui aurait pris froid, la nuit dans sa cachette, qui tousserait, qui aurait de la fièvre… Mais l'infirmière était seule. Assise à son bureau, elle classait des papiers. Elle lui demanda son nom et de quoi il souffrait. Comment aurait-il pu lui dire que le mensonge l'étouffait, que l'angoisse lui pesait sur l'estomac et que l'indécision sur ce qu'il y avait lieu de faire, lui serrait la gorge, au point qu'il ne pouvait presque plus avaler sa salive.

— Tu as mauvaise mine, veux-tu t'allonger un moment ?

— O… oui.

Elle lui apporta un verre d'eau sucrée et retourna à ses dossiers. Couché sur le lit, sans rien d'autre à faire que penser à l'absence d'Aubin et à ce qu'il adviendrait quand éclaterait la vérité, Martial sentit le désespoir l'envahir. Aussi, lorsque l'infirmière s'absenta, n'hésita-t-il pas. Il prit ses affaires et s'éclipsa discrètement du collège. Il était onze heures et demie et il avait décidé de tout avouer à sa mère. Seulement, quand il arriva chez lui, la maison était vide. Il attendit un peu puis, son anxiété devenant insupportable, il partit en courant sonner chez Jules Janvier.

En regardant le gamin qui pleurait toutes les larmes de son corps, le vieil homme n'eut pas le cœur de lui passer le savon qu'il méritait. Ces deux gosses n'avaient évidemment pas mesuré la portée de leur acte. De son côté, il se reprochait amèrement d'avoir écouté sans broncher la fable d'Aubin à propos de la mort d'Iris. S'il n'avait pas fait semblant d'y croire, les enfants n'auraient pas surenchéri en inventant cette blague idiote.

— Tu as bien fait d'être venu vider ton sac. J'espère que tu te sens mieux maintenant. Je ne vais pas faire de commentaires, c'est inutile. La seule chose que je te reproche, c'est de ne pas m'avoir raconté tout ça hier soir ou ce matin de bonne heure.

— Je… j'avais juré à Aubin que je ne me dégonflerais pas.

— Oui, évidemment… Bon, eh bien maintenant, il ne reste plus qu'à prévenir les gendarmes. Je vais appeler mon fils sur son portable.

— Qui ? Le capitaine Janvier ?

— Oui.

— Pourquoi vous ne m'avez pas dit que vous étiez de la même famille ? Vous vous êtes conduit comme un vrai faux jeton ! C'est ce qui nous a mis en rogne, Aubin et moi. C'est pour ça qu'on vous a balancé toute l'histoire d'Iris qui dansait dans la neige et des hommes chauves-souris. C'étaient des blagues.

— Je n'y ai pas cru. Mon fils non plus d'ailleurs.

— Pourquoi vous avez fait semblant ? s'indigna Martial.

— Pourquoi seriez-vous les seuls à avoir le droit de mentir ?

Le gamin baissa la tête et renifla. Jules attendit un peu, puis composa le numéro de Fred et lui rapporta les aveux de Martial.

— Je suis déjà au courant !

— Ah bon ! Vous avez donc retrouvé Aubin ?

— Malheureusement pas.

— Dans ce cas, comment l'as-tu appris ?

— Par Nathan Welt. Hier soir, vers vingt-deux heures…

— Attends ! Martial est à mes côtés. Je branche le haut-parleur, je veux qu'il entende ce que tu vas dire.

— Hier soir, Nathan a découvert Aubin caché dans la remise qui jouxte la maison et que personne n'avait songé à fouiller à fond.

— Merde !

— Comme tu dis. Mais, au lieu de ramener le gosse à la maison et d'informer la gendarmerie, il a préféré le laisser passer la nuit dans la remise, afin de lui donner le temps de réfléchir à l'énormité de ce qu'il avait fait et au châtiment qu'il lui réservait, en l'occurrence, son entrée immédiate en pension. Il l'a donc enfermé et est parti se coucher. Contrairement à sa femme assommée par des somnifères, il a mal dormi. Vers six heures et demie, n'y tenant plus, il est retourné à la remise pour libérer Aubin. Quelle ne fut pas sa stupeur en constatant que l'oiseau s'était envolé !

— Quoi !

— La petite fenêtre avait été brisée et il n'y avait plus de gamin nulle part. Assez alarmé, Nathan s'est équipé et, dès qu'il a fait jour, il est parti à sa recherche, persuadé qu'il se cachait quelque part dans les bois de Beauport. Durant des heures, il a arpenté la forêt, remontant la vallée jusqu'au village de Kerfot puis revenant par l'autre versant. En vain. Fatigué et très affecté car il se sentait responsable de ce dernier rebondissement, il a fini par rentrer chez lui. Il a trouvé sa femme à qui une auxiliaire de gendarmerie tenait compagnie, le reste des effectifs s'étant éparpillé à la recherche du gosse. On m'a aussitôt appelé et j'ai rejoint Traou Du où Nathan Welt m'a tout raconté.

— On en est donc au même point qu'hier.

— Oui et non. Le canular s'est transformé en fugue, ce qui n'a plus rien de rigolo.

— Surtout avec un fêlé qui rôde autour des enfants.

— Exactement. Maintenant excuse-moi, il faut que je te laisse. On m'appelle sur une autre ligne. Je te tiens au courant dès que j'ai du nouveau.

Jules reposa lentement le récepteur sur son socle et regarda Martial.

— Est-ce que tu savais qu'Aubin se cachait dans cette remise ?

— Non ! Je vous jure. Il n'avait pas voulu me le dire parce qu'il avait peur que je ne puisse pas tenir ma langue jusqu'au bout.

— Jusqu'au bout, fit Jules d'une voix éteinte. J'ai bien peur qu'on ne soit pas près de voir le bout de cette affaire…

Puis il posa la main sur l'épaule de Martial qui recommençait de renifler.

— Allons ! Il faut maintenant te conduire en homme et assumer. Tu sais ce que ça veut dire ?

— P… pas très bien.

— Reconnaître ses torts et prendre ses responsabilités. Ce qui signifie pour toi : premièrement, rentrer à la maison et tout raconter à tes parents. Deuxièmement, retourner au collège cet après-midi avec un mot d'excuse. Troisièmement, et c'est le plus important, pas un mot à personne sur ce que tu viens d'apprendre. La situation est grave. Aubin, seul dans la nature, court peut-être un grand danger. Tu devines lequel ?

— Oui. Si le type qui nous veut du mal le repère, il peut s'attaquer à lui, chevrota le gamin, les lèvres tremblantes et les yeux exorbités.

— C'est ça ! Mais on n'est sûrs de rien. Comme nous, cet homme ignore probablement où se cache ton copain. En tout cas, c'est ce qu'il faut espérer.

*

Il courait. Courait. Courait.

Il fallait qu'il se vide la tête. Que le souffle régulier de ses poumons aère son cerveau et le purifie des miasmes qui l'asphyxiaient.

Courir des heures sur les sentiers et les routes vicinales, les yeux braqués devant lui. Pour reconnaître les obstacles, les flaques d'eau, les ornières, pas pour regarder le paysage qui, de toute façon, n'offrait aucun intérêt. Talus verdâtres, ronciers à demi effeuillés par l'hiver, serres aux vitres opaques, champs défoncés par les engins agricoles, rangs de choux étêtés qui pourrissaient sur pied…

Courir tout l'après-midi dans la campagne parce que, maintenant, il avait le temps. Demain aussi. Et après-demain… Plus de travail, plus d'horaires, plus de contraintes. Plus de jogging non plus, au crépuscule ou à la nuit tombée. Désormais, il allait pouvoir jouir de la lumière et du ciel. Prendre sa voiture, s'éloigner de la ville, se garer quelque part et se lancer dans de grands circuits. Il en avait la capacité, son corps était entraîné pour ça.

Aujourd'hui, il avait laissé son auto à côté de la chapelle de Kergrist, au-dessus du pont de Lézardrieux. De là, il était parti vers le plateau qui longe l'estuaire et s'était mis à courir dans un lacis de routes étroites, tortueuses, mal goudronnées. Contrairement à ce qu'il prévoyait, il y avait croisé du monde, des gens qui marchaient par petits groupes comme s'ils cherchaient quelque chose, des voitures qui roulaient au pas, des gendarmes à moto. À deux ou trois reprises, un hélicoptère avait passé au-dessus de lui.

Mais rien de tout cela ne l'avait dérangé. Il courait sans itinéraire défini, enfilant les routes les unes après les autres, au gré de sa fantaisie, sous le ciel changeant de février, avec dans le nez un vent de noroît, froid et tumultueux, qui charriait des nuages gris, parfois liserés de jaune ou de rose quand un rayon de soleil les déchirait.

Lorsqu'il eut suffisamment sillonné le plateau, il décida de descendre à Traou Vilin, au bord du Trieux, afin de rejoindre un sentier qui le ramènerait au pont et à sa voiture.

Au fond de la vallée, le soleil avait déjà disparu. Le chemin qu'il suivait longeait un haut mur de pierre où les branches des arbustes formaient une épaisse voûte végétale. La pénombre qui y régnait l'obligea à ralentir sa foulée. Il ne retrouva la lumière qu'au débouché de ce tunnel car le ciel ivoire se reflétait à la surface du fleuve. Il se remit à courir en regardant l'eau, en contrebas. La marée montait. D'ici une heure, elle aurait recouvert les vasières. Au haut de la grève, il y avait de gros tas de goémon, du bois échoué, des détritus abandonnés. Il aperçut les restes d'un canot fracassé contre un rocher, un bidon en plastique jaune, un morceau de bâche que remuait le vent.

À un contour du chemin, le tronc couché d'un grand arbre lui barra le passage. Impossible de l'enjamber. Il hésita un instant, puis dévala le talus jusqu'à la grève. Là, il se mit à marcher d'un pas accéléré car la nuit tombait. Il nota que la vieille bâche qu'il avait vue de loin, avait un aspect curieux. Il s'en approcha et réalisa alors que ce qu'il avait pris pour un prélart ressemblait davantage à un vêtement, genre anorak ou coupe-vent, coincé dans les cailloux. « Encore une saleté balancée d'un bateau », marmonna-t-il. À cet instant, la loque fut agitée de mouvements qui n'avaient rien à voir avec les bourrasques du vent. Elle bougeait lentement. Rêveusement. Comme au ralenti.

Il se rapprocha encore, contourna un bloc de rocher.

— Bordel ! Qu'est-ce que c'est que ça ?

Il s'agissait bien d'un anorak, mais dans cet anorak, il y avait un corps minuscule, recroquevillé, comme rétréci.

— Oh ! Merde ! fit-il en s'accroupissant.

*

Jules Janvier passa tout son après-midi chez lui, dans l'attente d'un coup de téléphone de Fred.

Malgré l'insistance de ce dernier, il avait toujours refusé d'acquérir un portable, sous prétexte que le matériel électronique le rebutait parce que trop compliqué à utiliser. Pourtant, après des heures cloué à côté de son poste fixe, Jules se sentait prêt à reconsidérer la question.

Vers dix-sept heures, n'y tenant plus, il sortit sa

vieille Peugeot du garage et, muni d'une carte IGN car l'itinéraire lui semblait assez compliqué, il prit la direction de Traou Du.

Arrivé à destination, il laissa sa voiture au bord de la route, à une centaine de mètres de la propriété, et fit le reste à pied. Encerclée par la forêt, la maison des Welt se dressait dans une clairière lugubre et triste. C'était une construction assez laide, datant des années cinquante, et qui aurait eu besoin de rénovation. Jules remonta une allée boueuse où stationnaient plusieurs véhicules. Le planton, debout à côté de l'un d'eux, lui apprit que le capitaine Janvier se trouvait à l'intérieur où il informait les journalistes de l'état des recherches.

— L'enfant n'a pas été retrouvé ?

— Non mais entrez ! Vous apprendrez tout ce qu'on sait pour le moment.

Du couloir, Jules aperçut de nombreuses personnes rassemblées dans le salon et il reconnut la voix de Fred qui répondait à leurs questions. Il continua tout droit et déboucha dans la cuisine. Assise à la table, une femme immobile regardait dans le vide. Il reconnut Élise Welt. Sans mot dire, il alla prendre place à côté d'elle. Il lui saisit la main et, comme il la serrait dans la sienne, il sentit les doigts remuer faiblement. Pauvre femme… Il se demanda alors où se trouvait son mari. Peut-être dans les bois, à la recherche de son fils… Ou dans la pièce à côté, avec les journalistes…

Enfin, un brouhaha éclata dans le salon, la conférence s'achevait. Il quitta la cuisine et tomba sur Fred qui le dévisagea, interloqué.

— Qu'est-ce que tu fais là ?

— Je suis venu aux nouvelles.

— Tu ne pouvais pas téléphoner ?

— Je voulais aussi voir à quoi ressemblait la maison d'Aubin. Alors, où en êtes-vous ?

— Nous avons élargi le périmètre des recherches quand on a constaté, ce matin, que le vélo d'Aubin n'était plus là.

— Le gosse s'en serait servi pour s'enfuir ?

— Vraisemblablement.

— Et les parents, comment vont-ils ?

— La mère est proche de la catatonie. Quant au père, il donne plutôt dans l'excès contraire. Il ne cesse de s'agiter, mais son comportement ressemble plus à de la rage qu'à du désespoir.

— Ça ne veut rien dire. Il existe de nombreuses façons de manifester son angoisse.

— Oui, je sais, dit Fred en consultant sa montre. Maintenant excuse-moi, mais il va être l'heure de faire le point avec les équipes qui sont sur le terrain. Le mieux serait que tu rentres chez toi…

— Si tu permets, je vais faire le tour de la maison et jeter un coup d'œil à la remise.

Celle-ci était un véritable bazar plein d'objets disparates, que Jules traversa tant bien que mal, sa lampe de poche allumée à la main. Au fond, une fenêtre à la vitre brisée témoignait de la fuite d'Aubin. Le sol était jonché d'éclats de verre, mais aucune trace ne subsistait de sa présence. Sûr que les gendarmes avaient dû passer l'endroit au crible, Jules ne s'attarda pas et revint sur ses pas. Arrivé au seuil de la porte, il vit que tout le monde était en train de courir vers les voitures.

Les gendarmes s'engouffrèrent dans leurs véhicules, suivis de près par les journalistes qui démarrèrent en trombe. Puis Fred apparut et lui fit un grand signe de la main.

— Aubin est retrouvé !

Jules le rejoignit aussi vite qu'il le put.

— Les pompiers viennent de m'appeler. Ils sont en route pour l'hôpital avec le gosse. Apparemment, il est dans un sale état.

— Où l'ont-ils trouvé ?

— Tout près de la chapelle de Kergrist, au bord de la route. C'est un passant qui l'a découvert, blessé et inconscient.

— Au bord de la route ? articula Jules, stupéfait. Comment se fait-il qu'on ne l'ait pas repéré plus vite ? Il y a du passage et de la circulation par là.

— C'est aussi ce que je me demande…

À cet instant, Élise surgit dans le couloir, habillée pour sortir, une lampe-torche à la main.

— Je pars pour l'hôpital.

— Attendez ! Nous allons vous y conduire.

— Je ne peux pas attendre.

— Il fait nuit et il a commencé à pleuvoir. Vous ne comptez pas y aller à pied !

— Pourquoi pas, j'ai mis mes bottes…

Jules lui barra le passage.

— Élise, je vous accompagne. Ma Peugeot est garée tout près d'ici.

Il la saisit fermement par le coude et tous deux s'enfoncèrent dans l'obscurité.

*

Arthur Levraz était le seul journaliste à être resté à Traou Du, après que la nouvelle fut tombée. Il avait assisté au départ précipité de ses collègues puis à celui d'Élise Welt et de Jules Janvier. Debout dans un renfoncement de la cage d'escalier, il avait attendu que l'officier chargé de l'enquête s'en aille à son tour, pour quitter discrètement les lieux. Après ses deux articles alarmistes publiés dernièrement, il ne tenait pas à attirer davantage l'attention sur lui. S'il voulait mener à bien son travail, un certain anonymat s'imposait.

Au volant de sa voiture, Arthur réfléchissait à l'impact qu'avaient eu ses papiers sur le public. L'opinion était maintenant acquise à l'idée qu'un pervers récidiviste rôdait en toute impunité dans la région, frappant où et quand il le voulait.

Il avait fait du bon boulot. Il fallait, à présent, songer à l'article qu'il allait écrire sur ce qui était arrivé à Aubin Welt. Inutile de se rendre à l'hôpital où tous ses collègues se trouvaient déjà. Il devait plutôt profiter de l'avantage que le hasard lui avait donné, en lui permettant de surprendre la conversation entre le capitaine Janvier et son père. De ce fait, il était le seul à savoir où et comment l'enfant avait été retrouvé.

Il décida donc de foncer jusqu'à la chapelle de Kergrist. Il n'espérait pas rencontrer le passant qui avait découvert l'enfant, certain que les gendarmes étaient en train de l'interroger. Seulement, il y avait certainement d'autres témoins. L'événement n'avait pas dû passer inaperçu, les interventions des pompiers n'étant jamais discrètes.

Le journaliste gara sa voiture à quelques centaines de mètres de la chapelle. De loin, il aperçut un cordon de sécurité, un gendarme en uniforme et quelques personnes qui discutaient entre elles.

— Qu'est-ce qui se passe ici ? lança-t-il lorsqu'il arriva à leur hauteur.

Les badauds se retournèrent et l'un d'eux se mit à raconter ce qu'il savait :

— Mon voisin, celui qui a trouvé le gamin, a d'abord cru que c'était un sac à ordures que quelqu'un avait déposé là. Sans son chien qui s'est mis à renifler et à gémir, il aurait passé tout droit. C'est seulement quand il s'est penché qu'il a vu que c'était un gosse, tout recroquevillé sous les hortensias. D'abord, il a pensé qu'il était mort, il était tout blanc et avec du sang plein les cheveux. Sa première idée a été de le tirer de là-dessous, puis il s'est dit qu'il valait mieux ne pas le remuer et il a appelé les pompiers. C'est à ce moment-là que j'ai passé par là. Naturellement, je suis resté attendre avec lui. On a enlevé nos blousons pour recouvrir le gosse qui était complètement trempé. J'ai trouvé ça bizarre parce qu'il n'avait pas plu. Quand les pompiers sont arrivés, ils ont dit que le gamin était vivant mais inconscient et ils l'ont embarqué dans l'ambulance. Avant de partir, ils nous ont demandé de rester sur place en attendant l'arrivée des gendarmes. Ceux-ci n'ont pas tardé, ils ont pris plein de photos et établi un périmètre de sécurité.

— Et comment avez-vous reconnu le petit Aubin Welt ? s'enquit Arthur.

— On ne l'a pas reconnu ! On croyait que c'était un accidenté de la route. Ce sont les pompiers qui nous l'ont dit.

— Ah oui ! Je comprends. Et rien d'autre ne vous a frappés, en dehors des vêtements mouillés ?

— Non.

— Moi, j'ai remarqué une voiture qui est restée garée tout l'après-midi, à côté de la chapelle, dit alors l'un des badauds. Une bagnole claire, de couleur grise ou bleu. Mais ne me demandez pas la marque, je ne pourrais pas vous répondre.

— Vous n'avez pas vu son propriétaire ?

— Non. Je faisais ma sieste quand elle est arrivée. Et en fin d'après-midi, j'ai été me faire couper les cheveux à Lézardrieux. À mon retour, elle n'était plus là.

— Vous avez raconté ça aux flics ?

— Non, ça n'a d'ailleurs probablement rien à voir avec le reste.

— Il faudrait quand même le faire. Bon ! Maintenant, je vais prendre quelques photos, dit Arthur en sortant son appareil. Vous voulez bien vous rapprocher du cordon jaune, pour être sur le cliché…

Les hommes se regardèrent, interloqués et méfiants.

— Vous êtes qui ? Un journaliste ?

— Oui.

Reculant précipitamment, ils déclarèrent qu'il n'était pas question qu'ils figurent dans le journal du lendemain.

— Il fait nuit, personne ne vous reconnaîtra. Ma photo sera meilleure si on y distingue quelques silhouettes. Allez, Messieurs, un bon mouvement ! dit Arthur en s'éloignant de quelques pas pour cadrer son image.

Les autres se rassemblèrent en bougonnant, tandis que le gendarme s'écartait discrètement.

*

Lydie Legrand fut la première personne à qui Jules Janvier annonça qu'Aubin avait été retrouvé mais qu'il était, hélas, entre la vie et la mort. Elle lui répondit qu'il fallait adopter une attitude positive. Selon elle, la situation avait évolué favorablement puisqu'on avait récupéré l'enfant et qu'il était maintenant en de bonnes mains. Certes, son état était grave, mais il ne fallait pas oublier que les jeunes ont des ressources insoupçonnées. Elle était persuadée qu'Aubin s'en sortirait.

— Le fait qu'il possède un si grand talent de musicien ne peut qu'aider son esprit à se libérer du coma. Même chez un enfant, le mental est essentiel.

Jules lui répondit qu'il espérait que l'avenir lui donnerait raison mais que, pour sa part, il était beaucoup plus pessimiste. Un premier diagnostic des médecins avait révélé un traumatisme crânien sévère, à l'origine du coma, la jambe gauche fracturée, des côtes enfoncées, de multiples blessures superficielles et une sérieuse hypothermie.

— On est en train de procéder à d'autres examens afin de détecter d'éventuelles blessures internes, ajouta-t-il d'une voix sourde. Nous attendons les résultats.

— Vous êtes à l'hôpital ?

— Oui. J'essaie de réconforter Élise, en attendant l'arrivée de son mari. On a enfin réussi à le joindre. Il était encore à la recherche de son fils, dans les bois de Beauport, à des endroits où son portable ne captait pas.

— Mon Dieu ! Quelle terrible affaire ! Je plains sincèrement ces gens. Sait-on comment Aubin a pu se retrouver au bord de cette route ?

— Non. Mais l'enquête ne fait que commencer.

— Oui, évidemment… Maintenant dites-moi, pensez-vous que je puisse transmettre la nouvelle à d'autres personnes ? Beaucoup sont très affectées par la disparition de l'enfant.

— Pour ma part, je n'y vois pas d'objection. Mais n'entrez pas dans le détail, dites que son état de santé est préoccupant, sans plus.

— D'accord. Je vais d'abord en parler à Martial. Le pauvre est au trente-sixième dessous. Il se sent si fautif…

— Je me mets à sa place, mais dites-lui que personne ne le tient pour responsable.

— Ensuite, je préviendrai Régis Landry, le directeur de Musica Nostra. Puis…

— Faites ce que vous jugerez le mieux, chère madame, vous avez toute ma confiance.

*

Régis Landry reposa le récepteur sur son socle et s'effondra.

Et son univers, déjà mis à mal, s'écroula à son tour. Il se mit à trembler puis à pleurer. Son école en faillite. Graziella envolée. Et maintenant, Aubin en train de mourir. Il ne lui restait rien.

Sa femme l'avait pourtant prévenu : « Ne t'attache pas à ce gosse, il n'est pas le tien. Et même s'il l'était, il ne t'apporterait qu'une étincelle de bonheur pour un torrent de larmes. Tous les enfants sont ainsi. Et Aubin, avec son violon et sa musique, est pire que les autres. Tu l'aimes trop. Tu l'aimes comme on ne peut aimer que soi-même. Il n'est pas ton reflet, il n'est pas ton double. Il ne rachètera pas le gamin que tu as été. Il ne prendra pas la place que tu aurais voulu avoir et que tu n'as pas eue. »

Graziella avait pressenti le danger, mais il ne l'avait pas écoutée. Il avait placé tous ses espoirs dans cet enfant. Il l'avait poussé, stimulé, contraint, obligé. Avec une exigence inhumaine et une intransigeance impitoyable. Il s'était approprié Aubin, il en avait fait son instrument. Et maintenant, l'instrument était cassé.

Un frisson de rage le secoua. Sale petit con… avec son vélo, ses copains et ses envies de s'amuser ! Quand on possède un tel talent, on n'a pas le droit de regarder ailleurs. Un don pareil ne se galvaude pas, sinon les dieux se vengent.

Régis gémit. Le bras armé des dieux avait frappé. Il frappait depuis quelque temps déjà, à Musica Nostra, châtiant sans merci l'imperfection, le désordre et la paresse.

Régis se lamenta plus fort. Agrippé aux accoudoirs de son fauteuil, il se balança d'avant en arrière pour tenter de chasser les visions de cauchemar qui défilaient devant ses yeux.

— Qu'est-ce qui te prend ? Tu deviens fou ?

Graziella pénétra dans la salle de musique et alluma. Puis elle découvrit le visage ravagé de son mari.

— Qu'est-ce qui est arrivé pour te mettre dans un état pareil ? dit-elle en promenant autour d'elle un regard consterné. Cet endroit est un vrai foutoir. Comme le reste de la maison d'ailleurs ! Il suffit que je m'absente quelques jours pour que tu perdes les pédales et vives comme un clochard.

— Ah ! Graziella, si tu savais !

— Quoi ? Que rien ne va plus, que tu n'as pas le moral et qu'en plus, ton petit génie a disparu. Oui, je suis au courant.

— On a retrouvé Aubin.

— Ah bon ! Dans ce cas, pourquoi pleures-tu ?

— Parce qu'il va mourir, il est dans le coma.

— Et du coup, toi tu plonges dans la dépression, comme si ça pouvait changer quelque chose !

— Ne sois pas égoïste, Graziella ! Si Aubin est entre la vie et la mort, c'est à cause de moi.

— Vraiment ? Peux-tu m'expliquer en quoi tu es responsable ?

— C'est compliqué, tu aurais du mal à comprendre.

— Je n'insiste pas. Je connais trop bien ton esprit alambiqué. Par contre, j'apprécierais beaucoup que tu descendes débarrasser la cuisine de la vaisselle sale qui traîne partout. Pendant ce temps, je vais prendre une douche. Ensuite, je mangerai un morceau, je meurs littéralement de faim.

Régis quitta lentement son fauteuil. Autour de lui régnait un désordre indescriptible. Le sol était jonché de partitions qu'il avait balancées dans ses accès de rage. Les cendriers débordaient, des livres et des cahiers de musique étaient éparpillés partout. Des couvertures s'amoncelaient dans un coin, sur le matelas où il avait dormi parce qu'il s'était senti incapable de regagner sa chambre.

En passant devant la salle de bains, il entendit l'eau gicler contre la cabine de douche et la voix de Graziella qui chantait un air d'opéra. Il s'arrêta pour l'écouter et subitement, ce fut comme si d'affreux vêtements, lourds et sales, se détachaient de lui et tombaient à ses pieds. Et il se retrouvait ragaillardi, rafraîchi, allégé.

Seigneur ! Dans quel délire s'était-il encore laissé entraîner ?

Horrifié, il voyait soudain la maison et lui-même avec les yeux de sa femme. Et il eut honte. Honte et peur. Comment était-il possible de passer ainsi, sans transition, d'une réalité à l'autre ? D'un monde crépusculaire et désespéré à celui où il venait d'émerger, apaisé, libéré ? Comment expliquer ces va-et-vient incessants qu'il ne maîtrisait pas et qui finiraient par le broyer ?

Était-il réellement en train de sombrer dans la folie ?

XIII

Vendredi 26 février

Jules Janvier passa une très mauvaise nuit. L'image d'Aubin ne cessa de le hanter à travers ses rêves et ses longs moments d'insomnie. Sa tête bandée, le tube du respirateur qui s'enfonçait dans sa bouche, sa jambe en élongation, son visage tuméfié, violacé, méconnaissable… Et ses deux petites mains posées sur le drap comme deux étoiles de mer sur une plage.

Ensuite, la matinée se tira avec une lenteur insupportable, jusqu'au moment où Fred appela pour s'inviter à déjeuner.

— J'avais besoin d'une pause pour m'éclaircir les idées, dit-il une heure plus tard, en prenant place à table. Et il n'y a qu'avec toi que je peux penser tout haut. Hier, j'ai travaillé jusque tard dans la nuit. Et ce matin, je m'y suis remis avant tout le monde.

Puis il leva la tête et respira le fumet délectable qui venait de la cuisine.

— Ne me dis pas que tu as eu le temps de me préparer un bœuf bourguignon, dit-il d'un air gourmand.

Jules sourit sans lui répondre. À ses heures perdues, il lui arrivait de mitonner de bons petits plats qu'il conservait ensuite dans son congélateur et qu'il sortait quand l'occasion se présentait.

— Ce sera prêt dans cinq minutes. En attendant, dis-moi comment va Aubin…

Une ombre passa sur le visage de Fred.

— État stationnaire. Les médecins ne peuvent se prononcer.

Il y eut un lourd silence, puis Jules déposa la cocotte pleine de viande au milieu de la table.

— Laissons les toubibs faire leur boulot et faisons le nôtre ! dit-il d'une voix ferme. Déplorer l'état d'Aubin ne nous avancera à rien. Vas-y, sers-toi ! On reparlera de tout ça en buvant le café !

*

— Hier soir, vu l'heure tardive et l'obscurité, autant te dire que les recherches autour de la chapelle de Kergrist n'ont abouti à rien, dit Fred en allumant une cigarette. Elles ont recommencé ce matin et ont permis de retrouver le vélo d'Aubin. Il était immergé dans le Trieux, près du rivage, un peu en aval d'un établissement ostréicole. Une petite route très en pente permet d'y accéder. Il est possible qu'Aubin l'ait dévalée, volontairement ou par erreur. Arrivé au bas de la côte, il a pu passer par-dessus le muret et basculer dans le fleuve.

— Quoi ! Encore un accident ?

— Non ! Non ! Non ! Trois gamins qui se flanquent à l'eau en moins de quinze jours, ça fait trop, je n'y crois pas.

— Et qu'est-ce qui te permet de dire qu'Aubin est tombé dans le fleuve ?

— Ses vêtements étaient trempés, ses cheveux aussi. Une rapide analyse a permis de déterminer qu'il s'agissait d'eau de mer, une eau correspondant à celle du Trieux, en aval du pont.

— C'est une chance qu'il ne se soit pas noyé !

— Une chance incroyable, en effet. Il a dû dériver le long du rivage et comme la marée descendait, il s'est échoué sur la grève.

— Pourquoi ne l'a-t-on pas découvert plus tôt ? Beaucoup de gens le cherchaient et il y avait cet hélicoptère qui patrouillait…

— Aubin est petit et il portait des vêtements de couleur brune qu'on pouvait confondre avec les touffes de goémon.

— Et comment se fait-il qu'on l'ait retrouvé au bord de la route et non pas sur la grève ?

— Je n'en sais rien. L'hypothèse la plus plausible est qu'un promeneur soit tombé sur lui par hasard et l'ait transporté jusqu'à la route, pensant que là, il serait vite repéré. Ce qui est d'ailleurs arrivé.

— Pourquoi n'a-t-il pas appelé les secours ? Il fait le plus gros du boulot puis il disparaît. Troublant, non ?

— Peut-être a-t-il voulu demeurer anonyme, ça s'est déjà vu. C'est une piste que je suis en train de creuser. Dès hier soir, j'ai appris qu'une voiture de couleur grise ou bleu clair avait stationné tout l'après-midi près de la chapelle. J'ai mis mes enquêteurs sur le coup, sans trop d'espoir puisqu'on n'en connaît ni la marque ni le numéro d'immatriculation. J'ai, en outre, le témoignage des volontaires qui sillonnaient le secteur. Plusieurs ont croisé un jogger.

— Des joggers, ce n'est pas ce qui manque ! Je ne peux pas me promener sans en rencontrer un ou deux. Comme piste, c'est bien mince.

— Moins que tu ne crois. Souviens-toi, un jogger a aussi été aperçu en pleine tempête de neige, près de l'étang de Beauport, à l'heure approximative où Iris s'est noyée.

Le visage de Jules se figea.

— C'est vrai, ça m'avait échappé !

— Je reconnais que ce n'est pas très significatif, j'ai néanmoins demandé qu'on me soumette la liste des membres des associations de randonneurs et des clubs de remise en forme de la région.

— Beaucoup de personnes font du jogging de façon indépendante.

— Sûrement. Mais, pour le moment, nous en sommes réduits à ratisser large, déclara Fred. Cette affaire est inconsistante, sans fil conducteur ni élément solide sur lequel se baser. Je rassemble, ensuite j'essayerai de trier, de recouper.

— Ça risque d'être long…

— Je confierai cette tâche à mes adjoints qui sont costauds en informatique. Certains résultats ne se feront pas attendre. De mon côté, je suis en train de travailler au corps les personnes qui ont un rapport direct avec Musica Nostra. Quand je disais que je n'avais pas de fil conducteur, ce n'était pas tout à fait exact. La fréquentation de cette école de musique est un point commun à toutes les victimes. D'autre part, comme il y a de fortes chances pour que nous ayons affaire à un pervers sinon à un tueur en série, j'ai pris contact avec un collègue que je connais bien, Gaston Jarry. Il était mon condisciple à l'école de police. Il s'est ensuite orienté vers la psychopathologie. Tôt ce matin, je lui ai faxé le dossier.

— Quoi ! Tu te lances, toi aussi, dans le profilage ?

— Aucune méthode ne doit être a priori écartée.

Jules esquissa une moue dubitative puis demanda à Fred quels témoins il avait déjà interrogés.

— Tous ceux qui appartiennent au “premier cercle”.

— C'est-à-dire ?

— Les professeurs de Musica Nostra et Loïc Plesguen. Ils ont paru très secoués et m'ont juré leurs grands dieux qu'ils avaient passé la nuit de mercredi à jeudi dans leur lit. J'ai pris des renseignements concernant leurs voitures : Régis Landry roule en Ford Fiesta bleu clair, les Vaugel ont une Citroën gris métallisé, Xavier Durant une vieille Opel, grise elle aussi. Michel Malter ne possède pas d'auto et Loïc Plesguen ne conduit pas.

— Tu as fouillé dans leur passé ?

— C'est en cours. Tout ce que je sais, pour l'instant, c'est qu'aucun d'eux n'a de casier judiciaire. Mais en les faisant parler les uns des autres, j'en ai appris un peu plus sur leur caractère. Le moins que l'on puisse dire est que ces enseignants ne sont pas des modèles d'équilibre et de sérénité. Régis Landry semble avoir de sérieuses tendances maniaco-dépressives, ses sautes d'humeur rendent le travail avec lui souvent difficile. Xavier Durant, veuf depuis quinze ans, vit en reclus, dans le souvenir exclusif de son épouse, ce qui dénote une certaine psychorigidité. Les Vaugel forment un couple fusionnel, complètement refermé sur lui-même, sans aucune relation sociale avec l'extérieur. Seul Michel Malter paraît avoir un comportement normal. Seulement, figure-toi que personne ne l'a vu depuis mercredi ! J'ai envoyé un agent au meublé qu'il loue, Rue du Quai. Il a trouvé porte close mais avec la clé dans la serrure. Comme son logement se situe au dernier étage, personne ne s'était aperçu de rien. L'agent a sonné puis il est entré. Apparemment, l'oiseau avait quitté le nid. Les placards étaient vides, le coin cuisine et la salle de bains nettoyés, plus rien ne traînait nulle part. La gérance nous a appris que le terme avait été payé quelques jours auparavant, en liquide comme d'habitude. J'ai lancé un avis de recherche mais comme Malter est un étranger sans papiers, j'ai assez peu d'espoir de le retrouver.

— Et le "deuxième cercle", il comprend qui ? demanda Jules en remplissant les tasses de café.

— Tous ceux qui gravitent autour de l'école : parents, membres des familles, voisins, professeurs des collèges, que sais-je encore…

— Ça élargit énormément le champ des recherches.

— Oui mais, comme je viens de te le dire, l'informatique est un outil précieux dans ce genre d'investigation et permet de gagner un temps fou.

— Et il y a intérêt de faire vite, renchérit Jules d'un ton soucieux. Parce que si c'est un pervers ou un tueur en série, il récidivera inévitablement.

— Je n'arrête pas d'y penser. Seulement, je ne vois pas comment arrêter ce malade. Si tu as une idée, dis-la-moi.

— Le flagrant délit.

— Il faudrait pour ça bénéficier d'un coup de chance extraordinaire.

— Ou lui tendre un piège.

— Ah oui ! Avec un gosse en guise d'appât ! répondit Fred d'une voix mordante. Connais-tu des parents dignes de ce nom qui accepteraient de voir leur enfant tenir le rôle de la chèvre ?

*

Jules Janvier se rendit au Centre Hospitalier de Paimpol, en fin d'après-midi. À l'entrée du service des soins intensifs, on dut le prendre pour le grand-père d'un malade car personne ne lui posa de questions. Courbé sur sa canne, il longea le couloir où donnaient de petites pièces vitrées, jusqu'à ce qu'il aperçoive Élise Welt au chevet de son fils. Nathan se tenait assis au pied du lit, la figure cachée dans ses mains. Jules entrevit le visage d'Aubin, rapetissé par un bandage qui enveloppait son crâne, il remarqua qu'on avait retiré le respirateur artificiel. Comme une infirmière passait à côté de lui, il lui demanda des nouvelles du blessé. Mais elle secoua la tête, elle n'était pas habilitée à fournir ce genre de renseignement.

— Le pauvre homme est désespéré, dit-elle en désignant Nathan. Il est persuadé qu'il est responsable de ce qui est arrivé.

— Comment ?

— Je ne sais pas, mais il culpabilise terriblement. Hier soir, il était dans un tel désarroi que le médecin lui a prescrit un calmant.

— Oh ! À ce point ? s'étonna Jules.

— Oui. C'était dramatique de voir cet homme sangloter, il exprimait une si grande détresse…

— Et sa femme ?

— Elle ? Elle est comme glacée à l'intérieur.

— Quelquefois c'est pire.

L'infirmière acquiesça puis s'éloigna. Entre-temps, Nathan avait quitté son siège et ouvrait la porte de la chambre.

— Qui êtes-vous, Monsieur ? Je ne crois pas vous connaître…

— Jules Janvier, auxiliaire de police, répondit le vieil homme sans se démonter. Je m'intéresse à cette affaire depuis plusieurs semaines.

— Quelle affaire ? Je croyais que mon fils avait eu un accident…

Nathan regarda Jules fixement, puis une expression horrifiée se peignit sur son visage.

— Ne me dites pas qu'Aubin a été victime du pervers dont tout le monde parle !

— Hélas ! J'ai bien peur que si.

— Dans quel monde vivons-nous pour que d'innocents enfants servent de pâture à un monstre pareil ? Que font les gendarmes pour empêcher ça ?

— Tout leur possible, soyez-en sûr.

— Ah, Seigneur ! Si Aubin mourait, que deviendrions-nous, sa mère et moi ?

— Il n'est pas encore mort.

— Oh ! Je ne me fais pas d'illusion. Il reste peu d'espoir, les médecins ne nous l'ont pas caché. Et même s'il ne meurt pas, son coma peut se prolonger des mois et laisser de terribles séquelles.

Jules hocha la tête d'un air compatissant, sans éprouver une vraie peine pour cet homme. Il ne parvenait pas à oublier son comportement le soir du concert ni les soupçons de maltraitance qu'il nourrissait à son égard.

— Puisque vous êtes là, venez quelques minutes dans la chambre, proposa Nathan. Votre présence réconfortera peut-être ma femme.

Élise le regarda entrer sans manifester d'émotion, puis elle se pencha vers Aubin et lui caressa doucement l'avant-bras attaché à un barreau de protection du lit.

Quelques instants plus tard, un médecin pénétra dans la pièce, vérifia la perfusion ainsi que les cadrans du monitoring. Nathan lui demanda s'il pensait qu'Aubin sortirait bientôt du coma.

— Impossible à dire. Lundi, nous procéderons à d'autres examens. D'ici là, il faut prendre patience et laisser faire la nature.

— Est-ce qu'il va mourir, Docteur ? articula Élise d'une voix étouffée.

— C'est là une question que nous ne nous posons jamais. Nous nous battons jusqu'au bout, sans baisser les bras un seul instant.

— Et s'il reprend connaissance, est-ce qu'il se souviendra de ce qui s'est passé ? s'enquit Nathan.

— Peut-être oui, peut-être non… Il arrive que les traumatismes crâniens engendrent une amnésie rétrograde, le patient ne se rappelle alors rien des heures qui ont précédé son accident. Mais c'est loin d'être toujours le cas. Certains gardent une mémoire absolument intacte. De toute façon, nous n'en sommes pas là. L'essentiel est maintenant de tirer Aubin de ce mauvais pas. Pour la suite, nous verrons…

XIV

Samedi 27 février

De la fenêtre de sa maison, Élise Welt regarda les feux arrière du break s'éloigner puis disparaître dans le virage. Il était huit heures et demie, le jour aurait dû pointer, mais le ciel était si bas que la nuit semblait ne jamais vouloir quitter le fond du vallon.

En se levant, Nathan avait déclaré qu'il avait plusieurs clients à visiter dans les environs et que la terre ne s'arrêterait pas de tourner parce qu'Aubin était dans le coma. « Je serai de retour en fin d'après-midi et je t'emmènerai à l'hôpital à ce moment-là. En attendant, fais le ménage, cette maison est une véritable porcherie ! »

Il n'avait pas tort. Il y avait eu tant d'allées et venues ces derniers jours que tout était sale et sens dessus dessous. Mais Élise se sentait incapable d'entreprendre quoi que ce soit. Sa place était au chevet d'Aubin, le reste ne comptait pas. Et si Nathan croyait qu'elle allait l'attendre à Traou Du toute la journée, il se plantait complètement ! Elle n'avait pas de moyen de transport… qu'à cela ne tienne, elle irait à pied. Une heure de marche ne lui faisait pas peur.

Toujours immobile à sa fenêtre, la jeune femme voyait peu à peu la silhouette des arbres émerger de l'obscurité. La grisaille de l'aube répandait sa cendre sur le jardin dévasté par l'hiver. Tout y était écrasé, piétiné, détruit. « Comme moi, songea-t-elle, et mon hiver n'est pas près de finir. Jusqu'au fond de quel abîme Nathan me poussera-t-il ? » Pour elle, c'était sans importance, mais il y avait Aubin qui grandissait et qu'elle n'avait pas le droit d'entraîner dans sa chute.

Des larmes lui montèrent aux yeux. Une fois de plus, elle se dit que le seul véritable plaisir que Nathan trouvait dans leur mariage, était de les tourmenter, son fils et elle. La comédie du désespoir qu'il jouait à l'hôpital ne l'abusait pas, elle se demandait juste pourquoi il prenait la peine de faire de telles simagrées.

Elle savait depuis longtemps qu'il n'aimait pas Aubin, que celui-ci l'importunait, l'excédait, quoi qu'il fasse et de quelque manière qu'il se conduise.

Cette antipathie avait existé dès les premiers mois de leur union. Au début, elle ne s'était pas manifestée, ou très peu. Quelques petites méchancetés, par-ci par-là, largement compensées par d'indiscutables avantages. Nathan apportait à Élise le sentiment de sécurité dont elle avait besoin. Il y avait le plaisir qu'ils prenaient à faire l'amour ensemble. Et surtout, Nathan servait de père à Aubin qui, à trois ans, n'en faisait qu'à sa tête.

Puis la situation avait commencé à se dégrader et

cela avait empiré quand leurs conditions de vie s'étaient détériorées. L'entreprise de chauffage-plomberie que possédait Nathan en Vendée avait périclité. Pour tenter de redresser la barre, il s'était beaucoup endetté. En vain ; les affaires n'avaient pas repris. Il s'était vu obligé de licencier la majeure partie de son personnel, ce qui l'avait empêché de faire face aux rares commandes qu'on lui faisait encore.

Des années horribles, songeait Élise, car la fin n'avait pas été brutale. La faillite ne leur était pas tombée dessus d'un seul coup. Cela avait été une lente agonie que Nathan endurait en se défoulant sur elle et sur Aubin. Lorsqu'enfin, la liquidation avait été prononcée et qu'après quelques mois de chômage, Nathan avait trouvé un emploi de représentant de commerce, Élise avait pensé que le calme reviendrait dans leur vie. Mais il n'en avait rien été. Les vannes que les difficultés avaient ouvertes en Nathan et par lesquelles se déversait son agressivité, ne se refermèrent pas. La cruauté, la malveillance, la rancœur continuèrent à s'en échapper, au grand dam d'Élise incapable d'en juguler la violence.

Nathan décida alors de quitter la région. Il affirmait ne plus pouvoir supporter le regard apitoyé ou méprisant de ses collègues et des professionnels qu'il était amené à rencontrer. Sans demander l'avis de sa femme, il choisit de s'installer en Côtes-d'Armor où il avait trouvé du travail et déniché la maison de Traou Du. Bien qu'isolée dans les bois de Beauport, elle plut à Élise et à Aubin. Une nouvelle fois, la jeune femme espéra que, libéré de ses soucis, Nathan échapperait à ses démons et retrouverait une certaine paix intérieure.

De fait, leur vie s'améliora. Nathan passait beaucoup de temps en tournée. Aubin était au collège, à l'école de musique, dans sa chambre… évitant au maximum la présence de son beau-père. Un accommodement paraissait possible, au grand soulagement d'Élise qui, elle, continuait à subir l'humeur hargneuse de son époux. Elle courbait l'échine, ne le contredisait jamais et s'efforçait, en toutes circonstances, de faire écran entre son fils et lui.

Cela avait duré un an ou deux mais, depuis quelque temps, la violence avait refait irruption dans leur vie. À la moindre occasion, Nathan s'en prenait à Aubin. Gravement. Élise voulait croire à une mauvaise passe. Pour se consoler, elle se disait qu'avec le printemps, les choses s'arrangeraient peut-être.

Le jour avait fini par se lever. La jeune femme frissonna. La maison était glaciale car la chaudière à bois s'était éteinte durant la nuit. Il était l'heure de se mettre en route. Elle chaussa ses souliers de marche, enfila un anorak. Dans son petit sac à dos, elle rangea ses papiers, son porte-monnaie puis elle sortit, laissant derrière elle les cendriers pleins de mégots, les cannettes de bière vides, les sièges éparpillés dans tous les coins, la vaisselle sur l'évier, le sol et les tapis couverts de taches boueuses.

En rentrant, Nathan piquerait une colère noire, mais elle ne s'en inquiétait pas. Des soucis bien plus graves l'avaient mise hors de portée, la fureur de son mari ne l'atteignait plus.

*

Assis dans le bureau de la gendarmerie de Paimpol mis à sa disposition, Fred Janvier regarda la porte s'ouvrir et Loïc Plesguen entrer, escorté d'un gendarme en uniforme. Les traits tirés du jeune homme trahissaient son désarroi et une intense fatigue. Fred lui fit signe de s'asseoir puis s'adressa à son collègue :

— Cinquante minutes, vous avez fait vite.

— Il n'y avait pas d'embouteillages à Saint-Brieuc et peu de circulation sur la route.

— Le témoin n'a pas fait de difficulté pour vous suivre ?

— Non, aucune. Nous l'avons repéré à la gare routière, au moment où il descendait du bus de Paimpol, puis nous l'avons filé jusqu'au guichet où il a pris un billet pour Paris. Nous l'avons cueilli alors qu'il allait monter dans le TGV.

— Eh bien, votre mission est terminée, Lieutenant. Vous pouvez disposer.

Lorsque la porte fut refermée, Fred se passa lentement une main sur le visage puis lâcha :

— Alors, Loïc, qu'est-ce que tu comptais aller faire à Paris ? J'ai téléphoné à tes parents. Apparemment, ils ignoraient tout de ce voyage.

— …

— Qu'est-ce qui t'a pris ? Une lubie ? Un coup de panique ? Ou peut-être allais-tu retrouver quelqu'un…

— …

— Bon ! Écoute-moi bien. Garder le silence ne te mènera à rien parce que, tôt ou tard, tu finiras par parler. Alors autant t'y mettre tout de suite, on gagnera du temps. Je répète ma question : pourquoi ce départ pour Paris ?

Les yeux toujours baissés, Loïc haussa les épaules.

— Ah ! Il y a progrès ! s'exclama Fred. Maintenant, il faut continuer. Allez, un effort ! Réponds simplement par oui ou par non. Tu allais à Paris sur l'invitation de quelqu'un ?

— O… oui.

— Quelqu'un que tu connais ?

— Oui.

— Tu as eu envie de partir à cause de ce qui est arrivé à Aubin ?

— Oui.

— Tu as eu peur d'être mis en cause ?

— Oui.

— Eh bien, je te l'avoue franchement, tu es en effet impliqué dans cette affaire et ta tentative de fuite n'arrange pas ton cas.

— Je savais que vous me soupçonniez.

— Et tu t'es dit qu'il valait mieux décamper avant d'être pris au piège.

— Oui.

— Tu n'as pas pensé que les gares étaient surveillées ?

— Oui… Non.

— Tu ne t'es pas dit que si ton plan foirait, cela t'enfoncerait davantage ?

— Si, mais j'ai tenté le coup quand même, parce que je ne supportais plus de me sentir menacé.

— Menacé ?

— Oui, d'une erreur judiciaire.

— Personne ne t'a encore accusé de quoi que ce soit, il me semble.

— Oui, mais ça ne tardera pas.

Fred observa le jeune homme, il paraissait reprendre du poil de la bête.

Tant mieux, son interrogatoire n'en progresserait que plus vite.

— Il est vrai que tu figures sur la liste des suspects, dit-il d'un air préoccupé, et que tu vas devoir t'expliquer, faute de quoi…

Loïc se redressa brusquement.

— J'en étais sûr ! J'aurais mieux fait de me barrer plus tôt, comme Michel Malter. Lui, vous n'êtes pas près de le gauler !

— C'est lui que tu comptais rejoindre ?

— Oui, mais vous pouvez toujours me cuisiner, je ne vous donnerai pas son adresse parce que je ne la connais pas.

— Comment avez-vous pris contact ?

— Il m'a appelé d'une cabine téléphonique. On avait discuté de ça, après la mort d'Iris, et on était d'accord pour penser qu'il valait mieux disparaître dans la nature, le temps que l'affaire soit éclaircie. Sinon, il y avait des risques qu'on nous fasse porter le chapeau. Et c'est bien ce qui est en train de m'arriver !

— Écoute-moi ! Je te répète que, pour l'instant, tu es entendu ici comme témoin. Et si tu réponds clairement à mes questions, je passerai l'éponge sur ta tentative d'escapade. Tu as compris ?

Loïc releva le menton et émit un ricanement qui déconcerta Fred Janvier. D'abord effondré, maintenant insolent… À quel jeu jouait donc le jeune homme ? Il décida de passer outre et poursuivit :

— Depuis hier matin, j'ai fait procéder à des enquêtes de voisinage. C'est ainsi que nous sommes tombés sur un témoin qui affirme t'avoir vu embarquer dans une voiture garée dans ta rue, le soir de la tempête de neige.

— C'est faux !

— Il est formel et se dit prêt à témoigner sous serment.

— Dans ce cas, pourquoi ne s'est-il pas manifesté plus tôt ?

— Parce que le lendemain, il partait en vacances en Égypte. Il est rentré chez lui il y a deux jours. Hier, quand un de mes adjoints est allé sonner à sa porte, il a tout de suite déclaré qu'il t'avait vu démarrer ce soir-là, un peu après vingt heures trente.

— Il s'est trompé, il m'a pris pour un autre. Avec la neige qui tombait, la visibilité était nulle.

— Oui, peut-être… Le fait est que, jusqu'à hier, j'ignorais que tu savais conduire. Je me suis renseigné auprès des auto-écoles de Paimpol et c'est ainsi que j'ai appris que tu faisais de la conduite accompagnée depuis l'âge de seize ans. En outre, nous avons découvert, toujours au cours de notre enquête de voisinage, que ta chambre se trouve au rez-de-chaussée et qu'elle donne à l'arrière de votre maison. Quoi de plus facile que de sortir par là, sans que tes parents s'en aperçoivent…

— Prouvez-le !

— C'est ce que nous allons nous efforcer de faire. En attendant, tu n'as plus d'alibi pour la soirée du 19 février. Passons maintenant à la nuit de mercredi à jeudi derniers.

— Quoi ? Vous n'allez tout de même pas me mettre l'accident d'Aubin sur le dos !

— Qui te dit que c'était un accident ? Et qui me dit que tu n'as pas à nouveau emprunté la voiture de ton père ?

— Mais… mais… ce n'est pas possible ! Je refuse de vous servir de bouc émissaire !

— Il n'est pas question de ça mais de découvrir qui, depuis des mois, harcèle les élèves de Musica Nostra. Qui les tourmente. Qui les moleste. Qui les persécute. Un pervers qui a d'abord pris son pied avec des farces cruelles mais à qui cela ne suffit plus. Comme un drogué qui a besoin d'augmenter sa dose, il lui faut toujours plus de sauvagerie, toujours plus de sensations…

— Et vous croyez que c'est moi ? articula Loïc d'une voix étranglée.

— Pourquoi pas ?

— Vous êtes cinglé ! Je suis quelqu'un de normal. J'ai une copine, des amis, une famille. Je vais au lycée tous les jours, je n'ai jamais rien fait de mal.

— En dehors de leur déviance, les pervers sont des gens comme les autres. C'est pourquoi ils sont si difficiles à démasquer.

— Qu'est-ce qui vous fait penser que je pourrais être un type pareil ?

— Rien de déterminant mais plusieurs éléments convergents. Pour être franc, je t'informe que tu n'es pas seul dans ce cas.

— Voilà qui me rassure ! fit Loïc avec un sourire amer. Et je peux savoir quels sont les éléments dont vous parlez ?

— D'abord, tu es fréquemment en contact avec les élèves de Musica Nostra. Tu les connais, tu connais leurs horaires, leurs allées et venues. Tu peux les observer de près, les suivre à leur sortie de l'école… Bref, tu as ce que, dans notre jargon, nous appelons "l'opportunité."

— Mais je suis élève, moi aussi !

— La différence d'âge entre eux et toi ne t'a jamais frappé ? Tu as presque dix-huit ans alors que l'âge moyen des élèves est de douze ans et demi. Qu'est-ce que tu fous au milieu de tous ces mômes ? Qu'est-ce qui te retient dans cette école ?

— J'apprécie beaucoup mon prof de trompette, il a encore plein de choses à m'apprendre. Et Musica Nostra me plaît, on y travaille sérieusement. On peut aussi y faire de la musique d'ensemble, duo, trio, quatuor, orchestre…

— Je vois. J'imagine que tu es une sorte de grand frère pour les élèves les plus jeunes. Tu les écoutes, tu les conseilles…

— Ça m'arrive.

— Tu envisages une carrière dans l'enseignement ?

— Parfois.

— Tu éprouves de l'affection pour ces enfants ?

— Pour certains. Mais où voulez-vous en venir exactement ?

— À rien de précis.

— J'aime bien ces gosses, ce n'est pas un crime, non ?

— Tout dépend quelle signification tu donnes au mot “aimer”.

— Oh ! Ça va ! Traitez-moi de pédophile pendant que vous y êtes !

Fred Janvier ne répondit rien. Il se pencha sur son dossier et se mit à écrire.

Loïc le regarda faire puis demanda si l'entretien était terminé.

— Il reste l'enlèvement de Catherine Moreau, qui n'est toujours pas élucidé. Et tu sais ce que je pense ? Je me dis que c'est peut-être toi qui en es l'auteur.

— Ça, c'est le bouquet !

— Tu en avais les moyens et, à nouveau, l'opportunité.

— Et pourquoi j'aurais fait ça, bordel ?

— Je n'en sais rien. Jeu érotique peut-être…

— Vous êtes dingue ! D'abord vous me soupçonnez de m'attaquer à des gamins sans défense. Maintenant à ma copine… Donnez-moi une seule bonne raison qui aurait pu me pousser à faire des choses pareilles !

— Les fêlés n'ont besoin ni de mobile ni de raison pour passer à l'acte.

— Vous êtes complètement à côté de la plaque. Je vous répète que je n'ai rien à voir dans tout ce qui est arrivé. Je ne suis qu'un témoin, et un témoin malchanceux, vu que vous me tenez pour suspect alors que je n'ai rien fait.

— Et ta fuite précipitée ?

— J'avais peur. Et j'avais raison d'avoir peur, je m'en suis rendu compte en vous écoutant.

Une bouffée de panique sembla soudain prendre le jeune homme à la gorge. Sa respiration s'accéléra, il pâlit, ses lèvres tremblèrent.

— Maintenant que vous m'avez mis la main dessus, vous n'allez plus me lâcher, dit-il d'une voix chevrotante.

— Bien sûr que si ! répondit Fred en refermant son dossier. L'entrevue est terminée, tu peux partir, tu es libre. Je n'y mets qu'une seule restriction : ne t'éloigne pas de Paimpol sans m'en aviser.

*

Fred Janvier poursuivit ses interrogatoires toute la journée. En fin d'après-midi, lorsqu'il jugea qu'il en avait suffisamment entendu, il ferma ses dossiers et s'apprêta à quitter son bureau. Il connaissait ses limites et savait que s'il insistait, certains détails importants risquaient de lui échapper. Le manque de concentration conduisait à l'inattention, et l'inattention à l'erreur. Des années d'expérience lui avaient au moins appris ça.

Il rangea quelques documents dans sa serviette de cuir, salua les collègues qui étaient d'astreinte pour le week-end et s'en alla. Comme il faisait beau et que marcher le détendait toujours, il gagna à pied la colline de Kerraoul et, une vingtaine de minutes plus tard, il sonnait à la porte de son père.

— Tiens ! dit celui-ci, j'étais juste en train de me demander si je te verrais avant que tu rentres à Saint-Brieuc.

— Prépare-moi du café, s'il te plaît. J'ai besoin d'un coup de fouet. Depuis ce matin, je n'ai pas soufflé une minute !

Tandis que Jules gagnait sa cuisine, Fred retirait ses chaussures et son pardessus, puis s'affalait dans un fauteuil club du salon. Les pieds sur la table basse, les bras pendant de chaque côté, il ferma les yeux. Il n'avait pas sommeil, c'était là une technique de récupération rapide qu'il avait acquise, plusieurs années auparavant. Jules était au courant et ne s'en étonna pas. Lorsque la cafetière eut fini de crachoter, il laissa la verseuse sur la plaque chauffante et attendit que Fred l'appelle.

— Je suis arrivé au bureau à sept heures trente, dit celui-ci en dégustant le pur moka que son père venait de lui verser, et je n'ai pas chômé, je te le garantis ! Ça a commencé par un coup de fil de Saint-Brieuc, deux de nos agents venaient d'agrafer Loïc Plesguen en train de monter dans le train de Paris. Il a été ramené à Paimpol *manu militari* et je l'ai interrogé aussitôt. Figure-toi qu'il s'apprêtait à entrer dans la clandestinité, à l'instigation de son professeur de trompette !

— Crénom ! Pourquoi faire une connerie pareille ?

— Il a cédé à un mouvement de panique, il faut dire que je lui avais mis la pression lors de notre dernière entrevue. Ce matin, j'ai continué sur le même ton. D'entrée, je l'ai informé qu'un témoin affirmait l'avoir vu au volant d'une voiture, le soir de la tempête de neige.

— Impossible, il ne sait pas conduire !

— Bien sûr que si ! Il a fait de la conduite accompagnée pendant presque deux ans.

— Oh ! Oh ! Voilà qui change la donne !

— Comme tu dis ! Je ne vais pas te raconter tout l'interrogatoire mais je t'avoue qu'au terme de celui-ci, je continue à me poser des questions sur ce garçon. Non seulement il nous a menti, mais son comportement recèle des aspects troublants qui m'incitent à penser qu'il pourrait être…

— Le pervers que nous recherchons ? Non, je n'y crois pas une seconde !

— Tu changeras peut-être d'avis quand tu auras lu le compte rendu d'analyse que m'a faxé Gaston Jarry, le criminologue dont je t'ai parlé.

— Quoi, déjà ! Il n'a pas été long.

— Ce n'est qu'un ensemble de remarques faites dans l'urgence qu'il faudra approfondir. C'est néanmoins fort intéressant et très instructif. Mais avant ça, il faut que je te parle d'Arthur Levraz. Ces derniers jours, mes adjoints ont reconstitué la chronologie des faits et déterminé avec exactitude les lieux où ils se sont déroulés. C'est ainsi qu'ils ont noté que le début des brimades coïncidait avec l'arrivée de Levraz à Paimpol, l'automne passé. Il ne leur a pas échappé non plus que ce jeune homme rôdait sans cesse autour de nous. Toujours dans nos pattes, toujours aux premières loges.

— Il fait son boulot de journaliste.

— D'accord ! Mais d'un peu trop près et un peu trop bien. Il arrive le premier sur les lieux, il est le dernier à en repartir. C'est lui aussi qui a attiré l'attention du public sur ce qui se passait à Musica Nostra.

— Là, j'en revendique la responsabilité. C'est moi qui l'ai tuyauté, le soir du concert.

— Oui, je sais. Mais rien ne prouve qu'il n'était pas déjà au courant. Le fait qu'il ait monté en épingle toute cette histoire dans son journal et que ce soit lui qui ait parlé, le premier, d'un pervers ou d'un tueur en série ne plaident pas en sa faveur. Les psychopathes comme celui que nous recherchons, éprouvent un besoin maladif de se faire valoir.

Jules ne répondit rien. Il se sentait soudain dépassé. Était-il possible qu'il se soit laissé manipuler ? Qu'il ait été l'auxiliaire involontaire d'un maniaque persécuteur d'enfants ? Une brusque lassitude fondit sur lui. Pauvre vieil idiot qui se croyait encore capable de déjouer la méchanceté humaine et dénouer les fils d'un esprit retors et malfaisant ! Pauvre idiot qui n'était plus bon qu'à être relégué dans une maison de retraite où son insondable vanité ne causerait de tort à personne…

Tandis qu'il se livrait à ses sombres réflexions, Fred avait ouvert sa serviette et en retirait deux feuilles de texte imprimé.

— Tiens ! Voilà le rapport de Gaston Jarry. Lis-le !

— Bof ! A quoi bon ?

— Qu'est-ce qui te prend ? Ça ne t'intéresse plus ?

— Bof…

Fred fronça les sourcils.

— C'est ce que je viens de dire qui te met dans un état pareil ?

— Mmm…

— Si tu préfères, je peux te résumer le rapport.

— C'est ça, vas-y, je t'écoute…

— Après avoir pris connaissance du dossier, Gaston Jarry pense qu'il y a une forte probabilité pour que nous soyons aux prises avec un malade atteint de troubles psychotiques sévères, troubles qui se sont déclarés, il y a quelques mois, de façon relativement bénigne et sans conséquences notoires. À ce moment-là, selon lui, nous nous trouvions devant deux éventualités : dans le meilleur des cas, nous avions affaire à un individu doté d'un humour malsain qui prenait un plaisir sadique à effrayer des enfants. Il n'y avait pas grand-chose à craindre car ce type de déséquilibré préfère rester à distance, le mystère ajoutant à la peur. Dans la deuxième hypothèse, nous avons en face de nous un désaxé beaucoup plus dangereux car épouvanter des enfants est le commencement d'un processus évolutif, compliqué et cruel, qui ne peut aller qu'en s'intensifiant, pour aboutir à des agressions et peut-être à des crimes.

D'après Gaston Jarry, c'est malheureusement à ce dernier type que nous sommes confrontés aujourd'hui.

Mon collègue explique ensuite l'évolution de ce genre de malade : au début, les agissements du maniaque sont disparates parce qu'il ne sait pas vraiment ce qu'il veut ni où il va. Il le découvre au fur et à mesure de ses actes. C'est ainsi qu'il invente et met au point un mode opératoire personnel qui va devenir le fameux “rituel” des serial killers. Celui-ci consiste, dans le cas qui nous occupe, à jeter des enfants à l’eau. Qu’ils en meurent ou qu’ils en réchappent ne semble pas primordial pour notre psychopathe. Une fois son geste accompli, il s’en désintéresse, ce qui est, paraît-il, statistiquement très rare.

Ne possédant pas de données suffisantes, Gaston ne s’attarde pas sur la genèse, les causes ou les origines des troubles. Il passe directement à une esquisse de profilage, avec toute la prudence qui s’impose. Il insiste beaucoup sur le fait qu’il ne s’agit que d’une ébauche pouvant éventuellement nous fournir quelques axes de travail, mais qui ne doit, en aucun cas, servir de base à l’enquête.

Il présume que notre homme vit dans la sphère d’activité des enfants, ou dans sa proche périphérie. Il est comme le pompier pyromane, l’instit pédophile ou la vendeuse cleptomane… jouant sans cesse au jeu de la tentation. Il est fasciné par leur vie, leurs occupations, probablement aussi par leur amour de la musique. Il les étudie, les guette, les surveille… et fond sur eux quand l’occasion se présente. Ensuite, il entre dans une phase de repos durant laquelle rien ne le distingue de son entourage. Gaston pense que, dissimulé derrière cet anonymat, il suit l’enquête de près. Il en observe les protagonistes, peut-être même lui arrive-t-il d’intervenir plus ou moins directement, parce qu’il aime jouer avec le feu et qu’il est persuadé que sa supériorité intellectuelle le rend invulnérable. Gaston ajoute que c'est là son talon d'Achille et termine en déclarant que la récidive est quasiment certaine. Il demande qu'on lui faxe les renseignements que nous obtiendrons, au fur et à mesure qu'ils se présenteront, afin qu'il puisse affiner son analyse et nous aider au maximum.

— C'est intéressant mais ne nous apprend pas grand-chose, déclara Jules. De plus, ton spécialiste met trop de restrictions pour qu'on puisse s'appuyer sur son diagnostic.

— Il ménage ses arrières et craint de nous orienter vers de fausses pistes.

— Cela nous avance d'autant moins qu'il ne donne aucune indication sur la manière de démasquer ce malade.

— Parce qu'il n'en existe pas.

— Alors ça continuera, d'ici que cette ordure commette une erreur ?

— J'en ai peur.

Jules soupira puis il ajouta en se grattant le menton :

— Il y a quand même quelque chose qui me chiffonne. Comment ce fêlé a-t-il pu deviner qu'Aubin se terrait dans la remise de Traou Du, mercredi soir, et qu'il s'enfuirait en pleine nuit à vélo ?

— Je me suis aussi posé la question et je crois qu'on peut l'expliquer par les circonstances. Souviens-toi… Mercredi, en fin d'après-midi, la disparition d'Aubin s'est répandue comme une traînée de poudre. Dans le contexte de peur qui règne à Paimpol, personne n'a douté qu'il s'agissait là d'une nouvelle agression. Tout de suite, les gendarmes ont été sur les dents, les journalistes sur le pied de guerre. Mets-toi à la place de notre homme. Il a dû être vachement surpris puisqu'il savait, lui, qu'il n'était pour rien dans tout cela. Il cherche donc une explication… S'est-il fait doubler ? Peu vraisemblable. S'agit-il d'un accident de la route ? Non, Aubin aurait été retrouvé. Alors quoi ? Se pourrait-il que ce soit un coup monté par les deux gamins ? Si c'est le cas, il y a de fortes chances pour qu'Aubin se cache quelque part dans la propriété de ses parents. Il se met donc à l'affût, surprend peut-être Nathan qui se rend à la remise, entend l'engueulade… Il patiente et quand Aubin s'enfuit, il le suit avec sa voiture et l'intercepte en cours de route.

— Ton explication est tirée par les cheveux.

— Je le reconnais, mais je n'en ai pas trouvé d'autre.

Jules hocha la tête puis demanda où on en était sur le terrain.

— Pas d'avancée notoire. Les témoins n'ont pas reconnu la voiture garée près de la chapelle, dans la série de photos qu'on leur a présentée. Même chose pour le jogger. Les descriptions des volontaires qui l'ont croisé sont contradictoires. Et personne n'a vu un homme et un enfant dans les environs de Kergrist, la nuit de mercredi à jeudi… Nous sommes aussi démunis et impuissants qu'après la mort d'Iris Fargeaud. Au cours de ma carrière, il m'est arrivé plusieurs fois de tourner en rond en pensant que mon enquête n'aboutirait pas. Mais jamais l'enjeu n'a été aussi dramatique. Savoir ces enfants en danger de mort sans que je ne puisse rien faire, me rend dingue !

— Ce qui amoindrit peut-être ta clairvoyance…

— Possible. C'est pourquoi je compte sur toi.

— Non ! Il ne faut pas ! Je ne possède plus mes capacités d'antan. Mon intellect est certainement diminué.

— Qu'est-ce que tu racontes ? Tu n'as jamais eu l'esprit aussi aiguisé.

— Tu as dit toi-même que j'avais pu me laisser abuser par Arthur Levraz. Moi, cette idée ne m'a même pas effleuré.

Malgré ses préoccupations, Fred éclata de rire. Il se leva et alla prendre son père par l'épaule.

— Arrête ton char, Jules ! Tu vas me faire pleurer ! Même si c'était le cas, tu n'aurais rien à te reprocher. Se faire manipuler, personne n'y coupe un jour ou l'autre. En outre, nous n'avons aucune preuve que le journaliste joue un double jeu. C'est un suspect parmi d'autres, ni plus ni moins.

XV

Mardi 2 mars

Lorsque Nathan et Élise Welt se présentèrent à l'hôpital ce matin-là, on les avisa que leur fils avait été transféré du service de réanimation en neurologie. Ils se rendirent donc dans la petite chambre individuelle où on l'avait installé. En dépit de ce qu'ils espéraient, rien n'avait changé. Aubin était toujours inconscient, relié par un écheveau de fils, de tubes et de tuyaux, aux appareils qui le maintenaient en vie. Sur les écrans du monitoring, les mêmes courbes sinuaient inlassablement, accompagnées par des bips-bips aussi exaspérants que rassurants.

L'enfant respirait si calmement, il paraissait si détendu qu'il semblait qu'un seul cri, une petite secousse auraient suffi pour l'arracher à l'abîme où il était plongé.

Élise s'assit à son chevet, une nouvelle journée d'attente commençait. Nathan quitta la chambre. La patience résignée de sa femme l'insupportait, l'inaction plus encore. Il faisait les cent pas dans le couloir quand une infirmière le prévint que le médecin-chef était arrivé et qu'ils les attendaient dans son bureau.

— Entrez et prenez place, je vous en prie ! J'ai des nouvelles à vous donner et elles sont plutôt encourageantes.

Il adressa un petit sourire à Élise dont le visage défait se rasséréna aussitôt. Nathan qui se méfiait de ce genre de préambule, hocha poliment la tête.

— Comme mon confrère des soins intensifs a dû vous le dire, le coma d'Aubin est causé par un hématome extradural – en clair, par une poche de sang située entre la méninge appelée dure-mère et la voûte crânienne. Cela a provoqué une désorganisation bilatérale du cerveau avec, pour conséquence, un coma aréactif. Face à ce diagnostic, nous avons opté pour un traitement classique, sans intervention directe de notre part. Nous avons maintenu et surveillé les fonctions vitales de votre fils et, ce matin de bonne heure, nous l'avons soumis à de nouveaux examens afin d'évaluer l'évolution de son état. Radiographie, scanner, IRM ont montré un début de résorption de l'hématome. Si elle se confirme, la pression exercée sur l'encéphale va diminuer et l'état du blessé s'améliorer. Il faut savoir que dans les comas d'origine traumatique, plus l'individu est jeune, meilleures sont les chances d'une évolution favorable.

— Aubin va donc s'en sortir ? balbutia Élise.

— Je ne peux pas encore me prononcer, disons que l'espoir est permis. Les tests que nous lui avons fait passer ce matin révèlent la réapparition de certains réflexes.

— Mon Dieu ! Quel bonheur ! fit Élise, le visage extasié.

— Et les séquelles ? lâcha Nathan.

— Trop tôt pour en parler. Tous les cas de figure peuvent se présenter. La seule chose dont nous soyons sûrs, dans ce domaine, est que le pouvoir de récupération des enfants est immense.

— Et son comportement ? Sa mémoire ? Notre fils est un excellent violoniste. Pensez-vous que…

— Impossible de faire le moindre pronostic. Tout ce que je peux vous dire est que son état évolue favorablement et qu'il peut sortir du coma, non pas d'un instant à l'autre, mais certainement plus vite que nous ne le supposions. Nous allons lui faire passer un électroencéphalogramme cet après-midi, je vous tiendrai au courant des résultats…

*

— Seigneur, quel bonheur ! répéta Élise en pénétrant dans la chambre d'Aubin. Tu ne peux pas imaginer, pour moi, c'est comme si le soleil se levait après une nuit interminable !

— Oh ! Oh ! Vas-y mollo, s'il te plaît ! Rien n'est joué et il n'y a pas pire que les espoirs déçus. Je trouve que ce toubib s'est trop avancé dans son pronostic. S'il te connaissait mieux, il se serait montré plus réservé.

Élise lui jeta un coup d'œil plein de rancœur. Pensait-il réellement ce qu'il disait ou se plaisait-il à jouer les rabat-joie, comme d'habitude ? Elle ne répondit pas et s'assit près d'Aubin. Nathan fit quelques allées et venues entre la porte et la fenêtre, puis déclara que puisque les nouvelles étaient plutôt rassurantes, il allait se remettre sérieusement au travail.

— J'ai pris du retard et la clientèle n'a pas à pâtir de nos problèmes familiaux.

— Bien sûr, mon chéri. Est-ce que tu comptes rentrer ce soir ?

— Ce soir, oui. Demain, on verra.

— À toi de décider, dit-elle sans laisser apparaître son soulagement.

Être seule avec Aubin quand il se réveillerait serait un bonheur qu'elle ne voulait pas voir gâché par Nathan. Pour l'enfant, ce serait mieux aussi. Découvrir son père à son chevet ne pourrait que lui donner envie de replonger dans l'inconscience.

— Rester ici ne me cause aucun problème. Pars travailler sans arrière-pensée. Si je m'ennuie, je pourrai toujours appeler monsieur Janvier qui s'est montré si gentil et si prévenant avec moi. Je lui annoncerai la bonne nouvelle.

Nathan qui se dirigeait vers la porte, se retourna brusquement.

— Pas question ! Je t'interdis d'aller corner sur les toits que notre fils va mieux. Je te l'interdis formellement !

— Mais… pourquoi ?

— Simple mesure de précaution. Tant qu'on pensera qu'Aubin est mourant, personne ne s'en prendra à lui. Tu n'as pas songé à ça, dans ta petite cervelle d'oiseau ?

*

Le temps était superbe, un flot de soleil qui entrait dans la petite chambre, avait un goût de printemps. Élise se sentait planer, des bulles de lumière irisée éclataient dans sa tête. Vers midi, elle n'y tint plus, il fallait qu'elle partage sa joie avec quelqu'un. Elle décrocha le téléphone posé sur la table de chevet, appela Jules Janvier et lui apprit que l'état d'Aubin s'améliorait.

— Oh ! Quelle bonne nouvelle ! Comme vous devez vous sentir soulagée !

— J'ai repris goût à la vie. Il se pourrait qu'Aubin sorte bientôt du coma…

— C'est merveilleux. Vous voyez qu'il ne fallait pas désespérer. Et qu'en dit votre mari ?

— Il est soulagé, bien entendu. À tel point qu'il est parti travailler.

— Je le comprends. Vous êtes donc seule auprès de votre fils. Voulez-vous que je vienne vous tenir compagnie ?

— Je vous avoue que je trouve un peu le temps long. Les visites sont toujours interdites, mais pour vous, on fera bien une exception.

— Dans ce cas, c'est entendu. Je serai là en début d'après-midi.

Jules raccrocha, tout ragaillardi. Aubin remontait la pente, la vie l'emportait sur la mort. C'était fantastique ! Il songea alors qu'il n'avait pas le droit de garder cette bonne nouvelle pour lui. Lydie Legrand qu'il avait croisée la veille, lui avait appris que Martial ne se consolait pas de ce qui était arrivé à son copain. Le pauvre faisait peine à voir, il ne mangeait plus, pleurait à tout bout de champ… Il fallait arrêter ça ! Jules n'hésita pas et il appela sa voisine.

Lorsqu'il embarqua dans sa Peugeot, deux heures plus tard, il ne doutait pas que la nouvelle avait été transmise à tous les membres de Musica Nostra, professeurs et élèves, et certainement à bien d'autres personnes encore. Lui-même ne l'avait dit qu'à Fred, lequel s'était réjoui tout en demeurant prudent. « Rien n'est encore gagné. À ta place, je n'en aurais parlé à personne. »

Lorsqu'il pénétra dans la chambre d'Aubin, Jules se reprochait sa conduite irréfléchie. Son fils avait raison, il avait agi avec une impulsivité impardonnable. Mais il était trop tard pour revenir en arrière. Et le grand sourire que lui adressa Élise lui fit oublier ses regrets.

— On dirait qu'il dort, dit-il en se penchant sur l'enfant.

— C'est vrai, j'arrive presque à oublier que rien ne peut le réveiller.

— Ça viendra, j'en suis sûr.

— Oui ! Oui ! Je veux y croire, dit la jeune femme avec une ferveur touchante.

Jules lui tapota l'épaule et s'assit à ses côtés.

— Vous m'avez dit que Nathan avait repris son travail. Excusez ma curiosité mais que fait-il exactement ?

— Représentant de commerce pour une entreprise d'appareils sanitaires. Il démarche la clientèle dans toute la Bretagne.

— Ah ! Voilà pourquoi il est si souvent absent. J'ai cru comprendre aussi qu'il n'y a pas très longtemps que vous êtes installés dans la région…

— Deux ans. Avant, nous habitions la Vendée. Nathan possédait une entreprise de chauffage-plomberie qui a fait faillite.

— La crise, sans doute…

— Oui, peut-être… Je ne sais pas exactement. Ça a été très dur pour lui.

— Pour vous aussi, je suppose…

Élise eut un petit sourire triste et haussa les épaules.

— Oh moi !

— Vous vous plaisez ici ?

— Oui, ça va. La côte est magnifique et Aubin s'est bien adapté. L'école de musique y a contribué, elle a été une vraie chance pour lui.

— Excusez mon indiscrétion, mais je n'ai pas l'impression qu'il s'entende bien avec son père.

— Oh ! Qu'est-ce qui vous fait croire ça ? Il y a parfois des étincelles, des frottements. Chacun a son caractère. Et puis, pour dire la vérité, Nathan a un motif qui peut excuser son impatience, sa mauvaise humeur, sa dureté.

Jules considéra la jeune femme d'un air perplexe.

— Quel motif ?

— En fait, il n'est pas le père d'Aubin. Le père biologique, je veux dire. Aubin est un enfant que j'ai eu avant de me marier. Il avait deux ans quand j'ai rencontré Nathan.

— Oui et alors ? Ce sont là des choses qui arrivent fréquemment.

— Quelque temps après notre mariage, Nathan a adopté Aubin. Il voulait que nous portions tous les trois le même nom.

— Oui, ça aussi c'est courant. Est-ce qu'il lui arrive de regretter sa décision ?

— Non, pas du tout ! Seulement, je me dis qu'on a moins de patience avec un enfant qui n'est pas de soi.

— Peut-être… Encore que tous les gosses se montrent parfois difficilement supportables. Surtout dans les moments où l'on connaît soi-même de graves ennuis.

— Oui ! Oui ! C'est exactement ça.

— Et le père biologique d'Aubin ?

Élise ébaucha à nouveau un sourire attristé.

— C'était un ami de mon père, beaucoup plus âgé que moi, mais que je trouvais séduisant, charmeur, brillant. Un jour, les circonstances ont fait que je me suis trouvée seule avec lui. Il m'a alors avoué qu'il était amoureux de moi et que si je voulais… Je lui suis tombée dans les bras, je n'avais pas vingt ans. J'ai vraiment aimé cet homme. À mes yeux, notre grande différence d'âge n'existait pas. Il était marié, mais je m'en moquais. Notre liaison était secrète, mais ça m'était égal. Nous étions très amoureux, nous vivions dans le présent sans nous soucier de ce que deviendrait notre relation. Quelques mois plus tard, je me suis aperçue que j'étais enceinte. D'abord, j'ai pensé avorter, mais il m'en a dissuadée. En fait, il n'avait pas d'enfant et l'idée de devenir père l'enchantait littéralement. Il a reconnu Aubin peu après sa naissance. Mais ensuite, assez vite, les choses se sont gâtées. La présence d'un bébé entravait nos rencontres. Nous nous voyions de moins en moins. Les liens se sont distendus et notre liaison a pris fin. Pour moi, ça n'a pas été trop dur parce qu'Aubin remplissait ma vie. J'ai trouvé un travail de secrétariat en Vendée, assez loin de Rochefort où habitait ma famille. Puis j'ai rencontré Nathan Welt.

— Aubin est-il au courant de tout ça ?

— Non.

— Vous ne comptez pas le lui dire ?

— Si, mais je remets sans cesse à plus tard.

— Je comprends, ce doit être difficile. Et votre famille, vous n'avez pas gardé de contacts avec elle ?

— Nathan n'y tenait pas. Il est très exclusif, vous savez. Et puis, il y avait aussi la distance. Maintenant, la question ne se pose plus, mes parents sont morts dans un accident de la route, il y a quelques années.

— Ce qui fait que vous vous retrouvez seule, entre un homme au caractère difficile et un fils qui s'avère être un musicien surdoué.

— Oui, dit Élise et des larmes se mirent à couler sur ses joues.

— Allons, ne pleurez pas ! Aubin va se remettre et Nathan se calmer. Cet accident aura peut-être le mérite de lui faire comprendre combien il est attaché à cet enfant.

La jeune femme soupira :

— Ah ! Si vous pouviez avoir raison…

— Bien sûr que j'ai raison ! L'avenir est certainement moins sombre que vous ne l'imaginez.

*

Depuis l'accident d'Aubin, les abords de toutes les écoles de Paimpol se trouvaient sous haute surveillance, en particulier au moment où les élèves arrivaient et quittaient les établissements. Des agents en uniforme faisaient les cent pas sur les trottoirs, puis la surveillance se relâchait jusqu'au lendemain matin.

Martial qui habitait à proximité, n'empruntait pas les transports scolaires et rentrait chez lui à pied, avec l'ordre de ne pas traîner en route et de ne parler à personne. Ce qui ne risquait pas de se produire, terrifié comme il l'était par la mort d'Iris et l'accident Aubin. C'est pourquoi il n'hésita pas une seconde lorsqu'un inconnu surgit d'une ruelle et l'interpella par son nom. Il changea de trottoir et pressa le pas.

— Martial, attends ! N'aie pas peur. Je suis journaliste et j'aimerais te parler.

Pas rassuré, le gamin se mit à courir.

— Attends et regarde ça ! C'est ma carte professionnelle, la preuve que je ne mens pas ! s'écria l'inconnu en brandissant un rectangle de carton plastifié.

L'enfant ralentit et l'homme le rejoignit.

— Je m'appelle Arthur Levraz et j'écris des articles dans la presse locale. Je suis sûr que tes parents les lisent. Regarde cette carte, tu verras que je ne blague pas.

Martial s'arrêta, indécis, puis saisit le document qu'on lui tendait.

— J'ai quelque chose à te proposer, poursuivit le journaliste. Quelque chose de sérieux et qui devrait t'intéresser au premier chef. Je comprends que tu sois méfiant mais tu n'as rien à craindre. Tout le monde me connaît en ville.

Le type était sympa. Sur la carte, la photo correspondait et il était écrit que le titulaire exerçait la fonction de journaliste. Le gamin se sentit rassuré.

— Tu es d'accord qu'on fasse un bout de chemin ensemble ? dit Arthur. Je pourrai t'expliquer mon projet.

— Ouais, pourquoi pas…

— Tu ne me connais pas, mais moi, je sais qui tu es. C'est avec toi qu'Aubin a monté le canular de sa disparition. Je me trompe ?

— Non M'sieur. On avait mis ça au point tous les deux. Mais c'était pour rire.

— Eh oui… Dommage que ça ait tourné à la catastrophe.

— On ne pouvait pas prévoir.

— Vous avez l'âge de raison. Et à cet âge-là, on est capable de réfléchir à ce qu'on fait et à ce qui peut en résulter.

— Oui, mes parents n'arrêtent pas de me le répéter. Si on n'avait pas inventé cette farce, Aubin ne serait pas à l'hôpital, presque déjà mort.

— Disons que tu en es responsable pour moitié, insista Arthur d'une voix grave. Si Aubin meurt, tu en auras des remords toute ta vie.

Martial baissa la tête, accablé. Tout le monde se liguait contre lui, ses parents, les voisins, ses camarades et maintenant ce journaliste. Il resta planté sur le trottoir, immobile, avec son chagrin et sa culpabilité.

Arthur le laissa mariner quelques instants puis reprit :

— Écoute, tu peux peut-être te racheter. J'ai une idée qui te permettrait de rattraper la connerie que tu as faite. Mais si ça ne t'intéresse pas, salut ! Je m'en vais.

Et il se remit en marche.

— Si ! Si ! Dites-moi ce que c'est ! s'écria Martial en revenant à sa hauteur.

— Comme tu le sais sans doute, les flics sont persuadés qu'il y a un cinglé qui rôde dans le coin et que c'est lui l'auteur des agressions.

— Oui, tout le monde en parle.

— Et tout le monde est mort de trouille, les enfants comme les parents. Mais ce n'est pas la trouille qui permettra de démasquer le coupable. Tu es d'accord ?

Martial hocha vivement la tête.

— Mon père dit que tant qu'on ne l'aura pas attrapé, on ne sera pas tranquilles.

— Et il a parfaitement raison parce que ce genre de détraqué recommence toujours. Il ne peut pas s'en empêcher.

— C'est vrai, ça ? fit l'enfant d'un air terrifié.

— Malheureusement oui. Et vous, les gosses, vous êtes tous en danger. Mais on peut peut-être tenter quelque chose.

— Quoi ?

— Lui tendre un piège.

— Ah ouais ! s'exclama Martial, les yeux brillants de curiosité.

— Pour ça, j'ai besoin de toi.

— Comment ?

— Est-ce que tu es courageux ?

— Mmm… ça dépend.

— Parce qu'il faut être gonflé, je te le dis carrément, pour jouer le rôle de la chèvre.

— C'est quoi ?

Arthur le lui expliqua en quelques mots puis exposa précisément ce qu'il attendait de lui, tout en songeant combien il était facile de manipuler un gamin. Il suffisait de capter son intérêt et d'avoir un bon scénario.

— Si tu fais ce que je te dis, tu ne risqueras rien ou pas grand-chose. Tu ne me verras pas, mais moi, je ne te lâcherai pas des yeux. Je te surveillerai de loin. Je serai, comme qui dirait, ton ange gardien.

XVI

Mercredi soir 3 mars

Sans prêter attention à la mer qui grondait à côté d'eux ni au vent qui sifflait dans les arbres, Catherine et Loïc allaient et venaient sur le chemin de Beg Nod.

— Tu veux rompre, c'est ça ? fit le jeune homme d'une voix sourde. Pourquoi ? Tu n'es pas bien avec moi ?

Catherine baissa la tête et ses longs cheveux châtain qui dépassaient du bonnet, lui cachèrent le visage.

— Qu'est-ce qu'il y a ? Qu'est-ce que je t'ai fait ? Explique, ensuite on pourra discuter !

— Il n'y a rien à dire. Je n'ai plus envie de sortir avec toi, c'est tout.

— Tu as quelqu'un d'autre ?

— Non !

— Parce que, si c'est le cas, je le saurai.

— Non ! Je te jure que non. Il n'y a personne, seulement… ce n'est plus pareil entre nous.

— Pour moi si ! Je t'aime toujours.

Il s'arrêta et tenta de la prendre par l'épaule.

— Dis, tu ne veux pas qu'on aille dans le cabanon ? On pèle sur ce chemin.

Ils s'étaient donné rendez-vous au portail, mais là, elle avait refusé de monter jusqu'à la petite maison. Il comprenait maintenant pourquoi. Au chaud, à l'intérieur, elle n'était pas sûre de pouvoir lui résister. S'il la prenait dans ses bras, la cajolait, la caressait, elle craignait de revenir sur sa décision.

Loïc sentit la rage l'envahir. Il avait une furieuse envie d'elle. Il aurait pu la prendre par le bras, la traîner jusqu'au cabanon. Ils étaient seuls sur le chemin qui longeait la grève, seuls avec ce vent d'est affûté comme un rasoir et qui leur arrachait les larmes des yeux.

— Écoute, Loïc, je ne veux plus que tu sois mon copain, c'est clair, non ?

— Tu veux… Tu ne veux plus… Et moi, qu'est-ce je deviens dans tout ça ?

— Tu trouveras une autre fille.

— Ouais, bien sûr… Seulement, c'est toi que je veux !

Ils s'étaient remis en marche, les mains dans les poches, leur écharpe enroulée autour du cou, le bonnet enfoncé jusqu'aux sourcils.

La nuit tombait. Des nuages bleus, comme arrachés à l'horizon, parcouraient l'immobile clarté du ciel.

Et la mer dont l'écume vrillait dans la lumière du couchant, déferlait en grondant sur la grève.

— Dis-moi ce qui s'est passé ! J'ai le droit de savoir ce que tu me reproches, cria soudain le jeune homme.

— Je n'ai rien contre toi. Disons que c'est moi qui ai changé… depuis qu'on a inventé cette histoire d'enlèvement. Cette imposture, ces mensonges… Je ne sais pas pourquoi, mais ça a cassé quelque chose entre nous.

— Donc, si je comprends bien, c'est à cause de cette comédie que tu t'es détachée de moi ?

— Oui, je crois…

Loïc éclata d'un rire amer.

— Et tu ne connais pas la meilleure ! Le flic qui m'a interrogé samedi, pense que c'est moi qui t'ai enlevée… Il me soupçonne aussi d'être le psychopathe qui terrorise les environs.

Catherine s'arrêta net et planta un regard vacillant dans celui du jeune homme.

— Et tu l'es ?

— Ah ! Ah ! Tu voudrais bien le savoir ! Mais je ne te le dirai pas. Tu crois me connaître, hein ? Un garçon affectueux, loyal… qu'on plaque comme on veut… qui se montre beau joueur, fair-play en toutes circonstances. Et si ce n'était là que le beau côté de la médaille ? S'il y avait un revers beaucoup moins reluisant, tu y as pensé ?

Catherine se raidit et le dévisagea, médusée. Le crépuscule qui rougeoyait lui donnait un teint fiévreux et des yeux brillants. Il eut un sourire sardonique.

— Je devine les idées qui germent dans ta petite tête, et la peur qui s'insinue en toi. Regarde aux alentours, il n'y a personne. La nuit tombe, la mer est haute. Que dirais-tu d'aller y faire un joli plongeon ?

— Arrête, t'es dingue ! s'écria Catherine en reculant.

Puis, lui tournant le dos, elle partit d'un pas rapide en direction de son vélo qu'elle avait laissé à l'entrée du chemin.

Loïc, pétrifié, la regarda s'en aller, frêle silhouette se découpant sur le ciel mauve.

— Non ! hurla-t-il. Non !

Et il se mit à courir derrière elle.

*

Xavier Durant rangea son hautbois et s'apprêta à sortir. L'air était glacial, il ne gelait pas, mais le vent d'est accentuait l'impression de froid. Cela ne le gênait pas, à vrai dire c'était même le temps d'hiver qu'il préférait. Il se vêtit chaudement et jeta un regard circulaire autour de lui. Tout était en ordre. Dans le couloir, posé sur un guéridon, le portrait de sa femme lui adressait son inaltérable sourire. « À bientôt, mon chéri ! Amuse-toi bien et reviens vite ! »

— Je t'emmène avec moi, dit-il à mi-voix en se tapotant la poitrine, là où était collée la photo de Clara.

Son beau visage, appliqué tout contre son cœur, ne le quittait jamais. Lorsqu'il prenait une douche, il détachait doucement le portrait, le posait sur une étagère puis le recollait dès qu'il s'était séché. Quand le sparadrap s'usait, il le changeait, quand la photo s'abîmait, il en faisait faire une copie chez le photographe.

Les photos de son fils Timothée étaient dans un album qu'il ne regardait jamais. Il ne supportait pas d'avoir sous les yeux le portrait d'un enfant qui avait tué sa mère. Clara était une victime et Timothée un assassin, même s'il n'avait que quatre ans, même s'il ne l'avait pas fait exprès. Encore que… Si ce sale gosse ne leur avait pas désobéi en entrant dans l'eau glacée du lac puis en perdant pied, lui et sa mère seraient toujours vivants. Cette pensée plongeait Xavier dans des abîmes d'amertume et de chagrin. Pourquoi Clara avait-elle sauté à l'eau pour tenter de le sauver ? De toute façon, il était trop tard. Tim avait coulé à pic. Même si elle avait pu le ramener sur le rivage, l'enfant était noyé, les poumons gorgés d'eau. Mais elle s'était acharnée, avait plongé encore et encore. Puis elle n'était plus remontée. Hydrocution. Arrêt cardiaque.

Le temps n'avait rien effacé. Au contraire, chaque année de plus semblait aggraver la blessure qui rongeait l'âme de Xavier. C'était une plaie invisible qu'il dissimulait d'autant plus aisément qu'il lui était impossible d'en parler, les mots pour le dire demeurant accrochés au fond de lui-même. Il passait donc pour un veuf égocentrique, renfermé et excessivement attaché à ses habitudes.

— Bon ! Il est temps, fit-il à haute voix.

Il saisit son bonnet de laine noire et ses gants, s'approcha du guéridon et déposa un baiser sur les lèvres de Clara.

— À tout à l'heure, ma douce ! Je serai peut-être un peu plus long que de coutume. Ne t'inquiète donc pas.

Le regard qu'elle posa sur lui était empreint d'un bonheur tranquille. Elle l'attendrait sans impatience et son sourire l'accueillerait à son retour.

Depuis la fermeture de Musica Nostra, Xavier Durant tâchait de compenser comme il le pouvait son inaction forcée. Les premiers jours, il avait nettoyé la maison à fond, récuré, dépoussiéré, encaustiqué. Puis il s'était livré à un travail plus professionnel, élaborant méticuleusement le programme d'étude de ses élèves, pour le prochain trimestre, au cas où l'école rouvrirait ses portes. Mais depuis dimanche, le désœuvrement lui pesait. Il jouait du hautbois plusieurs heures par jour, lisait un peu, rallongeait ses promenades.

Sortant de la maison, il en verrouilla soigneusement la porte puis, d'un pas vif, il traversa le Vieux Bourg, passa à côté de la chapelle de Sainte-Barbe puis descendit jusqu'à la Pointe de Kerarzic. Arrivé au bord de la grève, il regarda le paysage plongé dans le crépuscule. La mer était haute, ni calme ni inoffensive. Personne n'aurait eu l'idée d'aller s'y tremper. Elle n'était pas comme ce lac de montagne si beau, si pur et cet enfant si mignon… qui vous saccagent une existence en moins de temps qu'il ne faut pour le dire.

Xavier soupira puis, levant son col et enfonçant ses mains dans ses poches, il s'engagea sur le sentier côtier, en direction de l'abbaye de Beauport et de Paimpol.

*

Embusqué derrière un hangar de la zone portuaire, Arthur Levraz regardait Martial marcher lentement le long du bassin numéro 2. Les ateliers de réparation navale et les boutiques avaient fermé leurs portes. L'endroit était désert. Lorsque le gamin eut atteint l'écluse ouverte car la mer était pleine, il revint sur ses pas jusqu'à son vélo garé près du rond-point. Il l'enfourcha et partit en direction de la baie de Poulafret. Arthur saisit à son tour la bicyclette qu'il avait empruntée à un collègue et prit le même chemin.

Tout se déroulait comme prévu. Martial, exact au rendez-vous, avait exécuté strictement ce que le journaliste attendait de lui : traînailler sur les quais comme un gosse qui s'ennuie puis, si rien ne se passait, prendre son vélo et pédaler, sans se presser, à travers le quartier de Kernoa et rejoindre le bord de mer.

Arthur avait craint que Lydie Legrand ne surveille son fils de trop près pour qu'il parvienne à s'échapper. Mais le gosse l'avait rassuré : chaque mercredi, sa mère se rendait à la piscine pour son heure d'aquagym qui, par un heureux hasard, coïncidait avec le moment où il comptait s'éclipser. Et pourquoi demander une autorisation qui, de toute façon, lui aurait été refusée ? Arthur lui avait signalé qu'il risquait une sérieuse engueulade au retour.

— Ma mère va toujours boire un pot avec ses copines, après le bain. Elle ne revient que vers huit heures et demie, même plus tard. Je n'aurai qu'à être rentré avant elle.

— Et ton père ?

— Oh ! Lui n'est pas aussi strict, il pensera que je suis chez un copain.

Le journaliste suivait le gamin de loin en tâchant de ne pas le lâcher des yeux, ce qui s'avéra vite plus difficile que prévu. Les rues n'étaient pas rectilignes et il y avait de nombreux carrefours. Au bout de quelques minutes, il l'avait perdu de vue. Comprenant qu'il était inutile d'essayer de le retrouver, le journaliste décida qu'il valait mieux gagner directement la baie de Poulafret. En bord de mer où la route était bien dégagée, il le repérerait facilement. Mais il fallait faire vite.

Lorsqu'il déboucha sur la baie, la nuit était tombée. Il distinguait à peine la coque claire des bateaux échoués sur la vasière et le sentier côtier qui partait le long du rivage. Puis il repéra, à quelques centaines de mètres, la petite silhouette de Martial qui pédalait dans la clarté rose fluo des réverbères.

Penché sur son guidon, Arthur accéléra, sans

quitter l'enfant des yeux. Ce gosse avait du cran, il fallait le reconnaître. Luttant contre le vent, il continuait d'avancer en direction de l'abbaye. Lorsqu'il arriva à l'endroit où la route tourne vers le centre de Kérity, il s'arrêta. Obéissant à la consigne, il laissa son vélo contre une clôture et s'engagea dans le sentier. Quelques instants plus tard, escamoté par les arbustes et les buissons, il avait disparu.

Le journaliste pesa plus fort sur ses pédales, il fallait qu'il rejoigne Martial le plus vite possible car c'était à partir de maintenant que l'opération pouvait devenir périlleuse. Quelques instants plus tard, il déposait son vélo contre la clôture, franchissait en courant la chicane qui barrait l'entrée du sentier et s'enfonçait à son tour dans la nuit.

*

Il courait. Courait. Courait.

L'hôpital lui apparaissait tel un paquebot scintillant de mille feux, mouillé sur la rade d'une mer obscure. Il était son point de mire, le centre des parcours circulaires qu'il effectuait dans le quartier. Comme la veille, comme les soirs précédents.

Malabry, Kerpuns, Kerguemest… Peu à peu, le rayon du cercle rapetissait. L'itinéraire se rapprochait de l'hôpital et il se mettait à imaginer le petit corps inanimé, perdu dans son grand lit, et que seuls quelques tuyaux rattachaient à la vie. Alors son cœur battait, sa foulée s'allongeait, le circuit raccourcissait encore. Il ne quittait plus le bâtiment des yeux, surtout l'étage supérieur où se trouvait la chambre d'Aubin. Il en connaissait le numéro car il avait téléphoné à la réception et on le lui avait indiqué, tout en précisant que les visites étaient toujours interdites.

La soirée se tirait, mais il courait toujours, de cette allure puissante et régulière qui ne lui causait aucune fatigue. À chacun de ses passages, le parking de l'hôpital était un peu plus vide, les fenêtres allumées un peu moins nombreuses. À chacun de ses passages, le paquebot s'enfonçait davantage dans la nuit.

Combien de temps encore ? Combien de soirs à refaire le même parcours ? Une enjambée puis une autre. Les ruelles qui défilent, les voitures garées le long des trottoirs, le chat qui miaule, les lampadaires qui s'éteignent.

Dans l'hôpital, la lumière de l'accueil et des couloirs avait baissé. Encore un tour dans le froid piquant de la nuit. Ensuite, il faudrait qu'il se décide.

Un dernier tour. Les rues, les trottoirs puis le parking. Une voiture passe dans la rue et s'arrête au-delà de la grille. Une portière claque. Une silhouette masculine apparaît.

Il s'immobilise puis recule dans l'ombre d'un bosquet.

Un homme traverse rapidement l'espace à découvert et se dirige vers une entrée de service, à l'extrémité du bâtiment. Il en pousse la porte et disparaît.

Alors il se met à courir, courir, courir.

Rejoint l'entrée de service et pénètre à son tour dans l'hôpital.

*

Il ne fallait pas qu'il se fasse prendre. Que dirait-il s'il rencontrait quelqu'un ? Sa tenue de jogger n'était pas de celles que l'on porte d'ordinaire quand on va voir un malade à l'hôpital. Une main sur la rampe, il montait rapidement l'escalier de service. En dehors des gargouillements de l'eau dans les conduits, tout était silencieux. À chaque palier, une porte fermée donnait accès à l'étage. Arrivé tout en haut, il entrebâilla celle qu'il trouva en face de lui. Un long couloir vide et bien éclairé avec, de chaque côté, des portes à n'en plus finir. Il écouta. De loin lui parvint un bruit de voix. Puis il y eut un claquement assourdi et les voix se turent. Il quitta la cage d'escalier et se mit à marcher en regardant le numéro des chambres. À mi-parcours, au fond d'un petit passage, il découvrit celui de la chambre d'Aubin. Il jeta un coup d'œil par-dessus son épaule. Personne. À croire que le service de nuit était inexistant et tout l'étage livré à lui-même. Il fit les quelques mètres qui le séparaient de la porte, posa sa main gantée sur la poignée, poussa le battant et entra.

*

— Crénom ! Qu'est-ce qui se passe ici ? s'exclama Jules Janvier en garant sa Peugeot sur le parking de l'hôpital où Fred lui avait demandé de venir de toute urgence.

Un véhicule de la gendarmerie, gyrophare allumé, stationnait devant l'entrée principale, juste à côté de la voiture personnelle de son fils. Il s'extirpa de son auto aussi vite que ses rhumatismes le lui permettaient et entra dans le hall. Il eut l'impression que tout le personnel hospitalier s'y trouvait réuni. Les blouses blanches allaient et venaient, discutaient, repartaient. Quelques gendarmes en uniforme, visiblement dépassés, semblaient faire de la figuration. Apercevant Romain Buchy, l'adjoint principal de Fred, Jules leva sa canne et l'interpella :

— Lieutenant ! Dites-moi un peu ce qui arrive ! Un autre enfant a-t-il été agressé ? Est-il mort ou vivant ?

— Non ! Il s'agit d'Aubin Welt. On a de nouveau essayé d'attenter à ses jours.

— Quoi ? Comment ? Qui a osé faire ça ?

— Le pervers a réussi à s'introduire sans se faire voir dans sa chambre. Il était en train d'étouffer l'enfant à l'aide d'un oreiller quand le père est arrivé. Sans cette visite tardive et imprévue, Aubin serait mort à l'heure qu'il est.

Jules pâlit.

— J'avais bien dit qu'il ne fallait pas le laisser sans protection.

— Nathan Welt n'a fait ni une ni deux, il a empoigné l'agresseur par ses vêtements et l'a tiré en arrière. À ce moment-là, l'homme a sorti un revolver et a retourné l'arme contre lui. Mais il s'est raté. Pour le moment, il est en salle d'opération et ne risque pas de nous fausser compagnie.

— Et Aubin ?

— Apparemment, il n'a rien. Le père est intervenu à temps. Le capitaine Janvier est en train de prendre son témoignage…

*

Peu à peu, le hall d'entrée se vida. Le personnel de garde retourna auprès des malades. Un gendarme fut affecté à la surveillance de la chambre d'Aubin, tandis que ses collègues rembarquaient dans leur véhicule.

Jules Janvier, assis dans un des fauteuils disposés près du secrétariat, observait trois hommes qui conversaient à voix basse.

— Qui est-ce ? demanda-t-il à Buchy.

— Le directeur de l'hôpital et ses adjoints. On les a appelés dès notre arrivée. Après ce qui venait de se passer, leur présence était indispensable.

À l'autre bout du hall, l'entretien entre Fred Janvier et Nathan Welt paraissait s'achever. Jules vit son fils rassembler ses papiers et son dictaphone pour les ranger dans sa serviette. Puis il porta son téléphone mobile à son oreille et le vieil homme nota le sourire qui apparaissait sur son visage.

— Martial est retrouvé ! s'exclama-t-il, quelques instants plus tard. Il vient d'arriver sain et sauf chez ses parents !

— Retrouvé ? Il avait donc disparu ? demanda Jules.

— Il n'était pas à la maison quand monsieur et madame Legrand sont rentrés chez eux, vers huit heures et demie. Après avoir fouillé et téléphoné partout, ils ont prévenu la gendarmerie. L'alerte a aussitôt été donnée. Heureusement pour rien, puisque le gamin est de retour chez lui.

— Mais où est-il allé, bon sang ?

— Je n'ai pas de précision. Pour le moment, il doit recevoir un sacré savon ! Au téléphone, son père paraissait soulagé mais fou de rage. Dieu sait ce qui est encore passé par la tête de ce gosse ! Enfin, on en saura davantage demain matin. En attendant, les recherches sont terminées, il faut rappeler nos hommes. Lieutenant Buchy, voulez-vous vous en charger, s'il vous plaît…

Puis il se tourna vers Nathan Welt qui les avait rejoints.

— Vous voudrez bien passer demain à la gendarmerie afin de signer votre déposition. Si, d'ici là, d'autres détails vous revenaient, ne manquez pas de nous les rapporter.

Nathan acquiesça. Il avait le visage sombre et les

traits tirés, ce qui n'était guère surprenant après ce qu'il venait de vivre, songea Jules, un peu honteux de l'aversion qu'il continuait d'éprouver pour cet homme. Il avait traversé une rude épreuve et aurait mérité de la compassion à défaut de sympathie.

— Je vais rentrer chez moi et prévenir ma femme, dit-il en repoussant d'un geste nerveux les cheveux noirs qui lui tombaient sur le front. Je n'ai plus rien à faire ici.

Il se dirigeait vers la sortie lorsque deux hommes en blouse blanche firent irruption dans le hall, l'air catastrophé.

— Qu'est-ce qu'il se passe encore ? maugréa Fred Janvier. Je croyais en avoir fini pour ce soir.

— Messieurs ! J'ai une triste nouvelle, déclara alors le directeur de l'hôpital. Il s'agit de l'agresseur du petit Aubin Welt. Il vient de décéder en chirurgie, accident postopératoire. Nous n'en savons pas davantage pour l'instant. Je suis désolé.

*

— La piste du jogger était donc la bonne, fit Jules Janvier d'un ton songeur.

— Il semblerait… Mais il y avait si peu d'indices qu'elle était impossible à suivre. Sans le coup de théâtre de ce soir à l'hôpital, nous serions encore en plein brouillard, répondit Fred.

— Incroyable comme les événements se sont précipités !

— Oh ! C'est souvent ainsi. On piétine, on piétine, puis survient un incident inattendu qui rompt l'équilibre, les choses changent brusquement de place, ce qui permet de voir les choses différemment et d'aboutir à la vérité.

Jules hocha la tête puis saisit la cafetière et remplit sa tasse. Fred lui tendit la sienne.

— Vas-y ! Ce n'est pas le moment d'avoir envie de dormir.

Il était vingt-trois heures. Les deux hommes avaient quitté l'hôpital et regagné l'appartement de Kerraoul où Fred comptait passer une nouvelle nuit.

— Ta femme ne se plaint pas trop de te voir si souvent découcher ?

— Elle s'y est faite depuis longtemps. Je l'ai appelée tout à l'heure, pour la prévenir. Elle t'envoie ses amitiés.

— Merci.

Jules se coupa une tranche de cake aux raisins qu'il trempa dans son café.

— Qui aurait pu penser que le jogger était Paul Vaugel, le prof de flûte, et que c'était lui le pervers qui harcelait les élèves…

— Gaston Jarry ne se trompait pas lorsqu'il disait qu'il fallait chercher dans l'environnement des enfants.

— Le jogging, je trouve ça diablement astucieux. Ça lui permettait d'aller partout, sans se faire remarquer. En ville, à la campagne… le matin, le soir. Qui prend garde à ces gens qui courent pour le plaisir de courir ? Pas moi en tout cas.

— Ni moi non plus, je l'avoue, reconnut Fred. Si Joëlle Vaugel n'avait pas appelé la gendarmerie pour signaler que son mari n'avait pas regagné son domicile et qu'elle craignait un accident, on ignorerait encore son identité.

— La pauvre ! Elle faisait peine à voir, à l'hôpital.

— Il y avait de quoi ! D'abord, on la met face à un cadavre qui s'avère être celui de son mari. Tout de suite après, on lui annonce qu'il vient d'agresser le petit Aubin Welt et qu'il est probablement le psychopathe que tout le monde recherche. Ça fait beaucoup à la fois !

Fred posa ses coudes sur la table et soupira bruyamment.

— J'ai commis une regrettable erreur professionnelle, ce soir, en tolérant qu'on tienne d'emblée pour acquis que Paul Vaugel était le maniaque recherché…

— Pourtant, sa culpabilité semble évidente.

— C'est une conclusion hâtive. La situation exige un complément d'enquête.

— Et qui se basera sur quoi ?

— En premier lieu sur l'arme et la balistique. Ensuite sur le passé de Paul Vaugel. Gaston Jarry me devra aussi une explication parce que le fameux “rituel” dont on nous rebat les oreilles, n'a apparemment pas été respecté ce soir.

— C'est vrai et je suis curieux d'apprendre ce que ton profiler en dira.

— Je vais en outre m'intéresser de plus près à Nathan Welt. Il est le seul témoin de l'agression, il faut donc qu'il soit fiable.

— C'est un drôle de lascar…

— Pour lequel tu n'éprouves aucune sympathie. Oui, je sais, tu me l'as déjà dit. Mais ton appréciation ne suffit pas à dresser le portrait de cet homme. Il m'en faut un peu plus ! rétorqua Fred d'une voix que la fatigue rendait cassante.

Vexé, Jules se leva.

— Eh bien, je te conseille d'interroger sa femme. Je suis sûr qu'elle ne t'a pas tout dit, en particulier que Nathan n'est pas le vrai père d'Aubin ! Sur ce, je vais me coucher. Il est presque minuit et j'ai perdu l'habitude de veiller si tard.

XVII

Mardi 9 mars

La découverte de l'identité du pervers suivie, presque aussitôt, de sa mort, fit pousser à toute la région un soupir de soulagement. La chape de plomb qui pesait sur Paimpol se désagrégea en quelques heures. L'hiver n'était pas fini mais, dans les têtes, ce fut comme si le printemps s'épanouissait soudain.

Le fait que le coupable fût Paul Vaugel, professeur à Musica Nostra, n'étonna personne, le bruit ayant couru que le maniaque appartenait au cercle d'activité des enfants. Mais l'intérêt que cette affaire avait suscité dans les médias s'éteignit rapidement. Seul Arthur Levraz continua d'en parler dans son journal où il publia une interview des différents protagonistes.

Le capitaine Fred Janvier profita de cette tribune pour formuler quelques réserves. Il fallait se montrer circonspect et se méfier de toute précipitation. Tant que l'enquête n'était pas bouclée, la culpabilité du prévenu, même décédé, ne pouvait en aucun cas être prononcée. Mais ses restrictions n'eurent pas d'impact sur l'opinion publique.

L'interview de Catherine Moreau dans laquelle elle affirmait avec vigueur que son professeur de flûte ne pouvait avoir commis les horreurs dont on l'accusait, ne convainquit personne. Sa véhémence fut mise sur le compte de sa jeunesse et de son inexpérience.

De son côté, Régis Landry déplora qu'un personnage tel que Paul Vaugel ait pu se glisser dans le corps enseignant d'une école aussi sérieuse que Musica Nostra. Bien que ne se sentant nullement responsable de la chose, il priait néanmoins les parents de ne pas lui en tenir rigueur et de lui garder toute leur confiance. L'école de musique ne tarderait pas à rouvrir ses portes et il espérait que tous les élèves seraient présents à la reprise des cours.

Arthur Levraz ne donna pas la parole aux enfants qui avaient pourtant été les principaux acteurs de l'affaire. Il aurait dû, en effet, interviewer Martial Legrand, lequel serait immanquablement revenu sur l'épisode de mercredi soir, quand il avait tenu le rôle de la "chèvre" et qu'il s'était perdu dans le parc de l'abbaye de Beauport. Le journaliste n'était pas près d'oublier l'heure d'angoisse qu'il avait passée à le chercher, avant de téléphoner aux parents et d'apprendre que le gamin était de retour et qu'il était en train de prendre une avoinée dont il se souviendrait.

Complètement éreinté, Arthur était rentré se coucher alors qu'à l'hôpital, le dénouement avait lieu, sans que ni lui ni ses collègues n'en sachent rien car, chose incroyable, personne n'avait pensé à les alerter.

Seul Nathan Welt refusa toute interview. Il argua qu'étant témoin et acteur de cette tragédie, il entendait réserver ses révélations aux enquêteurs et à eux seuls. Pour le reste, il considérait que c'était là une affaire privée qui ne devait pas sortir de l'intimité familiale. Quant à sa femme, elle était beaucoup trop perturbée par les événements et la santé de leur fils pour se prêter au jeu des questions-réponses. Nathan avait conclu sa déclaration par un sourire carnassier et le journaliste n'avait pas osé insister.

*

Après cette série d'interviews, Arthur Levraz se demandait comment faire pour empêcher cette histoire de tomber dans l'indifférence générale, lorsqu'Aubin sortit enfin du coma.

Élise venait d'arriver à l'hôpital. Elle allait s'asseoir dans le fauteuil où elle passait le plus clair de ses journées, lorsqu'elle s'aperçut que son fils avait les yeux ouverts. Elle se pencha vers lui, l'appela doucement par son prénom. L'enfant cilla, puis son regard sembla se fixer sur elle. Élise n'aurait pu dire s'il la reconnaissait ni même s'il la voyait. Elle lui sourit puis courut dans le couloir où elle cria qu'Aubin était réveillé. Durant la matinée, plusieurs médecins vinrent l'examiner. On lui fit passer une batterie de tests auxquels Élise assista sans y comprendre grand-chose. Mais à midi, le constat était clair, l'enfant avait émergé du coma.

Nathan qu'Élise avait prévenu sur son portable, arriva dans l'après-midi. Aubin, débarrassé d'une partie de son appareillage, dormait paisiblement.

— Tu m'avais pourtant dit qu'il était conscient, fit-il en lui jetant un regard irrité.

— Tu vois bien qu'il dort.

— Ah oui ! Pour moi, il n'y a pas de différence, en dehors du fait qu'on lui a enlevé ses tubes et ses tuyaux.

— Les résultats des tests sont satisfaisants, il n'en a plus besoin.

— Il a parlé ?

— Non, c'est encore trop tôt.

L'enfant bougea dans son sommeil.

— Chut ! Tu vas le réveiller.

— La belle affaire ! Tu ne trouves pas qu'il a suffisamment dormi depuis quinze jours ?

— Oh Nathan ! Comment peux-tu dire une chose pareille ?

— Je plaisante. En tout cas, si l'amélioration se confirme, Aubin ne va pas moisir longtemps dans cet hôpital. On va le ramener vite fait à la maison. Rien de tel que se retrouver chez soi pour se requinquer ! Je suis sûr que tu feras une excellente infirmière.

— Nathan, tu n'es pas sérieux ! Son état nécessite des soins, un suivi, une rééducation. On ignore encore s'il souffrira de séquelles.

— Tout ça, c'est du blablabla de toubibs ! Aubin se remettra tout seul.

— Qu'en sais-tu ? Je préférerais qu'il reste à l'hôpital le temps qu'il faudra.

— Est-ce que tu as la moindre idée de ce que cela va nous coûter ?

— Nous sommes assurés.

— Ne parle pas de ce que tu ne connais pas ! Les assurances ne couvrent pas tout. Une chose est sûre, je ne vais pas dépenser des sommes folles pour le gosse si je peux faire autrement.

— Les médecins ne seront pas d'accord.

— Les médecins n'auront rien à dire, je leur signerai une décharge. Maintenant, la discussion est close. Aubin guérira chez nous. À Traou Du, il sera sous ma protection, contrairement à cet hôpital où l'on entre comme dans un moulin.

— Le danger est passé, murmura Élise. Les enfants ne risquent plus rien.

— Et ça, grâce à qui ? À moi ! Tu sembles l'oublier. Note que je m'en fous, ce que tu penses étant le cadet de mes soucis.

Puis il se tourna vers le lit.

— Bon ! Si ce cher enfant n'ouvre pas les yeux, je ne vais pas rester plus longtemps à le regarder, je rentre à Traou Du. Je reviendrai te chercher dans la soirée.

Lorsqu'Élise fut certaine qu'il était parti, elle appela Jules Janvier et lui apprit qu'Aubin s'était enfin réveillé.

*

— Le gosse est sorti du coma ! claironna le vieil homme en entrant, en coup de vent, dans le bureau de Fred, à la gendarmerie.

— Je suis au courant, l'hôpital m'a prévenu.

— Ça n'a pas l'air de te faire particulièrement plaisir.

— Bien sûr que si ! Seulement, tous les problèmes ne sont pas résolus pour autant. J'ai énormément travaillé ces derniers jours et enquêté tous azimuts, à tel point que je n'ai pas eu le temps de te tenir au courant.

— Ne t'excuse pas, dis-moi seulement où vous en êtes ! répondit Jules en saisissant un siège.

— Voyons… Par où commencer ?

— Par Paul Vaugel puisqu'il est au centre de toute l'affaire.

— Ça, ce n'est pas l'avis de sa femme ! Elle rejette catégoriquement nos accusations. Elle reconnaît seulement que son mari faisait du jogging presque tous les soirs. Pour lui, c'était une nécessité quasi thérapeutique. En effet, depuis sa jeunesse, Paul Vaugel souffrait d'anxiété chronique et la meilleure façon qu'il avait trouvée pour la combattre, était la pratique d'activités physiques. La voile durant le week-end et le jogging. Il variait ses itinéraires, mais ses circuits duraient tous deux heures environ. Lorsqu'il rentrait, il ressentait un réel mieux-être. Il disait qu'il avait l'impression que chacune de ses foulées écrasait les angoisses qui l'étouffaient.

Lorsque j'ai demandé à Joëlle Vaugel si Paul avait fait son jogging, le soir de la tempête de neige, elle a répondu que oui. Son itinéraire l'avait amené jusqu'à l'abbaye de Beauport, par le bord de mer, et il était rentré en suivant la route qui traverse Kérity. Le lendemain, quand ils avaient appris la noyade de la petite Fargeaud, c'était elle qui avait conseillé à son mari de ne pas en parler si personne n'abordait le sujet. Pourquoi aller au-devant des ennuis lorsqu'on peut faire autrement ? De toute façon, elle était absolument sûre qu'il n'avait rien à voir avec ce drame.

— Comment explique-t-elle qu'il ait été en possession d'un revolver ?

— Elle le nie absolument. Selon elle, Paul n'a jamais détenu d'arme à feu. Elle affirme même qu'il n'aurait pas su s'en servir s'il en avait tenu une entre les mains.

— Affirmer n'est pas prouver, déclara gravement Jules Janvier. Et que sais-tu de cette arme ?

— Il s'agit d'un revolver de marque Smith et Wesson, modèle 60,36 et de calibre 38, généralement destiné aux femmes. Il ne portait aucune empreinte digitale et a été utilisé à bout portant, comme l'indiquent les résidus de poudre trouvés sur les bords de la blessure. La balle a traversé en diagonale le haut de la poitrine puis a fracassé l'épaule gauche avant d'aller se ficher dans la cloison. La blessure était grave mais en aucun cas mortelle.

— Généralement, quand on se tire une balle, on met le canon sur sa tempe ou dans sa bouche, sinon on a beaucoup de chance de se louper, fit remarquer Jules.

— Va savoir ce qui se passe dans la tête de la personne, à un moment pareil ! Nathan Welt que j'ai longuement interrogé dit que tout s'est déroulé très vite. Il a empoigné l'homme par-derrière, il y a eu bousculade. Quand il a vu le revolver, il a cru que c'était lui que l'homme visait. Il a eu un geste défensif et, comme l'espace était restreint, il est possible que cela ait dévié la trajectoire de la balle.

— Donc, il n'est pas prouvé que Vaugel se soit suicidé.

— Nathan Welt a reconnu qu'il l'avait cru mais que, dans le fond, il n'en savait rien.

— Vous avez trouvé le numéro de série du revolver ?

— Oui, mais ni Welt ni Vaugel n'ont un permis de port d'arme. Quel que soit le propriétaire, celui-ci l'a acquise de façon illicite.

— Ce revolver pourrait donc aussi bien appartenir à Nathan Welt…

— Quand j'ai évoqué cette hypothèse devant lui, il est monté sur ses grands chevaux. Sa version des faits était la vérité et il ne comprenait pas que je puisse le soupçonner.

— Il y a une autre question que je me pose… dit Jules. Comment se fait-il que Nathan n'ait pas reconnu Paul Vaugel ? Il l'a vu au concert de Musica Nostra, quand le directeur a fait monter les professeurs sur la scène pour les présenter au public.

— Il était de dos et portait une capuche.

Fred n'ajouta rien et sortit une chemise cartonnée d'un tiroir.

— Veux-tu savoir ce que pense Gaston Jarry de l'issue de cette affaire ?

— Naturellement.

— Selon lui, l'agression d'Aubin à l'hôpital n'a rien à voir avec ce qui a précédé. Cet acte ne correspond pas du tout avec le profil du pervers, tel que nous l'avons décrit. Ce type de maniaque ne peut en aucun cas changer si brusquement ni si radicalement sa façon de procéder. Cela irait à l'encontre de la psychorigidité qui est l'un des symptômes de sa démence. Après ses tâtonnements du début, il avait trouvé son "rituel", le seul qui lui convenait. Il n'a pas pu en changer, Jarry est formel sur ce point.

— Voilà qui est clair, net et précis !

— Mais qui complique singulièrement l'enquête, soupira Fred. Parce que si je pousse ce raisonnement à son terme, cela signifie que nous n'avons pas une, mais deux affaires sur les bras !

— Ah non ! Je n'y crois pas ! s'écria Jules en frappant furieusement le sol de sa canne. Deux meurtriers, en même temps, dans un même lieu, et s'attaquant au même type de victimes, c'est impossible ! Ton criminologue se trompe. On a pris le pervers en flagrant délit et il avait modifié son rituel, voilà les faits. Ton théoricien devrait savoir que toute règle comporte une exception. Eh bien, pour moi, Vaugel est une exception. C'est la seule explication.

— Oui, peut-être. Pour en savoir plus, il faut maintenant attendre qu'Aubin soit en état de parler.

— À condition qu'il n'ait pas tout oublié.

— Évidemment… Je me suis informé auprès de quelques sommités en matière de neurologie. Il y a de fortes chances pour que l'enfant récupère la mémoire. Il faudra peut-être du temps, du repos, de la patience et, éventuellement, de la rééducation, mais on devrait y arriver. Une chose est sûre, tant que je n'aurai pas obtenu son témoignage, cette enquête ne sera pas bouclée.

— Toujours à propos d'Aubin, est-ce que tu as retenu ce que je t'ai dit l'autre soir ?

— Que Nathan n'était pas son père biologique ? Oui, naturellement. J'ai demandé à mes services d'effectuer une recherche là-dessus, ce qui n'a posé aucun problème, dit Fred en saisissant un document. Voici les renseignements que j'ai obtenus : « Aubin est né le 2 août 1998, à Rochefort - Charente-Maritime. Il a été enregistré au service d'état civil sous le nom de sa mère, Élise Louvois. Une semaine après sa naissance, il a été reconnu par son père biologique, René Chabrier, né en 1939, et résidant lui aussi à Rochefort. En janvier 2000, Élise Louvois change de domicile et s'installe à La Roche-sur-Yon - Vendée - avec son enfant. Le 25 novembre de la même année, elle épouse Nathan Welt et va habiter à Luçon où son mari possède une entreprise de chauffage-plomberie. Le 30 mars 2002, Nathan Welt adopte Aubin (adoption simple et non plénière puisque la filiation paternelle de l'enfant est connue.) Au cours de l'été 2007, la boîte de Nathan Welt est mise en liquidation judiciaire puis la faillite est prononcée six mois plus tard. Le 1er mai 2008, la famille déménage et s'installe à Traou Du en Plouézec, Nathan ayant trouvé un emploi de représentant de commerce, pour une entreprise d'installations sanitaires, implantée à Saint-Brieuc. Élise Welt n'exerce aucune profession. Aubin Welt suit une scolarité normale dans un collège de Paimpol. »

Fred acheva sa lecture et rangea la pièce au dossier.

— Comme tu peux le constater, il n'y a rien là qui sorte de l'ordinaire. Cependant, je ne m'en suis pas contenté. J'ai demandé des renseignements sur René Chabrier.

— L'amant d'Élise et le père d'Aubin ?

— Oui. Issu d'une famille bourgeoise qui a prospéré grâce au développement de l'agroalimentaire, René Chabrier a repris l'entreprise à la mort de son père et lui a consacré toute sa vie professionnelle, avec succès. En 2005, veuf et sans enfant, il a vendu sa société à un grand groupe puis il a passé la majeure partie de son temps à l'étranger : croisières, tourisme, séjours sous les tropiques. Il a profité de sa retraite et il a bien fait car il est décédé d'une crise cardiaque, dans son appartement de Rochefort, le 30 août dernier. Il avait soixante-dix ans.

— Paix à ses cendres.

— Comme tu dis… Mais mon enquête ne se termine pas là. Dès demain matin, je vais me mettre en quête du notaire en charge des affaires de René Chabrier. L'homme était à l'aise, il doit bien avoir laissé des biens derrière lui. Je veux connaître les termes de cette succession et les clauses du testament s'il en existe un.

Jules regarda son fils d'un air étonné.

— Voilà qui nous éloigne diablement de notre détraqué et du harcèlement sur mineurs !

— Peut-être, mais j'aime aller au fond des choses. Procéder par élimination, même si ça prend du temps, reste une des méthodes les plus fiables pour arriver au but et découvrir la vérité.

*

Vendredi 12 mars

Après sa sortie du coma, Aubin recouvra ses facultés avec une rapidité qui étonna tout le monde. Les tests que l'on continua à lui faire passer démontrèrent que ses facultés cognitives et motrices n'avaient pas été atteintes. Sa mémoire était intacte jusqu'au moment où Martial et lui s'étaient séparés, sur la colline de Sainte-Barbe, au terme de leur promenade à vélo. Il ne se rappelait pas ce qui avait eu lieu ensuite. « Amnésie rétrograde fréquente après un traumatisme crânien sévère », avait expliqué le neurologue aux parents. « Impossible de savoir si le souvenir lui en reviendra ou s'il restera effacé à jamais… ce qui n'a, en fait, aucune importance. »

— Pour moi si ! avait déclaré le capitaine Janvier lorsqu'on lui avait rapporté les propos du médecin. Le témoignage d'Aubin sur cet épisode est crucial. Le moindre détail, la plus petite réminiscence peuvent faire avancer mon enquête.

Lorsqu'il avait été autorisé à interroger l'enfant, en présence des parents, il avait dû se rendre à l'évidence, le laps de temps qui l'intéressait était comme gommé de la mémoire d'Aubin. Pourtant, vers la fin, un bref vacillement dans le regard du gamin, une sorte d'hésitation craintive, avait éveillé un doute et il s'était demandé si cette amnésie n'était pas une mystification de plus. Mais quand il avait tenté d'insister, le père s'y était fermement opposé, prétextant l'état encore fragile de son fils.

Fred avait alors remballé son calepin et son dictaphone puis s'était laissé raccompagner dans le couloir par Nathan Welt dont le sourire vaguement narquois l'avait exaspéré.

— Mais je ne me tiens pas pour battu, avait-il déclaré à Jules, après lui avoir rapporté l'entrevue. Si ce gosse joue la comédie, je le saurai et je saurai aussi pourquoi !

— Moi, ce que j'ai appris, c'est qu'il ne veut pas quitter l'hôpital.

— Quitter l'hôpital, si tôt ? Je croyais qu'il en avait encore pour plusieurs semaines.

— Moi aussi, mais Nathan a décrété qu'il guérirait mieux et plus vite dans le cadre familial.

— Qu'est-ce qu'il en sait ? Il n'est pas médecin.

— Élise qui n'ose pas s'opposer à son mari, m'a confié qu'Aubin ne voulait pas en entendre parler.

— C'est curieux ! D'habitude, les enfants sont plutôt pressés de rentrer chez eux. Est-ce qu'il a dit pourquoi il voulait y rester ?

— Sa mère pense qu'il a peur de revenir à Traou Du.

Fred Janvier fronça les sourcils.

— Oh ! Oh ! Voilà qui est à prendre au sérieux ! Ah ! J'aurais donné cher pour pouvoir l'interroger en tête-à-tête mais, hélas, la loi me l'interdit formellement.

— Veux-tu que j'essaie de lui parler ? proposa Jules.

Fred secoua la tête.

— Aubin ne nous aime pas beaucoup. Souviens-toi de ce qui s'est passé quand tu l'as questionné, après la mort d'Iris Fargeaud. Ce gosse n'a pas confiance en nous, ni en personne d'autre d'ailleurs.

— À une exception près, objecta Jules, son copain Martial Legrand.

— Tu penses qu'on devrait essayer de se servir de lui ?

— Pourquoi pas… Si son amnésie est simulée, Aubin lui racontera peut-être comment le pervers l'a agressé, après sa fuite de Traou Du. Mais il y a un hic : il lui fera jurer de garder le secret.

— Un obstacle facile à contourner, dit Fred. Je ferai placer, dans la chambre d'Aubin, un micro miniaturisé qui nous permettra d'entendre et d'enregistrer toute leur conversation.

*

Mardi 16 mars

« — Salut mec !

— Martial ! Tu es venu me voir, ça, c'est chouette ! Mais comment tu as su que j'étais ici ?

— Tout le monde est au courant. On ne parle que de ça à l'école et en ville. Ton accident, ton coma, tout, quoi ! Mais il paraît que tu vas mieux, c'est pour ça qu'on a permis que je te rende visite. Tiens, je t'ai apporté ça ! Je t'aurais bien offert un jeu vidéo ou un livre, mais on nous a dit que c'était encore trop fatigant pour ta tête. Alors, j'ai tapé dans ma collection de petites voitures.

— C'est gentil, merci.

— Et ta guibolle, elle va mieux ? Qu'est-ce que c'est que tous ces appareils ?

— Ça sert à remettre les os en place. Mais demain, on enlèvera tout ce bazar et on me plâtrera.

— Tu vas rester encore longtemps à l'hosto ?

— Non, mes parents me ramèneront à Traou Du dans quelques jours.

— Ouah ! Tu dois être vachement content !

— Non, pas tant que ça.

— Pourquoi ? Moi, à ta place…

— T'es pas à ma place. J'ai la trouille.

— Faut pas ! On ne risque plus rien puisque monsieur Vaugel est mort.

— Je sais, ma mère m'a raconté.

— Alors explique, j'comprends pas.

— C'est de mon père que j'ai peur.

— Ton père ? Mais c'est lui qui a empêché Vaugel de t'étouffer !

— C'est ce qu'on m'a dit. Pourtant, je suis sûr qu'il n'en a pas fini avec moi.

— Pourquoi ? Parce que tu t'es enfui de la remise où il t'avait enfermé ?

— Quoi ? C'est ce qu'il a dit ?

— Oui, en cassant le carreau de la fenêtre.

— C'est pas vrai !

— Comment tu peux le savoir puisque tu as tout oublié ?

— Je ne me suis pas barré de la remise. C'est mon père qui m'en a fait sortir, au milieu de la nuit… Et arrête de me regarder comme ça, je ne suis pas en train de débloquer !

— Comment ça se fait que tu puisses en parler puisque t'as perdu la mémoire ?

— Devine !

— Tu fais semblant, semblant d'avoir tout oublié.

— Tout juste !

— Pourquoi ? Si c'est encore une de tes idées à la con…

— Non. Seulement si mon père croit que je suis amnésique, il me laissera tranquille. Tandis que si je raconte comment ça s'est vraiment passé…

— Dis-le-moi ! Dis-le-moi !

— J'en ai bien envie, mais tu dois jurer que tu garderas tout pour toi. C'est une question de vie ou de mort.

— Oh !

— Je ne rigole pas.

— T'as ma parole, mec ! Je ne te trahirai pas.

— Bon, je te crois… Au milieu de la nuit, mon père s'est radiné dans la remise et m'a dit qu'il était revenu sur sa décision. Il ne voulait pas que les flics apprennent que je m'étais fichu d'eux avec mon canular. Il ne voulait pas non plus que je sois envoyé en maison de correction, à cause de ma mère qui en mourrait de chagrin. Il allait m'emmener jusqu'à un endroit, pas très loin, et m'enfermer dans une cabane qu'il connaissait. Ensuite, il ferait en sorte que les flics me retrouvent et qu'ils pensent que c'était le pervers qui me séquestrait là. Il m'a fait monter dans le break et m'allonger sur le plancher avec une

couverture sur moi, puis il a embarqué mon vélo. Je lui ai demandé pourquoi, mais il m'a répondu de m'occuper de mes oignons.

On a roulé… pas longtemps. Je ne voyais rien mais, à la fin, j'ai senti qu'on quittait la route pour un chemin non goudronné. Le break cahotait et descendait en faisant des virages. Quand on s'est arrêtés, mon père m'a fait sortir. On voyait assez clair parce qu'il y avait la lune. On était au bord du Trieux. Devant nous, à quelques mètres, il y avait une sorte de petit quai. J'entendais l'eau qui clapotait. J'ai demandé où était la cabane. Mon père m'a pris par le bras et m'a entraîné vers des arbres. Là, tout était noir et j'ai commencé à avoir la trouille. Je me suis débattu, alors il s'est mis à me flanquer une dérouillée. Il me tapait dessus comme un malade, le salaud ! À un moment, il m'a collé un gnon en pleine figure. Je suis tombé… Quand je suis revenu à moi, j'étais couché dans un lit, à l'hôpital. Voilà, tu sais tout.

— Mais c'est dingue ! C'est horrible ! Pourquoi tu n'as rien dit aux flics ?

— Parce qu'ils ne m'auraient pas cru. Ils ne nous croient jamais.

— Ouais, surtout après les bobards qu'on leur a balancés…

— Tu comprends maintenant pourquoi je fais semblant d'être amnésique. C'est par sécurité. Si Nathan pense que je ne sais rien, il me fichera peut-être la paix.

— *Tu n'en es pas sûr ?*

— *Non, c'est pour ça que je n'ai pas envie de rentrer chez moi.* »

Fred Janvier arrêta le magnétophone et regarda Jules visiblement bouleversé.

— Ah l'ordure ! Ah le fumier ! Comment a-t-il pu faire une chose pareille ? C'est purement et simplement une tentative d'assassinat ! Sans un concours de circonstances exceptionnel, jamais Aubin ne s'en serait tiré !

— Effectivement. Un caprice du courant l'a fait dériver vers l'aval, puis l'a amené au haut de la grève où il s'est échoué, alors que la mer commençait à descendre. Un peu plus de douze heures après, la marée était de nouveau haute mais son coefficient moins élevé a empêché que l'eau arrive jusqu'à Aubin. C'est là qu'un promeneur a dû le découvrir et le transporter jusqu'au bord de la route. Selon moi, voilà comment les choses se sont passées.

— Tu penses qu'Aubin a raconté la vérité à Martial ? demanda Jules.

— Objectivement, les deux versions, celle du père comme celle du fils, tiennent la route et sont aussi plausibles l'une que l'autre.

— J'avoue que je ne vois pas ce qui aurait pu pousser Nathan Welt à de telles extrémités. Je sais qu'il ne peut pas sentir ce gosse, qu'il le déteste, qu'il lui arrive de le maltraiter. Mais de là à l'éliminer, il y a encore de la marge. Ou alors il est cinglé.

— Non, je ne crois pas, rétorqua Fred. Je pense, au contraire, que son geste était parfaitement calculé.

— Nathan n'a aucune raison de se débarrasser d'Aubin. S'il ne peut plus le supporter, il n'a qu'à le mettre en pension !

— Nathan Welt a un mobile.

— La haine ?

— Oh non ! L'argent… Nous avons retrouvé le notaire de René Chabrier et j'ai sollicité une entrevue en urgence. Hier, j'ai fait un aller et retour à Rochefort où Maître Duparc m'a reçu et n'a fait aucune difficulté pour me fournir les renseignements qui m'intéressaient. Un an avant sa mort, René Chabrier a réalisé son patrimoine immobilier et l'a converti en un capital versé sur un compte, au nom de son fils Aubin. Ce fonds sera administré par un conseil de trois personnes, dûment agréées par le juge des tutelles, jusqu'à la majorité d'Aubin. Selon la volonté expresse du testateur, les parents de l'enfant, Élise et Nathan Welt, n'ont aucun droit de regard sur ce fonds ni ne peuvent en profiter de quelque façon que ce soit. Aubin est le seul héritier de René Chabrier et se trouve, ipso facto, à la tête d'une jolie fortune s'évaluant, selon le notaire, à quelques millions d'euros.

— Tu m'en diras tant ! s'exclama Jules, abasourdi.

— Pour terminer, Maître Duparc a ajouté que les Welt avaient été informés de ces dispositions testamentaires, début octobre 2009. Il leur a adressé copie des actes afférents à cette succession. Nathan Welt lui en a d'ailleurs accusé réception par retour du courrier.

— Voilà l'avenir du gamin assuré, fit Jules en se frottant les mains. S'il entreprend une carrière de violoniste, il ne tirera pas le diable par la queue comme tant d'autres artistes !

— Oui, s'il vit jusque-là, marmonna Fred d'un air sombre.

— Que veux-tu dire ? Que peut faire Nathan puisqu'il n'a pas le droit de toucher au pactole ?

— Il n'en a pas le droit… mais il peut le prendre.

— Je ne vois pas comment.

— Chacun sait que les héritiers directs d'une personne sont ses descendants. On oublie souvent qu'à défaut, ce sont ses ascendants privilégiés, c'est-à-dire son père et sa mère, qui héritent de lui.

Jules pâlit.

— Non, ce n'est pas possible ! Tu ne penses pas que Nathan…

— Je ne pense rien du tout, je constate seulement qu'il avait un sérieux mobile pour vouloir se débarrasser d'Aubin. À partir de là, on peut broder à l'envi sur ce thème, en évoquant son criant besoin d'argent, sa faillite qu'il n'a pas avalée, le déclin de sa position sociale, la rancune, l'aigreur mais encore et surtout, l'envie de se refaire, de redorer son blason, de jouir d'une certaine aisance… La tentation est d'autant plus forte qu'elle n'est freinée par aucun lien affectif.

— Arrête ! Je ne peux pas croire à une telle abjection !

— Tu as raison puisque ce ne sont que des spéculations.

— Pourtant, le bord du Trieux que décrit Aubin correspond avec l'endroit où vous avez situé sa chute dans le fleuve.

— Exact. Seulement, malgré tous nos efforts, nous n'avons trouvé aucun indice indiquant que Nathan ait pu se trouver là.

Jules hocha la tête en silence puis reprit :

— Revenons à la question essentielle : qui dit la vérité, Aubin ou Nathan ? Moi, mon opinion est faite. Et je suis sûr que la tienne aussi. Donc qu'attends-tu pour aller arrêter cet immonde salaud ?

— D'avoir des preuves matérielles, sinon il niera tout en bloc. Et tu sais, comme moi, que l'enregistrement de la conversation des deux gamins n'est pas recevable au tribunal. Si je mets Nathan Welt en garde à vue, il sera dehors avant quarante-huit heures.

— Mais comment l'empêcher de nuire ? S'il a attenté à la vie d'Aubin au bord du Trieux, il a pu recommencer.

— Et ce serait lui, et non Paul Vaugel, qui aurait tenté de l'étouffer sous un oreiller. Figure-toi que j'y ai pensé, moi aussi.

— Si c'est le cas, sa mort en salle d'opération a été un coup de chance extraordinaire pour Nathan.

— Ce qui nous ramène au pervers que nous traquons depuis des semaines, et à la question de savoir ce que faisait Paul Vaugel dans la chambre d'Aubin, dit Fred. Pour moi, aussi incroyable que cela puisse paraître, la seule explication est que nous avons deux affaires distinctes et concomitantes sur les bras, avec deux criminels différents.

— D'une façon ou d'une autre, dans l'immédiat, notre premier devoir est de protéger Aubin, déclara Jules d'une voix ferme.

— Je suis d'accord mais comment ? Si les médecins le jugent apte à quitter l'hôpital ou s'ils acceptent une décharge des parents, je ne vois pas au nom de quoi nous pourrions nous y opposer.

— Alors tu vas laisser ce pauvre gosse rentrer chez lui et être à la merci de son salopard de père ?

— Je n'ai pas d'autre choix. Tant que preuve n'est pas faite de l'indignité des parents, ceux-ci ont toute autorité sur leur enfant mineur. Je n'y peux rien, c'est la loi. La seule manière de mettre définitivement Aubin à l'abri serait de pouvoir inculper Nathan d'homicide volontaire sur la personne de son fils. Mais sans preuve matérielle, sans témoignage, sans aveux, je ne vois pas comment y parvenir.

XVIII

Mercredi 25 mars

Assis dans son fauteuil, devant la fenêtre fermée, Jules Janvier regardait sans les voir les arbres et les toits de la ville.

Depuis dix jours, l'enquête était pratiquement au point mort. Ses minuscules avancées ne l'intéressaient plus, ce que devenaient les élèves de Musica Nostra, pas davantage.

Il savait que l'école de musique était rouverte, qu'Aubin avait regagné Traou Du et que Martial Legrand qu'il croisait parfois dans la rue, n'était ni heureux ni insouciant. Le secret de son copain lui pesait et il n'avait personne avec qui le partager. Mais Jules se sentait fatigué et n'avait plus envie de susciter des confidences. Au fur et à mesure que les jours s'écoulaient, il se résignait à voir le printemps s'installer, les mimosas fleurir, les touristes revenir, sans que la lumière ne se fasse sur cette terrible affaire.

Comme chaque après-midi, le vieil homme remâchait son amertume et ses pensées pessimistes lorsqu'un coup de téléphone d'Élise Welt le tira brutalement de sa morosité.

— Je profite de l'absence de mon mari pour vous donner des nouvelles d'Aubin. Il va de mieux en mieux. Toutes ses blessures superficielles sont guéries, il ne souffre plus de ses côtes cassées et, la semaine prochaine, on lui retirera son plâtre. Il ne s'est pas encore remis au violon, je ne sais pas vraiment pourquoi puisque ni ses bras ni ses mains n'ont souffert dans l'accident. Quand je lui en parle, il répond qu'il n'en a plus envie. Je suppose que ça reviendra… Mais ce n'est pas seulement pour ça que je vous téléphone. En vérité, c'est Aubin qui m'a poussée à le faire parce que nous n'avons personne à qui le dire. Voilà… Nathan est en train de préparer notre départ pour l'étranger. Depuis quelque temps, son entreprise est en pleine restructuration et délocalise à tout va. Nathan s'est vu proposer un poste dans une unité de production implantée au Brésil, à Porto Alegre plus exactement. Il a accepté, faute de quoi il serait licencié. C'est du moins ce qu'il prétend. Notre déménagement est prévu dans moins d'un mois. Nathan a décidé qu'Aubin et moi partirions les premiers afin que je puisse organiser notre vie là-bas. Lui restera ici, le temps de vendre la maison et de régler les problèmes administratifs. Mais… mais… mon mari a pris cette décision sans me consulter. Aubin ne veut pas partir, ni moi non plus. Quand je le lui ai dit, il s'est d'abord fâché parce que toutes les dispositions sont prises et qu'on ne peut plus reculer. Puis il s'est mis à rigoler et a déclaré que si je ne venais pas, ça n'avait aucune importance, il partirait seul avec Aubin. J'ai répondu qu'il n'en était pas question, jamais je ne me séparerai de mon fils. Alors il m'a tourné le dos, pour lui, la discussion était close. Aubin est désespéré, il dit que s'il n'avait pas son plâtre, il aurait déjà fugué. Il dit aussi qu'il aurait préféré rester dans le coma ou mourir. Et moi, je crois que je vais perdre la tête si ça continue… C'est pour ça que je vous appelle. Qu'est-ce qu'on peut faire, Aubin et moi ? Parce qu'au Brésil, on ne veut pas y aller !

Jules répondit qu'il comprenait et qu'il allait réfléchir. Il raccrocha et alla s'enfermer dans la pièce qui lui servait de bureau et de bibliothèque.

Réfléchir, réfléchir… Il ne faisait que ça depuis dix jours ! Mais maintenant, le temps était compté. Il ne pouvait plus se contenter de tourner le problème dans tous les sens, en espérant que la solution lui vienne miraculeusement à l'esprit. Il sentit la panique l'envahir. Ici, Nathan Welt se savait surveillé, il y regarderait à deux fois avant de s'attaquer à son fils. Mais qui aurait l'œil sur lui en Amérique du Sud ? Un accident est si vite arrivé… Oui ! Il fallait à tout prix empêcher les Welt de s'expatrier.

Le vieil homme ferma les yeux et s'efforça de se concentrer. Mais, comme toujours, l'image de l'enfant qu'on tentait d'étouffer s'imposa à lui, avec cette question obsédante à laquelle il ne trouvait pas de réponse : des deux hommes, lequel tenait l'oreiller ?

— Ça suffit ! s'écria-t-il en frappant du poing sur la table. On s'est tous laissé obnubiler par cet épisode, en oubliant qu'il était le dernier d'une longue suite d'événements. Vouloir répondre à cette question, c'est comme tenter de remonter un torrent en crue. Mieux vaut repartir de la source.

Il ouvrit un tiroir du secrétaire et sortit le cahier où il avait consigné toutes ses observations, à partir du moment où Fred lui avait demandé son concours. Il se relut lentement, en tâchant d'analyser les faits à la lumière de ce qu'il avait appris depuis qu'ils s'étaient produits. Les brimades, les farces cruelles, cette persécution latente, l'atmosphère de peur qui s'était propagée parmi les élèves, les menaces diffuses, brusquement concrétisées, le soir du 5 février, avec les accidents de Violette David et d'Aubin Welt, et la disparition de Catherine Moreau. Puis le tour beaucoup plus dramatique qu'avaient pris les choses avec la chute d'Antoine Houzay dans le port. C'est alors que l'existence d'un pervers avait été évoquée dans la presse locale. L'idée avait fait son chemin et était devenue une quasi-certitude, après la noyade d'Iris dans l'étang de Beauport. Il y avait à Paimpol un détraqué qui s'attaquait à des enfants sans défense. Comment, se demandèrent alors les gens affolés, comment se prémunir contre l'acte gratuit d'un dément en liberté ?

Jules se leva et se mit à arpenter nerveusement la pièce. « Acte gratuit… Acte gratuit… C'est vite dit », grommela-t-il. « Même les crimes les plus barbares, commis par les fous les plus atteints, répondent à une logique, une logique qui échappe au commun des mortels car elle ne correspond pas à leur rationalité, mais qui est bel et bien présente. L'acte gratuit n'existe pas. Il y a toujours un motif quelque part, ne perdons pas cela de vue ! »

Jules se rassit, saisit son cahier et le parcourut à nouveau. « *Malgré tous les efforts de Fred, Paul Vaugel reste le principal suspect. D'une part parce que rien n'est venu démentir le témoignage de Nathan Welt, d'autre part parce que, depuis sa mort, le harcèlement des enfants a cessé. Mais dans l'hypothèse où Vaugel ne serait pas le pervers, comment expliquer que les agressions se soient arrêtées puisque les psychopathes de ce type ne peuvent s'empêcher de récidiver ?*

La seule explication serait qu'il n'y a pas de détraqué, pas de maniaque, pas de folie.

Dans ce cas de figure, quel motif aurait pu pousser une personne sensée à persécuter ces enfants ? »

Le vieil homme se raidit. Et si tout cet ensemble de brimades, de harcèlements, d'agressions n'avait servi qu'à embrumer les esprits ? On parle toujours de l'arbre qui cache la forêt.

En l'occurrence, pourquoi ne serait-ce pas la forêt qui aurait caché l'arbre ? Un écran de fumée, une vaste mise en scène.

— Nom de Dieu ! Pourquoi pas ? Vu sous cet angle, tout colle, tout se met en place… Il n'y a jamais eu de pervers mais un immonde salopard qui n'en veut qu'au pognon d'un gamin !

*

Dans la voiture qui l'emmenait à Traou Du, Jules Janvier n'avait qu'une certitude, l'heure d'affronter Nathan Welt avait sonné. Le temps de la réflexion, des déductions et des preuves était révolu. Il fallait maintenant tirer Aubin et sa mère des griffes de ce monstre car si celui-ci parvenait à les expédier au Brésil, leur peau ne vaudrait plus un clou ! Pour empêcher ça, Jules se sentait prêt à utiliser n'importe quel moyen car si Fred était au service de la loi, lui n'avait à répondre de ses actes devant personne !

Avant de quitter son appartement, il avait fouillé parmi sa collection de cannes et emporté celle qui était maintenant posée sur le siège, à côté de lui. Il la caressa de la main, avec elle, il n'irait pas à la bataille complètement désarmé.

Comme les autres fois, il laissa sa Peugeot à l'orée de la forêt et traversa le jardin à pied. La maison dégageait une telle impression d'abandon et de tristesse qu'il se dit qu'il arrivait trop tard et que ses occupants avaient déjà quitté les lieux.

Mais il se trompait car la porte s'ouvrit alors qu'il clopinait dans l'allée. Debout sur le seuil, Nathan

Welt le regardait venir, un sourire goguenard aux lèvres.

— Entrez, monsieur Janvier ! Entrez, je vous attendais.

— Vous êtes seul ?

— Oui, comme vous me l'avez demandé. J'ai envoyé Aubin et sa mère faire des courses à Paimpol.

D'un pas mal assuré, Jules gravit les trois marches qui menaient à la porte puis, s'appuyant lourdement sur sa canne, il pénétra dans la maison.

*

— Et c'était pour me dire ça que vous avez souhaité me voir de toute urgence ? s'exclama Nathan Welt. C'était ça, les informations qui devaient changer le cours de l'enquête ? Quelques accusations infondées, les élucubrations d'un esprit au bord de la sénilité… Est-ce que vous vous foutez de moi, monsieur Janvier ? N'était votre âge, je vous aurais déjà flanqué dehors !

Assis dans un fauteuil à dossier droit, les mains sur le pommeau de sa canne, Jules hocha gravement la tête puis saisit le verre posé à sa portée et avala une gorgée d'eau. En face de lui, Nathan termina sa bière.

— Je suis convaincu que ce que je viens de vous dire est, à quelques détails près, ce qui s'est réellement passé, fit-il d'une voix basse et enrouée. Par honnêteté intellectuelle, je dois ajouter qu'il fallait beaucoup d'intelligence et de sang-froid pour concevoir et mener à bien une opération de cette envergure. J'imagine tous les obstacles, tous les aléas qu'il a fallu gérer dans l'instant, sans jamais perdre de vue le but à atteindre. Maîtriser la réalisation d'une telle idée force l'admiration, je l'avoue, car cela exigeait des facultés d'adaptation et d'improvisation hors du commun.

Un vague sourire s'esquissa sur les lèvres de Nathan.

— Je vous remercie de le reconnaître, dit-il en jouant avec son verre vide. Il est vrai que…

Il eut une seconde d'hésitation avant de se raidir et d'ajouter sèchement :

— Mais n'en rajoutez pas ! De toute façon, vous faites fausse route.

Et la brève lueur d'autosatisfaction que Jules avait lue dans ses yeux s'éteignit.

— Je vous assure que je suis absolument sincère, poursuivit-il sans se démonter. Il m'a fallu un temps fou pour comprendre et quand j'y suis enfin parvenu, l'ampleur du plan et son ingéniosité m'ont tout bonnement épaté.

Nathan ne répondit rien. Son regard errait dans la pièce, une placidité rêveuse se répandait peu à peu sur son visage.

— L'histoire du pervers à laquelle tout le monde a cru et croit encore, continua Jules, dénote un esprit d'invention exceptionnel. Je vous le dis comme je le sens, vous avez mené toute cette affaire de main de maître !

Il se tut quelques instants et parut réfléchir.

— Encore que j'estime que la chance vous a bien servi !

Nathan tressaillit.

— La chance ? La chance n'a eu aucune part dans cette histoire !

— Bien sûr que si ! Et à plusieurs reprises. Mais cela n'enlève rien à la qualité remarquable de votre intelligence.

— Non !

Nathan s'était redressé, le menton en avant, le regard acéré.

— Je ne veux pas entendre parler de chance. Seuls les imbéciles comptent sur elle !

— Pourtant, reconnaissez que si Paul Vaugel n'était pas mort sur le billard, vous vous seriez trouvé en grande difficulté.

— Je m'en serais sorti, rétorqua Nathan avec une assurance vaniteuse qui réjouit Jules Janvier, ravi de constater que son adversaire entrait dans son jeu

— Peut-être mais ce n'est pas certain… Et quand vous avez découvert Aubin caché dans votre remise, après sa fausse disparition, admettez que la chance vous mâchait le travail !

— Non, c'était une opportunité dont il fallait savoir tirer parti.

— Si vous voulez. Il n'empêche que le gamin était à votre merci, vous n'aviez plus qu'à l'emmener au bord du Trieux.

Nathan tressaillit.

— Hé ! Hé ! Qu'est-ce qui vous permet de croire…

— Reconnaissez aussi que les articles d'Arthur Levraz dans la presse locale vous ont donné un sacré coup de pouce, poursuivit Jules, imperturbable. Cela faisait des mois que vous harceliez et tourmentiez les élèves de Musica Nostra sans que personne ne réagisse. Heureusement pour vous, ce journaliste s'est emparé de l'affaire et lui a donné le retentissement qu'elle a connu. Affoler la population, créer un climat d'angoisse étaient indispensables à la réussite de votre projet.

— C'est vrai mais qu'est-ce que ça a été long ! fit Nathan avec agacement.

— Effectivement. Il a fallu attendre la chute d'Antoine Houzay dans le port pour que les gens se réveillent. Là vous avez eu de la chance qu'il ne se soit pas noyé.

— Vous avez tout faux ! La chance n'a rien à y voir. Je savais pertinemment que ce garçon était un champion de natation et qu'il s'en sortirait.

Jules lui jeta un coup d'œil en biais, se rendait-il compte de ce qu'il était en train de dire ? Apparemment non. Il en profita donc pour pousser son avantage :

— Mais, en définitive, c'est la mort d'Iris qui vous a mis toutes les cartes en main. À partir de là, vous jouiez sur du velours.

— Quelle idiote, cette gamine ! Si elle n'avait pas paniqué, elle serait toujours en vie. Je la suivais en voiture, vitre ouverte, et lui racontais toutes sortes de cochonneries, sans plus. Je voulais qu'elle rentre chez elle, complètement terrorisée, et qu'ensuite sa mésaventure fasse le tour de la ville. Seulement, elle s'est mise à courir droit devant elle, puis elle a enjambé la rambarde qui sépare la route de l'étang et a glissé dans l'eau. Dommage collatéral… c'est, je crois, le terme consacré pour ce genre d'aléa.

Jules sentit une bouffée de rage lui monter à la gorge. Il n'en laissa rien paraître mais se courba en avant, comme pris d'une soudaine fatigue.

— Aléa dont vous avez largement profité. Après cette tragédie, personne ne s'est étonné de ce qui est arrivé à Aubin. Le pervers avait encore frappé ! Vous aviez atteint votre but : éliminer votre fils sans risquer d'être suspecté. Seulement, Aubin n'est pas mort, ni dans le Trieux ni à l'hôpital, dit Jules d'une voix éteinte.

Puis il toussa longuement dans son mouchoir et Nathan lui jeta un regard apitoyé. Pauvre vieux, recroquevillé dans son fauteuil, qu'espérait-il prouver ?

— Il n'est pas mort et c'est là votre plus grande chance, poursuivit Jules dans un souffle.

— Hein ? Vous déconnez ! La fatigue vous fait dire n'importe quoi.

— Non, rassurez-vous, je ne radote pas. Grâce à la guérison d'Aubin, vous échappez à l'accusation d'infanticide, ce qui vous permettra de quitter le pays sans problème et de refaire votre vie ailleurs.

— Hé ! C'est bien mon intention ! s'exclama Nathan en se frottant les mains. Avec mon expérience et mes compétences, je ne vais pas continuer à vendre des chiottes toute ma vie ! Vous ne le savez pas, mais nous sommes en train d'organiser notre départ. Les Welt émigrent en Amérique du Sud ! Ça vous en bouche un coin, non ?

Jules leva la tête et planta son regard dans celui de Nathan.

— Vous, vous émigrez. Mais Élise et Aubin restent à Paimpol.

Nathan écarquilla les yeux et éclata d'un rire sonore.

— Quoi ? Qu'est-ce que vous venez de dire ? Répétez, j'ai mal entendu !

Puis il se pencha vers son interlocuteur.

— Ça ne tourne plus rond dans votre tête, mon pauvre vieux ! Vous croyez vraiment que je m'exilerais sans ma petite famille ? Moi qui l'aime tant…

— Je ne pense pas que ce soit possible. Je vous répète que vous partirez, mais seul. Et sans l'héritage d'Aubin.

Nathan fronça les sourcils et redevint sérieux.

— Où voulez-vous en venir exactement ?

— Vous avez du papier et un stylo ?

— Oui, mais je ne vois pas en quoi…

— J'en aurais besoin… s'il vous plaît.

Perplexe, Nathan alla chercher ce qu'on lui demandait. Entre-temps, Jules avait quitté son fauteuil et se tenait debout à côté de la table.

— Asseyons-nous et discutons calmement. J'ai une proposition à vous faire, de celles qui ne se refusent pas.

Haussant les épaules, Nathan prit place à table tandis que Jules qui lui avait tourné le dos, tirait fermement sur le pommeau de sa canne, faisant apparaître une lame d'acier aiguë et droite dont il posa la pointe à la base du cou de Nathan Welt.

— Hé ! Qu'est-ce que c'est ? s'écria celui-ci en tentant de repousser l'arme avec sa main.

Aussitôt, sa paume se teinta de rouge et le sang se mit à couler le long de son poignet et sur sa manche.

— La démonstration est faite ! lança Jules. Mon épée n'est pas mouchetée et sa lame est affûtée comme un rasoir. Si je pousse un peu, elle vous transpercera le cou et sectionnera la carotide au passage. Surtout, ne bougez pas ! Quoique je n'en aie pas l'air, je suis en pleine forme et mes réflexes sont excellents. Sachez que j'ai été champion d'escrime dans ma jeunesse et que je n'ai jamais cessé de fréquenter les salles d'armes. Aussi, croyez-le si vous voulez, vous êtes bien plus en danger que si je braquais un revolver sur vous !

Pour confirmer ses dires, il imprima une légère pression à son épée et un filet de sang rougit instantanément le col de Nathan.

— Arrêtez ! Vous êtes fou !

— Oui ! Fou de rage et déterminé à vous saigner comme un porc si vous faites le moindre geste.

— Pourquoi ? Qu'est-ce que vous voulez ?

— Je vais vous le dire et ce ne sera pas long. Mais d'abord, sachez que les lois et la morale, je m'assois dessus. Que faire justice moi-même ne me dérange absolument pas. Pas plus que les conséquences que cela entraînerait pour moi. Ma vie est pratiquement terminée, je n'ai plus rien à perdre… Si je pousse mon bras en avant, vous êtes mort. Est-ce que vous comprenez ça ?

— Oui ! Oui !

— Alors, vous allez faire ce que je dis. Prenez une feuille de papier et écrivez ce que je vais vous dicter. Vous êtes prêt ? Allons-y !

« Je soussigné, Nathan Welt, résidant à Traou Du en Plouézec, déclare : Afin de m'approprier la fortune de mon fils adoptif, Aubin Welt, j'ai mis en œuvre une opération visant à éliminer celui-ci physiquement, sans risquer d'être suspecté ou inculpé de ce crime. C'est ainsi que j'ai imaginé et monté de toutes pièces, une mise en scène devant laisser croire à l'existence d'un pervers coupable de harcèlement, de

persécutions et d'agressions sur mineurs. En quelques mois, je suis parvenu à susciter un climat de terreur, à Paimpol et dans la région, favorable à l'exécution de mon projet et me garantissant une impunité quasi certaine. Je reconnais donc :

- Être l'auteur volontaire de plusieurs accidents de la route dont les victimes sont Claude Le Gall, Violette David et Aubin Welt.

- Avoir terrorisé gravement, par des procédés cruels et sadiques, plusieurs enfants de la ville et, en particulier, les élèves de l'école de musique Musica Nostra.

- Être l'auteur de vol d'instruments de musique et de leur destruction, ainsi que d'actes de vandalisme et de sabotage sur des vélos et des mobylettes stationnés à proximité de Musica Nostra.

- Avoir, le 10 février dernier, délibérément poussé Antoine Houzay dans le bassin numéro deux du port de Paimpol.

- Avoir affolé et poursuivi Iris Fargeaud, provoquant sa chute et sa noyade dans l'étang de Beauport, le 19 février dernier.

- Être coupable de deux tentatives d'homicide volontaire sur la personne d'Aubin Welt. La première fois, en l'assommant puis en le jetant dans le Trieux, en aval du pont de Lézardrieux. La deuxième fois, en l'étouffant à l'aide d'un oreiller alors qu'il gisait, inconscient, sur son lit d'hôpital.

Aubin n'a dû la vie qu'à l'intervention imprévisible de Paul Vaugel. »

— Voilà, c'est terminé. Vous datez et vous signez.

— Vous voulez que je signe ça ? s'étrangla Nathan. Je refuse absolument. Avec de tels aveux, vous aurez barre sur moi et vous pourrez me faire chanter jusqu'à la fin de mes jours !

— Tais-toi et signe, ordure ! Si tu savais combien j'ai envie de te foutre en l'air, tu baisserais la tête et tu la bouclerais, articula Jules en faisant lentement glisser le fil de son épée sur la nuque de Nathan.

Quelques gouttes de sang tombèrent au bord de la table.

— Hé ! Hé ! Pas de blagues ! Ne vous énervez pas ! Je signe… mais sous la contrainte.

— Tu diras ça au juge quand tu porteras plainte ! Maintenant, écoute la suite ! Dès que je serai sorti d'ici, tu fais ta valise et tu te barres. Tu prends le TGV pour Roissy. Là, tu te démerdes pour embarquer dans le premier avion en partance pour le Brésil. Une fois là-bas, tu disparais. Tu vas où tu veux, mais tu ne reviens jamais en France. Et tu te fais oublier, pas de courrier, pas de coup de téléphone, SMS ou e-mail à Aubin ou à ta femme. Jamais ! Avant de quitter Traou Du, tu laisses une lettre à Élise où tu lui déclares que tu veux refaire ta vie au Brésil et que tu demandes le divorce, en prenant tous les torts à ta charge. En contrepartie de tout cela, je garde tes aveux sous le coude et n'en parle à personne. Voilà, c'est tout.

— C'est tout ! s'exclama Nathan. Partir sans rien et recommencer à zéro, à quarante ans, dans un pays où je ne connais personne et dont je ne parle même pas la langue !

— C'est pourtant ce que tu comptais imposer à ta femme et à ton fils. Un exil que ni l'un ni l'autre ne voulaient.

— Nous avions pris cette décision en commun.

— Tais-toi, menteur ! Et saute plutôt sur la chance qui t'est offerte : la liberté alors que tu mériterais de croupir en prison.

Tout en parlant, Jules s'était lentement écarté de la table où Nathan se tenait toujours assis. Son épée tendue devant lui, il recula jusqu'à la porte, ramassant au passage la canne qui servait de fourreau.

— Si demain tu n'es pas parti, je balance tes aveux aux flics et aux journaux.

— Vous bluffez !

— Tu fais comme tu le sens, mais moi, à ta place, je ne parierais pas là-dessus !

ÉPILOGUE

Vendredi 25 juin

Le concert de fin d'année de Musica Nostra s'achevait. Les applaudissements qui retentissaient dans la salle des fêtes se prolongeaient. Aubin Welt et Catherine Moreau, leur instrument à la main, remerciaient en s'inclinant. Debout à leur côté, Régis Landry saluait le public par de brefs signes de tête.

Il était très satisfait. Les jeunes musiciens s'étaient une fois de plus surpassés et l'école avait retrouvé son prestige, après les sombres semaines de février. Dans son allocution d'ouverture, il avait remercié les parents de lui avoir gardé leur confiance et les élèves, pour l'ardeur qu'ils avaient montrée en se remettant au travail.

Lorsque les applaudissements se turent enfin, il convia tout le monde au traditionnel pot de l'amitié qui clôturait chaque concert de l'école.

Son verre de kir à la main, Jules Janvier promenait son regard sur la foule. De nombreux visages lui étaient familiers, mais il n'avait pas envie de bavarder. Il observait Aubin qui, debout à côté de sa mère, remerciait gentiment les gens qui le félicitaient. Et ce qu'il voyait le rendait heureux.

— Il a bien changé, fit une voix derrière lui. On ne reconnaît plus le gosse triste et renfermé du concert dernier.

Le vieil homme se retourna et se trouva face à Arthur Levraz, son appareil photo à la main.

— Tiens ! Vous êtes là, vous aussi !

— Eh oui ! C'est mon boulot. Faits divers, manifestations culturelles, rencontres sportives… rien de palpitant.

— Après le rôle que vos articles ont joué dans l'affaire du pervers, tout ça doit vous paraître bien fade…

— À qui le dites-vous ! Durant ces semaines-là, j'ai compris ce que signifiait être sur la brèche et au cœur de l'événement. Depuis, le train-train local m'ennuie.

— Changez de journal !

— J'y songe, d'autant que j'ai reçu quelques propositions intéressantes. Mais pour en revenir à cette histoire… Est-il exact que le père d'Aubin a disparu sans laisser d'adresse ?

— Oui et non. En fait, il a accepté un poste en Amérique du Sud où sa boîte a délocalisé.

— Pourquoi est-il parti seul ?

— Sa femme et lui se sont séparés, leur couple battait de l'aile depuis un bon moment déjà.

— Eh bien, on peut dire que cela a réussi à Aubin !

— C'est vrai qu'il s'est épanoui.

— Est-ce que sa mère et lui habitent toujours leur coin perdu, au milieu de cette forêt ? J'y suis allé deux ou trois fois. Franchement, il aurait fallu me payer cher pour que j'accepte de vivre dans un endroit pareil !

— Oh ! Vous savez, c'était l'hiver, il faisait froid et sombre, il pleuvait… Je suis sûr qu'en été, c'est très agréable. Pour répondre à votre question, non Aubin et Élise n'habitent plus Traou Du. Ils ont emménagé dans un appartement, à deux rues de chez moi.

— Vous les voyez donc souvent ?

— Pas vraiment, il m'arrive de les croiser dans le quartier, mentit Jules qui ne tenait pas à dévoiler sa vie privée au journaliste.

En réalité, il rencontrait Aubin et Élise presque quotidiennement et endossait, chaque jour davantage, le rôle de grand-père, ce qui ne lui déplaisait nullement. Après le départ précipité de Nathan, c'était à lui qu'Élise avait demandé de l'aide. Il l'avait soutenue et conseillée dans ses démarches en vue d'obtenir le divorce. Il l'avait informée de l'héritage d'Aubin dont elle ignorait tout, puis cherché et trouvé avec elle, dans les papiers de Nathan, les actes envoyés par le notaire de Rochefort. C'était lui enfin qui avait déniché l'appartement qu'ils occupaient actuellement car ni la mère ni l'enfant ne voulaient rester à Traou Du, la maison de la peur, de la solitude et du malheur.

— Drôle d'histoire tout de même, reprit Arthur Levraz, et qui n'a pas été vraiment éclaircie…

— Que voulez-vous dire ?

— Simplement qu'à ce jour, aucune preuve irréfutable n'a été donnée, démontrant la culpabilité de Paul Vaugel.

Jules Janvier hocha tristement la tête.

— Paul Vaugel… le grand perdant dans toute cette affaire.

— Qu'est-ce que vous entendez par là ? fit Arthur, une lueur de curiosité dans les yeux.

— Oh ! Rien de particulier, répondit le vieil homme en haussant les épaules.

Puis il salua le journaliste et s'éloigna.

« Le grand perdant », c'étaient ces mots-là qu'avait prononcés Fred lorsque Jules lui avait fait lire les aveux de Nathan Welt et raconté la façon dont il les avait extorqués. Il avait considéré son père d'un air stupéfait et admiratif.

— Je pourrais déposer une demande d'extradition, maintenant que nous sommes en possession de ce document…

— A quoi bon ? Tu n'es pas sûr d'y parvenir et ces aveux ont été arrachés sous la menace. Pourquoi remuer toute cette boue ? Nathan restera toute sa vie un sale type, c'est sûr, mais il n'est ni un psychopathe ni un pédophile. Il ne présente aucun danger pour les enfants. Seule la cupidité l'a poussé à agir comme il l'a fait.

— Et la mémoire de Paul Vaugel, tu y penses ? Elle ne sera jamais réhabilitée.

— Il a été l'ange gardien d'Aubin. Il le demeurera par-delà la mort.

Puis les deux hommes étaient revenus sur le déroulement des faits.

— Je suis persuadé, avait dit Jules, que c'est Paul Vaugel qui a découvert Aubin au bord du Trieux et l'a transporté jusqu'à la route. Ensuite, il a surveillé les abords de l'hôpital en faisant son jogging du soir. C'est ainsi qu'il a dû surprendre Nathan Welt au moment où il s'introduisait dans le bâtiment. Il l'a suivi et a empêché le meurtre de l'enfant.

Émergeant de ses pensées, Jules regarda autour de lui. Arthur Levraz était parti. Debout près du bar, Aubin et Martial buvaient un Orangina. Lorsqu'ils eurent terminé, ils s'approchèrent de lui, leur étui à violon à la main.

— Monsieur Janvier, est-ce qu'on peut vous les laisser ? On a envie d'aller jusqu'à l'écluse, regarder les bateaux. C'est la pleine mer, ils sont en train de sortir du port.

— Croyez-vous que ce soit prudent ? objecta Élise qui les avait rejoints.

— Que voulez-vous qu'il leur arrive ? s'exclama Jules. Allez, les garçons ! Mais ne soyez pas trop longs quand même !

Les deux gamins quittèrent la salle des fêtes en courant. Ils longèrent le quai puis traversèrent la passerelle qui menait à l'écluse. Les vannes étaient ouvertes, un à un les bateaux s'engageaient dans le sas.

Le crépuscule de juin fermait ses paupières roses et bleues. Au loin, l'horizon sombrait dans un rêve de brume et de vagues mêlées. Une lumière soyeuse dorait les mâts et les coques.

Mais les garçons ne voyaient rien de tout cela. Ils n'avaient d'yeux que pour un grand voilier blanc qui, lentement, s'éloignait dans la baie, cinglant vers le large et vers la liberté.

FIN

Quadri Signe - Editions Alain Bargain
125, Vieille Route de Rosporden - 29000 Quimper
E-mail : editions.alain.bargain@orange.fr
Site Internet : www.editionsalainbargain.fr

Dépôt légal n°12 - 2e trimestre 2011
ISBN 978-2-35550-087-9 - ISSN 1281-7813
N° d'impression : 105234
Imprimé en France